약편

仙道 체험기

28

신선神仙되는 길이 보인다
경이적인 현상이 눈앞에 펼쳐진다!!
선도수련의 현장을 체험으로 파헤친 충격과 화제의 소설

글터
GEUL TEA

약편 선도체험기 28권을 내면서

『선도체험기』중 절판된 103권까지의 주요 내용을 10권의 약편으로 간행하려던 사업은 23권으로 완료되었고, 시중에 판매되는 104권부터 120권까지를 4권의 약편으로 추가로 간행함으로써 총 27권의『약편 선도체험기』가 발간되었다.

그런데 삼공 선생님, 삼공선도의 삼공을 연상하여『약편 선도체험기』를 30권으로 완간하자고 출판사 사장님께서 제안하신 바, 그렇게 하기로 하였다. 그래서 3권의 약편을 추가로 발행하기로 함에 그동안 지면 관계상 싣지 못한 아까운 내용을 선별하고 있다.

한편,『약편 선도체험기』27권에 나와 있는 50번째 현묘지도 화두수련 완료자 이후로 같은 수련을 마친 분들이 나타났다.『선도체험기』121권이 나왔다면 그분들의 수련 이야기가 실렸을 수 있는데, 삼공 선생님의 귀천으로 그러지 못하고 시간이 흘렀다. 늦었지만『약편 선도체험기』28권에 후속 조치를 취하고자 한다.

이분들은 삼공 선생님으로부터 현묘지도 1단계 화두를 받고 수련을 시작했지만, 마지막 화두는 다른 분한테서 받은 공통점이 있다. 이에 관련한 논란은 인과율에 맡기고, 여기서는 삼공 선생님께서 화두를 한꺼번에 주신 사례가 종종 있음을 고려하고 또 제자에 대한 선생님의 깊은 마음을 헤아리기로 했다.

그래서 삼공 선생님을 대신하여, 삼공선도의 도맥을 이은 자격으로 체험기에 대한 논평과 더불어 선호(仙號)를 부여함으로써 그분들이 선생님과의 인연을 계속 유지하게 했다. 따라서 이번 책으로 그분들은 선생님의 51번째부터 54번째 현묘지도 제자로 인정받게 된다.

이렇게 4편의 현묘지도 화두수련 체험기 외에 『선도체험기』에 실린 삼공 선생님의 번역물 가운데 『채근담』을 28권에 포함했다. 선생님께서 "『채근담』은 유불선(儒佛仙)을 아우르는 우리의 전통적 현묘지도(玄妙之道)인 선도(仙道)와 비슷한 경향이 있는 것은 사실이다"고 평가하셨기 때문이고, 또한 앞의 체험기들과 더불어 한 권을 채우기에 적당한 분량이기 때문이다. 관련하여 아래에 『채근담』 276조를 인용한다.

"머리카락 빠지고 이가 성기는 것은 허깨비 같은 몸뚱이의 노쇠 현상에 지나지 않으니 그대로 내버려두라. 그리고 새 울고 꽃 피는 끊임없는 자연의 순환 속에서 자성(自性)은 영구불멸의 진리임을 알아야 하느니라."

이번 『약편 선도체험기』 28권도 수행자들에게 도움이 되기를 바라며, 남은 2권도 알차게 내용을 채울 것이다. 끝으로 교열을 도와주는 별빛자, 일연, 대명 등의 후배 수행자들께 고마운 마음을 전하며, 『약편 선도체험기』를 발행해 주시는 글터사 한신규 사장님에게도 감사의 인사를 드린다.

단기 4356년(서기 2023년) 7월 20일
엮은이 조 광 배상

차 례

Contents

현묘지도 화두수련 체험기 (51번째)

서 광 렬

1. 나의 지나온 날들과 선도와의 인연

창밖으로 보이는 빨간 단풍나무 잎들이 활활 타오르는 것 같다. 작년 가을인 2019년 10월 18일 현묘지도 수련에 입성하였으니 벌써 1년 남짓의 시간이 흘렀다. 그 기간 동안의 수련 체험을 글로 표현하자니 이 또한 부담으로 다가온다. 마치 내 자성을 찾아 떠난 기나긴 여행을 마치고 집에 돌아와 한 편의 기행문을 쓰는 기분이다. 먼저 간단한 자기소개 후 본론으로 들어가고자 한다.

나는 높은 산이라고는 찾아볼 수 없고 광활하게 펼쳐진 들판이 대부분인 나주에서 2남 2녀의 장남으로 태어났다. 중학교까지는 고향집 근처에서 다녔고 고등학교, 대학교 시절은 광주광역시에서 생활했다. 조직 생활을 시작하면서 서울로 올라왔으나 2년 만에 직장을 그만두면서 다니게 된 종로구 소재 정독도서관에서 서가를 살펴보다가 우연히『선도체험기』를 처음 접하게 되었다.

당시 선반에 나란히 꽂혀 있는『선도체험기』를 보는 순간, 그 책들만 클로즈업되는 느낌이었다. 지금 생각해 보면 삼공 스승님과의 누생에 걸친 인연으로 인한 것이었으니 필연이라 할 수 있겠다. 책을 탐독하면서

2002년 당시 스승님에게 메일을 보내 "직장을 잡아 준비된 도인이 되면 바로 찾아뵙겠다"고 약속했었다. 그러나 지금의 아내를 만나 결혼하고 아이 낳고 키우는 일상 속에서 과거의 열정은 마음속에만 묻혀 있었다.

2016년 7월 1일, 비가 추적추적 내리는 날, 선도수련을 더이상 미룰 수 없다는 판단하에 스승님을 처음으로 찾아뵈었다. 그런데 충분한 준비 없이 열정만 앞섰는지 별다른 기운을 느낄 수 없었다. 대여섯 번 삼공재를 방문하고 나서 다시 발길을 끊게 되고 메일만 보내 드리게 되었다.

그러다가 2018년 12월에 "더이상 미룰 수 없으니 삼공재에 나와 집중수련을 받으라"는 스승님의 권유를 받고 다시 삼공재를 방문하게 되었다. 그러면서 만나게 된 선배님들과의 뒤풀이를 통해 수련하는 재미를 느끼게 되었고, 2019년 3월에 당시 한 선배님이 운영하는 카페에 가입하고 나서 수련의 급물살을 타게 되었다.

카페 가입하여 100일 축기 수련에 들어간 지 얼마 되지 않아 신기하면서도 행복한 경험을 하게 된다. 2019년 4월 진동이 시작되었고 동년 6월 대맥이 유통되었던 것이다. 특히 대맥이 유통될 때는 누군가 뒤에서 양팔을 벌려 허리를 안아 주는 것처럼 따뜻하고 포근한 느낌이 참 좋았다. 수련이 진척되어 2019년 9월에는 하단전의 기운이 독맥을 타고 올라 엄청난 진동과 함께 대추혈이 시원하게 뚫려 나가는 경험을 하게 된다.

2. 현묘지도 들어가기 전 수련 체험

2019년 10월 13일 일요일 오후, 여느 때처럼 대각경, 『천부경』, 『삼일신고』를 거쳐 『반야심경』을 외우자 목의 진동이 폭풍우가 휘몰아치듯 통제 불능 상태로 들어간다. 진동과 함께 기운이 독맥을 타고 올라 대추를 지나 머리 쪽으로 이동하는 것이 느껴졌다. 거의 동시에 백회에 원반 모양의 기감이 느껴졌다. 그 느낌이 마치 무채를 위에서 잡아당기면서 땅속에 박혀 있던 무가 위로 뽑혀나간 듯 시원했다. 그 기운이 좋아 한참을 앉아 있었다. 며칠 뒤 이 내용을 선배님이 보시고 "삼공 스승님에게 소주천 점검을 부탁드리라" 하였고, 나는 '되든 안 되든 부딪혀 보자'고 마음먹었다.

소주천 점검을 받기로 마음먹은 다음날인 2019년 10월 16일, 꿈을 꾸는데 도복을 입고 괴나리봇짐을 지고 사거리에서 머뭇거리고 있는 내가 보인다. 산으로 올라가야 하는데 속세에 사랑하는 연인을 남겨놓아 미련이 남아 있는 모양새다. 전생의 한 장면으로 보인다.

꿈에서 깨어 대각경, 『천부경』, 『삼일신고』 암송 후 『반야심경』을 외는데, 까만색 뱃머리가 보이고 그 위에 내가 타고 있는 것 같다. 배가 바람을 타고 빠른 속도로 이동하는 장면이 보이는데 시원한 바람과 뱃머리에 부딪히는 파도 소리가 마치 실제처럼 느껴졌다. 이윽고 목적지로 보이는 해안가에 이르렀다. 바닥이 들여다보일 정도로 얕은데 두 마리의 흑갈색 물고기가 사이좋게 원을 그리며 유영하는 것이 심안에 보였다.

사랑하는 아내와 함께 사이좋게 살면서 내가 가고자 하는 목적지에도 갔으니, 점검을 앞두고 전조가 괜찮다는 느낌이 들었다. 그날 바로 스승님께 점검을 청하는 내용의 메일을 드렸고, 다음날 허락한다는 통지를 받았다. 시간은 많지 않으나 시험 통과를 목표로 연습을 틈틈이 하였다.

2019년 10월 18일 스승님을 대면하는 순간, 긴장을 많이 하였으나 갈수록 마음이 편안해졌다. 소주천을 독맥에서 임맥으로 5회 돌리고 나니 스승님 왈, 내 인당에서 스승님의 인당으로 기운을 보내고, 다시 스승님의 하단전에 나온 기를 나의 하단전으로 받아서 돌려 보라 하신다. 3~4회 정도 돌리고 나니, 스승님이 백회로 기운이 들어오는지 물으신다. 한참을 버벅거린 후에야 "들어온다"고 말씀을 드리니 벽사문을 달아 주시고 마무리하셨다. 이날 첫 번째 화두와 두 번째 화두를 함께 받았다. 이로써 현묘지도의 문이 열렸다. 실로 감격스러운 순간이었다.

3. 1단계 : 천지인삼재 (2019년 10월 20일 ~ 2019년 10월 27일)

2019년 10월 20일

아침 6시경 일어나 평소 하던 대로 대각경, 『천부경』을 외우는데 백회에 기감이 느껴진다. 『삼일신고』 암송 시 백회에서 반응이 오면서 빨리 화두수련을 하라는 듯이 재촉한다. 『반야심경』을 생략하고 화두를 암송하기 시작한다. 기운이 쏟아져 들어오면서 단전에 쌓인다. 하단전에 쌓이는 기운이 빨갛게 보인다. 마치 용광로에서 제대로 달궈진 쇳물 같다.

2019년 10월 21일

직장에서 퇴근하여 음식물 쓰레기 버리고 설거지를 하는데 원인 모를 짜증이 올라온다. 아이 공부방에 들어가 1단계 화두 대신 '이 생각이 일어나는 나는 누구인가?' 화두를 외우니 백회가 시원해지며 '바다에 잠시 이는 물거품'이란 생각이 든다. 1단계 화두를 외워 보았지만 반응이 없어 잠자리를 펴고 누웠다.

2019년 10월 22일

아침 수련하는데 백회와 앞이마까지 시원한 기운이 머물러 있다. 마치 화두 암송을 기다리는 것 같다. 화두를 외우니 기운이 들어오기 시작한다. 곧바로 하단전으로 전달되는데 단전이 따끔따끔하다.

2019년 10월 24일

새벽 2시에 잠에서 깨어 누워 있는데 건물 내부가 보인다. 거실이 꽤 넓어 보이는데 관이 여러 개 놓여 있다. 관 안을 들여다보니 깨끗하게 텅 비어 있다. 일어나 정좌하여 화두를 암송하기 시작한다. 하단전이 가동되고 백회와 인당에 압박감이 느껴진다. '삶과 죽음은 텅 비어 있는 관처럼 허무한 것이 아닐까?' 하는 생각이 스친다. 자연스레 『천부경』이 생각나 암송한다. 문구 하나하나가 새롭게 다가온다.

2019년 10월 27일

화두를 외워 보았지만 별다른 기운이 들어오지 않는다. 다음날 아침까지 암송해 보았지만 반응이 없어 자성에게 "1단계 화두가 끝났습니까?" 물어보니 백회에 반응이 있어 다음 화두로 이행했다.

4. 2단계 : 유위삼매 (2019년 10월 28일 ~ 2019년 11월 12일)

2019년 10월 28일

화두를 외우기 시작했지만 백회로 기운이 들어오지는 않고 하단전이 따끔거리더니 뜨거워진다. 수십 명의 남녀가 삼삼오오 짝지어 일렬횡대로 나란히 걸어오는 것이 보인다. 그런데 그중에는 하의를 아예 입지 않은 사람도 보인다. 화면이 바뀌어 동양란의 꽃대에 꽃망울이 서너 개 맺혀 있는 것이 심안에 보인다. 무슨 의미가 있는 것일까? 남녀가 짝짓기를 하고 꽃이 피니 수정(受精)을 의미하는 것 같다.

2019년 10월 29일

화두를 외우니 하단전에 먼저 반응이 오고 명문에 기감이 느껴지는데 명문이 물 호스처럼 공기구멍이 나 있다. 명문으로 기운이 흡입되어 단전을 가열시킨다. 단전이 타오르니 그 열기로 인해 가슴까지 얼얼하다. 그다음으로 백회에 기운이 느껴진다. 1단계 화두 암송 시에 백회로 기운이 바로 들어와 하단전에 전달되는 것과 차이가 있는 듯하다.

2019년 10월 30일

화두를 하단전에 각인시켜 암송한다는 의념을 걸었다. 지금까지 머릿속으로만 화두를 암송하니 하단전에 집중도가 떨어지고 머리가 띵한 것이 약간의 상기 증세가 있는 것으로 보이기 때문이다. 점차 하단전이 가열되며 명문에도 반응이 온다. 곧이어 백회에서도 기운이 느껴진다. 그런데 기운이 은근하게 하단전에 전달될 뿐 대부분 백회에 머물러 있는 것으로 보아 1단계 화두 시보다 기운의 강도는 약하다. 여러 선배님들과 도반님들이 꼬리를 물고 계속 떠오른다.

2019년 11월 1일

오전부터 스승님이 자꾸 생각나 사무실에서 조퇴하고 삼공재로 향했다. 오늘은 단독 수련이다. 2단계가 아직 진행 중임에도 당돌하게 3단계 화두를 알려 달라고 청했다. 스승님이 "끝나고 얘기하세요!"라고 말씀하셔서 단념하고 있는데, 1시간 수련이 끝나고 나서 알려 주신다. 게다가 A4지에 친필로 기재된 11가지 진동 내용도 보여 주신다. 스승님의 기운이 열탕처럼 뜨겁게 느껴진다.

2019년 11월 3일

화두를 암송하자 하단전이 뜨거워지고 신도혈이 시큰거린다. 허리가 곧추세워지고 목이 뒤로 젖혀지며 목의 진동이 작렬한다. 백회에 압박감이 일면서 인당에 까만 점이 보이더니 그 점이 링처럼 확장된다.

2019년 11월 7일

하단전이 뜨거워지고 이물감이 느껴진다. 단전 자리에 원반 모양의 물체를 덮어씌워 놓은 것 같다. 하얀색 튤립이 심안에 보인다.

2019년 11월 9일

단전에 동그란 모양의 찰흙을 붙여 놓은 것처럼 이물감이 느껴진다.

단전이 달아오르며 기운이 독맥에서 임맥 방향으로 자동으로 움직이며 소주천이 된다. 단전이 빨갛게 달아오르다가 식었다가를 반복한다. 마치 단전이 하나의 생명체 같다는 느낌이 든다. 단전이 뜨거워질 때마다 얼굴이 화끈거리고 백회에 기운이 느껴진다. 오후에 삼공재에서 1시간 수련하고 왔다.

2019년 11월 11일

4시 30분경 깨어 정좌했다. 진동으로 인해 머리가 흔들리면서 어지럽다. 전형적인 상기 증세로 보인다. 마루 틈새로 바퀴벌레 같은 곤충이 기어나오는 장면이 보인다. 화면이 바뀌고 주위가 깜깜한데 동그란 원 모양의 빛의 띠가 보이는데 가장자리에서 불꽃이 인다. 마치 불꽃놀이의 한 장면 같다.

2019년 11월 12일

새벽 수련 중 비스듬히 누워 있는 여자의 뒷모습이 보이는데 상반신만 보이고 하체는 보이지 않는다. 그런데 아무것도 걸치지 않아 뽀얀 우윳빛 맨살이 그대로 드러나 있다. 그런데 양어깨가 매끄럽지 않은 것 같아 가만히 살펴보니 투명하면서도 하얀 비늘이 돋아 있고 빛에 반사되어 반짝이고 있다. 순간 나도 모르게 '인과응보 해원상생 극락왕생 업장소멸'을 수십 차례 암송한다.

백회에 압박감이 느껴지다가 어느새 스르르 풀어진다. 그리고 나서 백회로부터 기운이 쉴 새 없이 내려온다. 말할 수 없이 온화하면서도 포근한 기운이다. 청명한 가을날 아침에 내리쬐는 따스한 햇살 같은 느낌이다. 마치 물이 몸의 경락을 따라 흘러내리는 느낌이랄까. 1단계 화두 암송 시 천둥번개가 치듯 내리꽂던 기운과는 천양지차다. 1단계의 기운이 다분히 직선적이고 남성적인 아버지의 느낌이라면, 2단계의 기운은 부드럽고 따스한 여성적 느낌의, 어머니와 같은 기운이다.

1시간 수련 후 밥솥에 쌀을 안쳐 놓고 나서 다시 정좌했다. 은은한 기운이 백회로 들어와 하단전에 쌓인다. 양어깨로도 기운이 내려오는지 시원하다. 오른쪽 귀가 뻥 뚫리는 것처럼 청명한 기운이 관통한다. 말 그대로 현묘하다 할 수밖에 없다. 천상의 기운임에 틀림없다. 출근차 운전하며 마음으로 감사의 3배를 선계의 스승님들에게 올렸다.

2019년 11월 13일

화두를 암송해 보지만 효과가 없다. 기운이 뚝 끊긴 상태라는 게 느껴져 자성에게 물어보고 다음 단계로 넘어갔다.

5. 3단계 : 무위삼매 (2019년 11월 13일 ~ 2019년 12월 15일)

2019년 11월 13일

화두를 외우는데 이렇다 할 기운이 느껴지지 않는다. 다만 미약한 기운만이 백회에 머물러 있는 것이 느껴진다. 그 기색(氣色)이 파란 가을 하늘에 떠 있는 하얀 새털구름 같다는 생각이 든다.

2019년 11월 15일

사무실에서 조퇴하고 삼공재로 향한다. 단독 수련인가 싶었는데 좌정한 지 얼마 지나지 않아 우명 님이 들어온다. 반갑다. 나란히 앉아 좌선하는데 선생님의 기운이 하단전에 훅 들어와 꽂힌다. 마치 동그란 모양의 인두로 단전을 지지는 듯한 열감이다. 집중이 잘된다. 집에서 수련할 때와는 하늘과 땅의 차이다.

2019년 11월 18일

5시경 깨어 씻고 사배심고하고 정좌했다. 화두를 외우는데 집중하기가 힘들다. 한복을 입은 젊은 남녀가 나란히 앉아 있는 모습이 보인다. 그런데 한참을 아무 말이 없이 나를 쳐다보고 있다. 이윽고 왼쪽에 앉아 있던 여자가 먼저 일어나 나간다. 그리고 나서 오른쪽에 있던 남자가 나가면서 "할 얘기가 있는데 당신 아내에게 얘기하겠소"라는 파장을 보낸다. 무슨 일인데 그러지? "할 얘기가 있으면 나에게 하시오"라고 말해 보는데 이미 퇴장하고 없다. 오늘 수련은 상기 증세로 인해 기운이 잘 느껴지지 않는다.

2019년 11월 23일

삼공재에 도착, 스승님께 1배 드리고 좌정하니 단전에 열감이 느껴지고 백회로 기운이 솔솔 들어온다. 집에서 혼자 수련하면서 헤매는 것과는 딴판이다.

2019년 11월 26일

화두를 외우는데 집중은 안 되고 잡념만이 꼬리에 꼬리를 문다. 1시간 동안 헤매다가 빙의령 때문인가 싶어 천도를 시도해 본다. 대각경, 『삼일신고』, 『천부경』, 『반야심경』 순으로 암송할 심산으로 대각경을 먼저 외우기 시작한다. 목이 좌우로 격렬하게 돌아가면서 기운이 동그란 공의 모양으로 뭉쳐져 백회 쪽으로 몰리는 느낌이 든다.

몇 초 후에 이 현상이 사라지면서 백회 위로 크기를 가늠할 수 없을 만큼 커다란, 둥그런 기운의 장(場)이 펼쳐진다. 텅 빈 공간, 허공(虛空)처럼 느껴진다. '우주(宇宙)'라는 생각이 든다. 우주의 기운을 받아 축기하고 싶어 하단전에 화두를 새기면서 집중해 본다. 그런데 하단전에 내려오는 기운은 미약하다. 아직 나의 그릇이 작은 탓이리라.

2019년 12월 1일

7시 30분경에 일어나 정좌했다. 보통 때처럼 목의 진동이 인다. 터널 안이 보이는데 양옆으로 사람들이 걸어오고 있다. 남자도 보이고 여자도 있는데 빨간 옷을 입은 여자가 눈에 띈다. 표정은 무뚝뚝하다. 점차 다가오면서 빨간색 옷이 점차 옅어지며 하얀색으로 변해 간다. 대각경을 암송해 준다.

2019년 12월 5일

2시 50분경 깨어 1시간 수련한다. 정좌하기 전부터 앞이마에 벌레가 기어다니는 것처럼 스멀스멀하다. 머리 전체에 청명한 기운이 느껴진다.

2019년 12월 9일

어젯밤 1시가 넘어 잠자리에 들었는데 6시에 눈이 떠졌다. 수면 시간이 채 5시간이 안 되어 약간 어지럽긴 하지만 푹 잘 잤다는 느낌이 든다. 정좌하니 하단전이 가동되며 백회와 인당뿐만 아니라 양어깨, 양 허벅지로도 청량한 기운이 내려온다. 그 기운이 차갑고도 시원한 것이 마치 초겨울 산행 시 구름 속을 거니는 느낌이다.

2019년 12월 13일

5시경 일어나 씻고 정화수 올리고 사배심고하고 정좌했다. 중간중간 잡념이 일긴 하지만 전체적인 컨디션은 괜찮은 편이다. 화두를 단전에 새기고 단전에 집중한다. 상단전, 중단전, 하단전이 일직선으로 연결된 듯한 느낌이 들고 백회 뒤쪽으로 청량한 기운이 느껴진다. 마치 머리가 없는 듯 시원하다. 한여름 계곡물에 머리를 통째로 담갔을 때의 그 느낌이다. 고개가 뒤로 젖혀지고 목의 진동이 일며 백회 쪽에 동그란 기운의 장이 감지된다. 하늘의 기운은 끝 간 데가 없는데 내 그릇이 작아 다 수용할 수 없는 게 아닌가 하는 생각이 든다.

2019년 12월 14일

삼공재에서 수련하고 있는데 스승님 왈 "아내 때문에 여기 오는 게 쉽지 않지? 아내에게 전해 줘! 남편을 여기 보내 줘서 고맙다고..." 어쩌면 이렇게 제자의 마음속을 꿰뚫고 있는 것인지! 전에 선생님께서 "아내를 사형처럼 대하라"고 하신 말씀이 생각난다. 아마 스승님은 나와 아내와의 사이에 얽힌 전생의 사연들을 알고 계시리라.

오늘은 평소와 달리 전반 30분에는 별 느낌이 없다가 후반부에 들어서자 기운 반응이 활발해진다. 아직 3단계 화두가 진행 중이지만 거의 끝나가는 것 같다는 생각이 들어 수련 끝나고 5단계 화두를 여쭙는다. 스승님이 서류 뭉치에서 한참을 찾더니 화두를 알려 주신다. 그러면서 "5단계가 진짜야"라고 하신다.

2019년 12월 15일, 16일

화두를 외워 보았지만 아무 반응이 없어 다음 단계로 갔다.

6. 4단계 : 무념처삼매

순서상으로 11가지 호흡을 먼저 해야 하지만 천천히 연습해 보기로 하고 5단계로 직행했다. 11가지 호흡은 수련이 깊어지면 자연스럽게 가능할 것으로 생각한다.

7. 5단계 : 공처 (2019년 12월 16일 ~ 2020년 6월 2일)

2019년 12월 16일

화두를 외우니 백회가 반응하며 기운이 내려오기 시작한다. 뇌 전체에 청량감이 들며 양쪽 어깨와 허벅지로도 시원한 기운이 내려온다. 수련 중간에 얼굴에 주름이 가득한 할머니 두 분이 서로 이야기를 주고받는 장면이 보인다. 어떤 남자에 대해 이야기하는 것 같다.

2019년 12월 17일

4시에 눈이 떠졌다. 정화수 올리고 사배십고하고 정좌했다. 머리는 여전히 아프다. 3단계 화두가 끝났는지에 대한 확신이 없어 복습을 해 보기로 한다. 기운이 미약하게나마 들어온다. 기운이 들어올 때는 두통이 약해졌다가 기운이 끊기면 두통이 살아난다. 50분 정도 3단계 화두를 암송하다가 5단계 화두를 외우니 찌릿찌릿한 기운이 머리 전체로 느껴지며 두통이 사라진다. 뇌 전체로 기운이 퍼지는 것 같다. 느껴지는 기운 차이가 사뭇 다르다. 3단계보다 5단계 화두의 기운이 2~3배 정도 더 강한 것 같다. 내가 전생에 스님이었던 적이 있었다면 한 번쯤 생각해 보았을 화두라서 그런지 친숙하다.

2019년 12월 18일

5단계 화두를 암송하니 단전과 명문이 뜨거워지고 백회에 기운이 들어오며 머리 전체가 시원하다. 기운의 강도로 보았을 때 5단계 화두에 들어가는 것이 맞을 것 같다. 바늘처럼 가느다란, 하얀빛이 이마의 정중앙을 관통한다. 처음 느껴보는 기운이라 얼떨떨하면서도 기분이 좋다. 인당이 첨탑처럼 뾰족하게 융기된 느낌이 든다. 기적(氣的)으로 레이다가 설치된 것인가? 어떤 의미인지는 아직 모르겠다.

2019년 12월 19일

하단전과 명문이 뜨거워지고 백회로는 시원한 기운이 끊임없이 유입된다. 지금까지의 1~3단계 화두보다 백회의 기운 반응이 더 활발하며 시원함의 강도도 더하다. 명치 쪽 중단전에 약한 전류가 흐르는 것이 느껴진다. 지금까지는 중단전에 별 느낌이 없었는데… 선배님의 말대로 정말 삼합진공이 시작된 것인가? 집으로 치면 기초, 몸통, 지붕이 있어 일체를 이루듯이 하단전, 중단전, 상단전이 유기적으로 연결되어 있는 것이 맞을 것이다.

2019년 12월 20일

사무실에 조퇴를 내고 삼공재로 향하는 지하철에 몸을 싣는다. 인근 공원에서 간단히 스트레칭을 하고 삼공재 현관에서 20분 동안 입공한다. 2달 전에 점검을 앞두고 이 자리에서 서서 소주천 연습을 했던 게 생각이 난다. 하단전에 열감이 가득해지며 기운이 자연스레 회음, 장강, 명문을 지나 일주한다. 우명 님을 만나 잠시 이야기를 나누다 입실한다.

사모님은 안 계시고 선생님이 직접 문을 열어 주셨다. 스승님이 엷은 미소로 반겨 주신다. 1배하고 정좌하니 백회가 가동되며 기운이 들어와 단전이 타오르는 것 같다. 스승님이 일부러 기운을 불어넣어 주시는 느낌이다. 30분 정도 지나니 들어오는 기운이 약해진다. "조금 피곤할 뿐"이라고 하셨지만 신경이 쓰여 중간에 일어나 1배하고 퇴실했다.

2019년 12월 27일

3시 30분경에 눈이 떠진다. 정화수 올리고 사배심고하고 정좌했다. 하단전의 뜨거운 기운이 독맥에서 임맥 쪽으로 일주한다. 시원한 기운이 백회를 통해 머리, 양어깨, 그리고 양 허벅지로 쏟아져 내린다. 우해 누님이 현묘지도 화두수련 시 기운이 폭포수처럼 쏟아졌다고 하셨는데, 이런 상태를 말씀하신 건가? 화면이나 천리전음은 감감무소식이지만 들어오는 기운만으로도 행복하다.

2019년 12월 28일

삼공재 현관 앞에서 10분 정도 입공하고 있다가 조광 선배님, 일심 형님과 도반 1분을 만나 입실한다. 선생님과 사모님이 미소로 반겨 주신다. 선생님의 기운이 화롯불처럼 단전을 뜨겁게 달군다. 그런데 수면 시간이 부족해서인지 중간중간에 꾸벅꾸벅 졸았다. 가족들이 신경쓰여 뒤풀이는 참가하지 않고 바로 귀가했다.

아내 눈치가 심상치 않다. 매주 등산 모임 가고 서울 나들이 가는 것에 대해 성토한다. 나는 잠자코 듣는다. 초등학생 두 딸을 키우고 있는 아빠가 토요일마다 꼭두새벽에 나가 어두워져서야 들어오니, 이게 정상적인 가정 상황이냐는 것이다. 아내 입장도 충분히 이해가 간다. 하여, 횟수를 줄여 2주에 1번 참가하기로 했다.

2019년 12월 30일

자다가 이상한 꿈을 꾸었다. 내가 결혼을 앞두고 신혼방을 알아보고 있는 상황이고 이와 관련해서 장모님 될 분과 통화하고 있는 것 같다. 그런데 결혼할 처자가 난데없이 쑥 방에 들어온다. 속저고리만 걸치고 있다. 막 씻고 나온 것처럼 머리와 몸이 온통 젖어 있다. 서둘러 수건을 찾아 들고 닦아 주려는데 그 여자가 나를 빤히 쳐다보며, "나를 너무 믿지 말아요!"라고 한다. 이건 또 무슨 말이지? 꿈속에서 고민하다 잠에서 깨었다.

현실에서의 욕망이 꿈에 나타난다고 했는데, 성적 욕구가 꿈에서 여자의 모습으로 보여지는 것인가? 그렇다면 "나를 믿지 말라"는 것은 한낱 물거품에 지나지 않은, 욕심의 산물인 나(가아)를 믿지 말라는 뜻인가? 꿈보다 해몽이라 했으니 내 나름대로 의미를 부여해 본다. 도인무몽이라 했는데... 아직 한참 부족하다. 금강석과 같은 진아를 거머쥘 수 있을 때까지 수련에 매진할 것이다. 오전 수련 시 원효와 설총 이야기가 생각난다.

2020년 1월 1일

아침에 저절로 눈이 떠진다. 서둘러 씻고 정화수 올리고 사배심고하고 정좌한다. 온라인상으로나마 새해 벽두에 모두 모여 한마음으로 수련해서 그런지 느껴지는 기운이 웅장하다. 선도의 선배님들, 도반님들과 함께 수련할 수 있고 거대한 기운의 장(場) 속에서 있을 수 있다는 것 자체가 행운이고 다시 올 수 없는 기회라는 생각이 든다. 수많은 전생을 거치며 공덕을 쌓아야 가능한 일이 아니었을까 싶다.

2020년 1월 6일

나주에서 아버지 제사를 지내고 파주 집으로 올라오는 차 안에서 아내가 불평불만을 토로하기 시작한다. 시누이도 마음에 안 들고 은근히 "제대로 일을 안 한다"고 눈치를 준다 한다. 시댁이 시원찮으면 남편이라도 자기에게 잘하면 그나마 참고 살겠는데 수련인가 뭔가 한다고 아침부터 정화수 떠 놓고 멍 때리기 하고 토요일에는 꼭두새벽에 나가 저녁 늦게 들어오니 열불이 안 나겠느냐는 것이다. 토요일 등산과 서울 방문을 1달에 한 번으로 하라는 것이다. 2주에 1번으로 끝난 얘기를 다시 꺼내니 화가 슬그머니 올라온다. 말다툼을 벌이다가 "일단 알았다"고 대답했다.

파주 집에 도착해서 피곤하여 안방에서 잠깐 누웠는데 들어와서 "할 얘기가 있다"고 한다. 오랫동안 생각해 왔는데 아이들이 있어 이혼은 안 되니 나보고 "방을 얻어 나가 살라"고 한다. 바람을 피운 것도 아니고 재산을 도박으로 탕진한 것도 아닌데 집에서 나가라는 말을 꺼내다니... 홧김에 "알았다"고 했다. 어찌해야 할지 모르겠다. 아내가 즉흥적으로 얘기한 것은 아닌 것 같아 더욱 고민이 된다.

2020년 1월 8일

퇴근 후 귀가하여 가족들과 식사한 후 아내가 말을 꺼낸다. 주말에 아이들 데리고 눈썰매장 다녀오라고 한다. "알았다"고 대답했다. 앞으로도 등산하고 서울에 갈 것인지 묻는다. "안 가겠다"고 했다. 가진 거 하나 없는 오빠랑 결혼해서 자기 인생이 뭐 하나 풀린 게 없다고 하면서 목놓아 운다. 오빠 하나 보고 살아왔는데 남편마저 '도'인지 뭔지에 빠져 가정을 등한시하니 이제는 "화병이 나서 죽을 것 같다"고 한다.

아내가 상체를 지탱하기 위해 뒤로 짚은 두 팔이 경련으로 파르르 떨린다. 첫째 딸이 보다 못 해 오열하는 엄마를 뒤에서 안아 주며 엄마 마음을 이해한다고 한다. 아~ 내가 아내 가슴에 대못을 박고 딸들에게 슬픔을 안겨 주다니... 결혼해서 12년 동안 살면서 내가 아내 입장에서 진정으로 생각해 준 게 뭐가 있나 하는 반성이 된다. 가정이 우선이니 가족들을 먼저 챙겨야겠다는 생각이 든다.

2020년 1월 9일

3시 30분경 알람소리에 깼다. 알람을 해제해 두었어야 했는데 깜빡한 것이다. 아내가 들을까 봐 얼른 끄고 다시 잠든다. 꿈에 군부대가 보이고 무리를 벗어나 나 혼자 정처 없이 걷고 있다. 도중에 군대 시절의 동기 한 명을 우연히 만났는데, 유격 훈련을 받고 있다. 어떻게 지내는지 물어보아도 눈에 초점이 없고 아무 답이 없다.

헤어져 다시 걷는데 재래시장처럼 양옆으로 가설 건물들이 들어서 있는데, 군부대 남자들과 사창가 여자들이 한데 뒤엉켜 있다. 남녀 모두 갈비뼈가 앙상하게 드러날 정도로 비쩍 마른 데다 어떤 여자들은 오렌지색 액체가 담긴, 작고 투명한 용기를 전대처럼 허리에 두르고 있다. 마리화나와 같은 마약처럼 보이고 상습 복용으로 인해 생명력이 고갈되고 있는 것 같다. 몇몇 여자들이 옆에서 말을 건네며 유혹한다. 대꾸도 하지 않고 쳐다보지도 않고 앞만 보고 걷는다.

6시경 잠에서 깨어 씻고 사무실에 출근하여 책상에 앉은 채 10분 정도 화두에 집중한다. 단전이 화끈거리며 백회와 인당이 반응한다. 앞으로 당분간은 집에서 별도 시간을 내어 정좌해서 수련하기가 어려우니 틈틈이 생활행공을 하는 수밖에 없을 듯하다.

2020년 2월 5일

5시 30분경에 눈이 저절로 떠진다. 5단계 화두를 외우니 기운이 들어오기 시작한다. 기운줄이 머리위에서부터 하단전까지 부챗살처럼 펼쳐져 있다. 하얗게 빛이 난다. 마치 해파리의 촉수처럼 수십 개로 이루어져 있고 가늘고 기다랗게 보이고 자체 발광한다. 청명한 기운이 기운줄을 따라 백회로 들어와 하단전에 쌓인다. 주천화후가 일어나며 팔다리 전체가 시원하다.

아침 식사 준비를 하고 평소보다 사무실에 일찍 출근하여 다시 하단전에 집중한다. 머리는 시원하고 하단전은 따뜻하다. 수승화강이 정착되는 단계인 듯하다. 말할 수 없는 행복감이 온몸을 감싸고 돈다. 수련할 때만큼은 이렇게 좋으니 난 천상 수련해야 할 팔자인가 보다.

2020년 2월 14일

3시 20분경 깨어 씻고 아이 공부방에 들어가 사배심고하고 정좌했다. 사무실과 집안일들이 잡념으로 떠올라 수련을 방해한다. 잡생각이 떠오를 때마다 하단전에 의식을 두고 화두를 암송한다. 목의 진동이 간헐적으로 일어난다. 백회로는 시원한 기운이 함께한다. 선배님이 말씀하신 얼음말뚝에 비유할 만하다. 화두를 암송하면 청명한 기운이 들어오니 5단계가 진행 중인 것으로 판단된다.

2020년 2월 25일

4시 20분경에 일어나 화두를 외우니 백회로부터 온화한 기운이 쏟아진다. 하단전이 화로처럼 화끈거리며 따끔따끔하다. 오늘 수련 시 중단전이 느껴진다. 지금까지는 중단전에 별 느낌이 없었는데... 투명한 풍선 모양인데 옆으로 약간 길쭉한 타원형이다. 중단전이 체감되는 것이 5단계 화두와 관련이 있는 것인가?

2020년 3월 2일

퇴근 후 일찍 귀가하여 가족들과 저녁을 먹고 설거지하고 잠깐 누워 있는다는 것이 잠들었다. 11시에 일어나니 가족들이 잠잘 준비를 한다. 아내가 아이들 침실에서 딸들과 함께 잠을 자는 덕분에 나는 안방에서 정좌한다. 아내와 두 딸들이 웃으며 하이톤으로 얘기하는 소리가 기분 좋게 들린다. '명상하다가 혹시 발각되면 어쩌지?' 하는 불안감이 없다. '들켜도 어쩔 수 없지!' 하는 생각과 함께 마음이 놓인다.

갑자기 중단전이 하단전 쪽으로 뚝 떨어지는 것 같다. 마치 물풍선이 체인으로 천장에 매달려 있다가 10cm 정도 아래로 떨어지는 느낌이다. 마음이 평화롭다. 중단전과 편안한 마음이 서로 연관되어 있는 듯하다. 이렇게 수련할 수 있음에 감사한 마음이 든다.

2020년 3월 12일

밤 1시경 깨어 그 자리에서 정좌한다. 처음에는 잡생각이 들다가 하단전에 집중하며 화두를 잡는다. 백회와 어깨로 시원하면서도 청명한 기운이 내려온다. 손가락 끝까지 뿌듯하게 기운이 전달된다. 상체가 앞으로 45도 숙여졌다가 뒤로 15도 정도 젖혀진다. 하늘 천장으로부터 나의 백회를 관통해서 회음까지 지름 3센티미터 정도의 까만색 고무줄이 일직

선으로 연결되어 있다. 상체가 앞으로 숙여졌다가 고무줄의 반동으로 다시 일어나고 다시 뒤로 젖혀졌다가 일어난다. 기운의 작용이 신기하다. 백회 기운 작용이 활발한 것으로 보아 아직 5단계가 진행 중임이 확인되었다. 하단전에 축기하기 위해 집중했다.

2020년 3월 18일

올해 1월 19일에 스승님에게 안부 메일 보낸 내용을 다시 보니 두 볼이 상기되며 눈물이 난다. "이승에서 선생님을 뵙고 현묘지도 수련을 받을 수 있음에 항상 감사드리고 스승님의 기대에 부응하기 위해서, 그리고 제 자성에 한 점 부끄러움이 없도록 수련에 매진할 것임을 다짐합니다"라고 써서 보내 드렸었는데… 한 점 부끄러움이 없게끔 행동했나 돌아보니 부끄러움투성이다.

스승님이 그 이메일에 답장을 두 번이나 보낸 사실을 오늘 처음 알았다. 1월 20일에 "메일 잘 받았습니다. 부디 지혜롭게 처신하여 가정의 평화를 유지하면서도 수련에 계속 진전이 있기 바랍니다"란 메일을 보내셨다. 그러시고 나서도 걱정이 되셨던지 1월 22일에 "집안의 평화가 수련보다 우선입니다. 깊이 유의하기 바랍니다"라고 답장을 재차 보내셨다. 스승님이 2번째 보낸 내용은 오늘 처음 보았다. 스승님의 제자 사랑에 눈시울이 뜨거워진다.

2020년 3월 20일

자정에 오후 수련에 임한다. 관음법문이 귀뚜라미 소리처럼 들리는 가운데 목의 진동이 일어난다. 집중력이 흐트러질 때마다 심고문과 대각

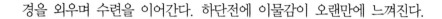

경을 외우며 수련을 이어간다. 하단전에 이물감이 오랜만에 느껴진다.

2020년 4월 4일

6시 30분경 깨었는데 몸이 개운하다. 평상시 아침에 일어날 때 몸이 물먹은 솜처럼 무거운 경우가 많았는데 오늘 아침은 갓 사온 이불솜처럼 가볍다. 기회는 이때다 싶어 그 자리에서 정좌한다. 오늘은 기존의 귀뚜라미 소리 대신 '윙~' 하는 모터 돌아가는 소리의 관음법문이 10초 정도 울린다.

내 머리 위로 기운의 기둥이 서 있고 백회혈을 지그시 눌러 주는 것 같다. 백회로부터 청명한 기운이 내려와 상단전, 중단전, 하단전으로 이동한다. 천상의 기운임에 틀림이 없다. 오랜만에 느껴보는 거라서 엄청 반갑다. 백회와 상단전은 시원한 느낌이, 하단전은 따스하다. 중단전은 뭐랄까 차갑거나 따뜻한 느낌이라기보다 전류가 흐르는 듯 찌릿찌릿하다.

명치 부근에 여과기가 있고 위에서 내려오는 기운을 걸러주는 역할을 하는 것은 아닐까 하는 생각이 스친다. 최근 수련에 게으름을 피우고 다른 일로 아까운 기운을 허비했지만 아직 신명님들이 나를 외면하신 것은 아닌 것 같아 다행이다. 그 은혜에 보답하는 길은 열심히 수련에 매진하는 것뿐이다. 창밖 매화꽃이 햇볕을 받아 환하게 빛난다.

2020년 4월 15일

새벽 1시 30분경 일어나 상념에 잠긴다. 벌써 5단계 화두를 잡은 지가 4개월이 다 되어 가는데 기운은 들쑥날쑥 일정치가 않아서 언제 끝날지도 모르는 형편이다. 조급증 또한 경계해야 하거늘. 불확실한 미래를 걱정하기보다는 나중에 후회가 없도록 지금 하고 있는 일에 최선을 다하면 된다.

마음을 추스리고 3시부터 50분간 수련하다. 잠이 잠깐 들었다가 4시 30분에 깨어 다시 정좌한다. 그런데 너무 졸립다. 잠깐 누워 있는다는 것이 잠이 들었는지 꿈을 꾼다. 도건 님과 내가 산에 있는 것으로 보인다. 홍수로 물살이 넘실대는 계곡을 조심스레 건넌다. 장면이 바뀌어, 양옆으로 마귀가 우글대고 있는 능선길을 재빠르게 뛰어서 올라간다. 전생에도 도건 님과 함께 동시대를 살아간 이력이 있는 것일까?

2020년 4월 18일

6시 30분경에 일어나 1시간 수련했다. 기운이 영화 〈매트릭스〉에서 모니터에 숫자가 떨어지는 것처럼 하늘에서 기운이 쏟아져 내린다. 그런데 내려오는 기운이 ㄱ,ㄴ,ㄷ...처럼 한글의 자음과 모음처럼 보인다. 무슨 뜻일까? 현재로서는 알 수 없지만 후일을 위해 기록해 둔다.

2020년 4월 22일

퇴근 후 저녁에 잠깐 수면을 보충한 후 9시경 일어나 뉴스를 보고, 5단계 화두를 외우기 시작하자 하단전에 뜸을 올려놓은 것처럼 단전이 타들어 간다. 그 뜸을 응시하며 화두를 계속 암송한다. 백회에 기운의 기둥이 말뚝처럼 내려와 박힌다. 아래는 가늘고 위로 갈수록 굵은 말뚝이다. 그 무게로 인해 묵직한 느낌이 드는데 뚫려 있는 백회가 그리 넓지 않아 말뚝이 백회에 걸려 있는 모양새이다. 호흡이 느려져 삼매에 들었으면 좋겠는데 그 정도까지 몰입은 되지 않는다. 그래도 오랜만에 느껴보는 기운이라 엄청 반갑다.

2020년 4월 25일

6시경 일어나 정좌했다. 화두 암송 중 아래턱으로부터 목 쪽으로 기운이 흘러가는 것이 느껴진다. 비 온 뒤에 빗물이 고랑을 따라 흘러가는 것 같기도 하고 미세한 전류가 수십 가닥의 전깃줄을 따라 아래쪽으로 흐르는 것 같기도 하다. 그 전기가 흘러 가슴 정중앙에 이르자 환하게 조명이 켜진다. 그 기운이 환하고 편안한 듯 느껴져 참 좋다. 중단전을 거친 기운이 하단전에 내려와 쌓인다. 지금까지 수련할 때 임맥에는 기가 도는 느낌이 거의 없었는데 오늘 경험해 보니 신기하기만 하다.

2020년 5월 13일

저녁에 귀가 후 도인체조하고 잠깐 수면을 취한 다음 11시경 아이 공부방에 들어가 정좌했다. 지금까지와는 사뭇 다른 기운이 느껴진다. 지금까지 백회를 통해 외부에서 기운이 들어왔다면 오늘은 내 몸 자체에서 만들어낸 기운인 듯하다. 자동차로 치면 운행을 통해서 배터리가 자동 충전되는 것과 비슷한 것 같다. 강하고 정신이 번쩍 들게 하는 기운은 아니지만 은은하게 몸 전체에서 느껴지는 기운이 괜찮다.

수련 중 내가 앞을 향해 가고 있는 것이 심안에 보인다. 옆에 도반님들도 함께 있는 것 같은데, 앞만 보고 똑바로 걸어가느라 도반님들 모습이 보이지는 않는다. 푸른 잔디가 나즈막한 언덕을 따라 쭉 펼쳐져 있고 저 언덕 위에 자작나무숲이 있다. 햇살을 받아 하얀 자작나무의 줄기가 반짝거린다. 자작나무숲을 향해 천천히 걸어가는데, 마음이 조바심 없이 아주 평화롭다. 화두수련의 앞날이 순탄하니 계속 정진하라는 의미의 메시지를 신명님들이 화면으로 보여 주신 것인가? 신명님들께 감사드린다.

2020년 5월 14일

자정이 넘은 시각, 방석숙제하고 다시 정좌한다. 머리 왼쪽이 어질어질하다. 손님이 오신 듯하다. 하나의 이미지가 떠오른다. 방 한 칸에 어머니, 내 자식 2명, 아내 그리고 내가 나란히 누워 있다. 흑백TV 같은 화면인데 얼굴은 잘 보이질 않고 몸의 전체적인 윤곽만 보인다. 방이 그리 넓지 않아 5명이 누우니 몸과 몸이 서로 닿을 듯하다. 어머니가 아들인 나를 향해 옆으로 누워 계신다. 어머니의 시선에 따뜻한 모정이 느껴진다.

아들을 애처롭게 바라보고 있는데 며느리도 번갈아 보신다. 아들을 며느리에게 뺏긴 것 같다는 생각을 하시는 것 같다. 당신이 느끼는 모정도 집착이고 미련이니 훌훌 다 내려놓으시고 가볍게 하늘나라로 가시라고 나의 염원을 전한다. 『반야심경』을 암송해 드리고 싶은데 최근에 암송한 적이 없어 잘되지 않는다. 그래서 후렴구만 반복해서 외워 드린다. "가는 이여, 가는 이여, 피안으로 가는 이여, 피안으로 온전히 가는 이여, 진리를 깨달을지어다." 눈가에 맺혔던 눈물이 볼을 타고 흘러내린다.

2020년 5월 18일

점심시간에 정발산에 올라가 스트레칭하고 철봉 운동 등을 했다. 발뒤꿈치로 따뜻한 물이 흘러내리는 것처럼 기운이 흐르는 것이 느껴진다.

오후에 사무실 근처를 뱅글뱅글 돌고 있는데, 갑자기 주위가 어두워지더니 굵은 빗방울이 떨어지기 시작한다. 사무실 현관 방향으로 냅다 뛰어 들어갔는데, 명문혈 부근이 순간 뜨끔하다. 마치 개미 같은 벌레가 문 것 같다.

나무에서 벌레가 떨어져 셔츠 칼라 사이로 들어갔나? 화장실에 가서 속옷을 까뒤집어 봐도 벌레는 보이지 않는다. 이상하다 생각이 드는데 미려와 회음도 박하향을 바른 것처럼 화끈거린다. 하단전이 뜨겁게 달아오르며 오른쪽 대맥혈도 뜨거워진다. 무엇보다 하단전의 열기가 수련이 잘될 때의 뜨거운 정도까지 올라가니 숨통이 트이는 것 같다. 이제 다시는 불씨를 꺼트리지 말아야지!

2020년 5월 31일

씻고 나서 그냥 잘까 조금이라도 수련하고 잘까 망설인다. 몸이 피곤하기는 한데 잠깐 수련할 생각으로 집중하는데 들어오는 기운이 심상치 않다. 정신이 번쩍 든다. 기운이 폭포수처럼 백회로 들어와 몸통을 적시며 팔, 다리 끝까지 흘러내린다. 선계의 스승님과 삼공 선생님에게 감사하다. 30분 정도 정좌하고 나니 기운이 뚝 끊긴다.

2020년 6월 1일

뒤척뒤척하다 5시 30분경에 일어나 수련 준비하는데 벌써부터 백회가 가동되기 시작한다. 들어오는 기운으로 인해 자꾸만 백회 쪽으로 인식이 이동하는데 애써 하단전에 집중하려고 노력한다. 하단전이 뜨거워지는 신호가 감지된다. 넓게 펼쳐진 도로를 고속으로 질주하는 모습이 보인다. 수련의 호기가 다시 온 것임에는 틀림이 없는 듯하다.

2020년 6월 3일

신명님들과 자성에게 문의한 결과 5단계가 끝났을 확률이 70~80% 정도일 듯하다. 오후에 삼공 스승님께 6단계 화두를 여쭤보고 6단계로 넘어갔다.

8. 6단계 : 식처 (2020년 6월 3일 ~ 2020년 7월 20일)

2020년 6월 16일

아침, 집에서는 집중이 되지 않아 사무실에 출근하여 수련한다. 이른 시각이라 다행히 사무실에 아무도 없다. 화두를 집중해서 외우니 시원한 기운이 백회로 들어와 머리, 몸통, 팔다리 등 온몸으로 흐르는 것이 느껴진다. 온몸에 소름이 돋는다. 피부호흡이 조금씩 되는 느낌이다. 그러다 집중이 흐트러지면 기운이 약해진다. 6단계 들어서는 화면이 아직 보이질 않는다.

2020년 6월 22일

꿈자리가 뒤숭숭하다. 사람들이 노예처럼 끌려다니다 역병에 걸려 죽어나가는 내용이다. 시체들이 컨베이어 벨트 위에 실려 오는데 나는 이를 지켜보고 있다. 피부가 괴사하여 죽은 모습이 끔찍하다. 며칠 전까지만 해도 버젓이 살아 움직였던 사람이라고는 상상이 되질 않는다. 악몽에서 깨어 자리에서 일어나 한참을 앉아 있었으나 기운이 꽉 막혀 있는 듯 답답하다. 정신을 차리고 씻고 정좌하여 50분 수련하고 출근하여 40분 추가한다. 수련을 마치고 주말 동안의 일지를 작성하고 있으니 기운이 조금씩 유통되기 시작한다.

2020년 6월 24일

4시 50분 알람을 끄고 뒤척뒤척하다 일어나 씻고 사배심고하고 정좌했다. 여전히 잡념이 있긴 하지만 알아챌 정도이니 괜찮은 편이다. 청명한 기운이 들어와 머리, 어깨, 등, 팔, 허벅지, 종아리가 다 시원하다. 6단계 화두를 외우는데 가끔씩 5단계 화두도 무의식중에 암송된다. 6단계 화두의 기색이 5단계 화두 기운과는 약간 다른 것 같은데 말로 표현하기가 어렵다.

1시간 수련하고 방석숙제하면서 축기한 다음 사무실에 출근하여 수련을 이어간다. 사무실 책상에 앉아 30분 집중하고 있으니 직원들이 출근하기 시작한다. 직원 휴게실로 장소를 옮겨 다시 30분 수련했다. 창가에 마련된 키 높은 의자에 다소곳이 앉아 빗소리를 들으며 화두에 집중하니 시원한 기운과 함께 행복감이 일어난다.

2020년 6월 25일

오전 수련, 대각경을 암송하는데 머리는 다른 생각에 사로잡혀 있다. 사무실 일들과 집안일들이 꼬리에 꼬리를 문다. 마치 옆에서 누가 말을 거는 것 같다. "그 일은 어떡할 거니?", "이사 갈 집은 알아봤어?"라고… 집에서 50분 수련하고 사무실에서 출근하여 50분 수련하고 장소를 휴게실로 옮겨 20분 수련한다.

뒤로 갈수록 기운이 좋아진다. 머릿속으로는 다른 생각이 드는데 들어오는 기운은 황홀할 정도다. 행복하다. 하단전에 불이 당겨진다. 마치 동굴 속에 횃불이 켜져 동굴 전체가 환히 밝혀지는 느낌이다. 잡생각과 기운은 반비례하는 걸로 생각하고 있었는데 오늘은 예외인 듯하다. 신명님들에게 감사드린다.

2020년 7월 2일

최근 들어 대각경 암송 시 시원한 기운이 잘 들어오는 것 같다. 이사 관련한 생각들이 우후죽순처럼 돋아나는데 화두에 집중하려 노력한다. 50분 정좌하다 사무실에 출근하여 수련을 이어간다. 직원 휴게실에서 수련한다. 잡념이 있는데도 들어오는 기운이 이를 압도하면서 잡생각이 수그러든다. 왼쪽 콩팥 쪽에 따뜻하면서도 시원한 기운이 느껴진다. 대맥이 유통되는 것과는 약간 다른 것 같다. 대맥 유통 시에는 피부 가까이 기운이 도는 게 느껴지는 데 비해 오늘은 그보다 몸 안쪽인 듯하다. 콩팥과 신장을 담당하는 수(水)의 기운일 것이다. 더운 여름에 수의 기운과 함께 하면 시원하게 보낼 수 있을 것 같다.

2020년 7월 4일

어젯밤 거실에서 잠깐 누워 있는다는 것이 잠들어서 1시 30분경에 일어나 양치하고 아이 공부방에 들어가 정좌한다. 한밤중이라 조용해서 집중이 잘된다. 길다란 벤치에 10명 정도 되는 사람들이 나란히 앉아 있다. 그런데 선명하지가 않고 굵은 연필로 몽타주를 거칠게 그린 것처럼 흑백으로 보인다. 살이 비쩍 말라 두개골의 형상이 그대로 드러난 사람도 있고 마귀처럼 눈 전체가 까맣게 보이는 이도 있다. 눈을 감고 있기가 무서워 눈을 뜨고 수련한다. 빙의령들인 것 같아 '인과응보 해원상생 극락왕생 업장소멸'을 수차례 외운다. "가는 이여, 가는 이여, 피안으로 가는 이여, 피안으로 온전히 가는 이여, 진리를 깨달을지어다"도 몇 번이고 암송해 준다. 백회 반응이 활발해진다. 손님들이 나가는 줄은 잘 모르겠다. 부디 좋은 곳으로 가시라는 염원을 담아 외운다.

2020년 7월 15일

5시 20분쯤 일어나 씻고 수련에 임한다. 기다렸다는 듯이 사무실일, 집안일 상념들이 비집고 들어온다. 하품, 재채기, 콧물이 간간이 나오는 것으로 보아 컨디션이 100%는 아니지만 그런대로 괜찮은 편이다. 1시간을 채운 다음 사무실에 출근하여 1시간을 추가한다. 책상머리에 앉아 화두를 외우며 하단전에 집중한다. 6단계 화두에 답을 하듯이 기운이 백회로 들어와 뒤통수, 목, 어깨와 등을 차례로 어루만져 준다. 그 기색(氣色)이 아주 온화하면서도 편안하다. 마치 어렸을 적에 나를 돌봐주셨던 할머니의 손길처럼 따뜻하다. 어제 수련 시부터 '본래무일물(本來無一物)'이라는 단어가 생각난다. 내가 본래 있었던 곳은 아무것도 없으면서도 꽉 차 있는, 그 어떤 공간이었을 것이다. 행복감이 온몸을 휩싸고 흐른다.

9. 7단계 : 무소유처 (2020년 7월 21일 ~ 2020년 9월 22일)

2020년 7월 21일

오전에 등산하고 삼공 스승님께 전화드려 화두를 청했다. 화두에 기운이 붙어 있는 것인지 암송과 동시에 기운이 백회로 쏙쏙 들어온다. 6단계 화두 기운과 다른지는 아직 잘 모르겠다.

2020년 7월 29일

아침, 사무실에 출근하여 수련한다. 기운이 제법 잘 느껴진다. 요즘에는 '과연 내 사명이 무엇일까?' 하는 생각이 수련 중에도 많이 떠오른다. 내 나이 50이니 100살까지 살 수 있다면 내 인생의 후반부는 나에게 주어진 사명을 충실히 이행하며 살고 싶다.

2020년 7월 31일

4시 30분경 일어나 채비하고 강화도 마니산으로 향한다. 6시경 입구에 도착, 단군로로 오른다. 전에 수차례 마니산에 온 적이 있지만 매번 함허동천로로 올랐었기 때문에 단군로로 가 보기는 처음이다. 참성단에 도착하니 훼손을 방지하기 위해 잠정 폐쇄한다는 안내문이 붙여져 있다. 7시 20분경 참성단 근처 평평한 바위 위에 준비해 온 생수와 사과, 자두를 올려놓고 나서 환인, 환웅, 단군 할아버지께 각 3배씩 9배를 올린다. 현묘지도 화두수련을 무사히 마치게 해 달라고 염원한다. 그리고 도반님들의 수련에도 큰 발전이 있게 도와 달라는 부탁을 드렸다.

2020년 8월 2일

7시경 일어나 씻고 대각경 3회 암송하고 화두를 외운다. 잡념들이 떠오를수록 하단전에 집중하기 위해 노력한다. 편안하고 행복하다. 1시간 수련 후 방석숙제하며 잠깐 쉬고 나서 다시 수련한다. 쾌속정에 몸을 싣고 불어오는 바닷바람을 맞으며 가는 듯 상쾌하다. 상단전은 시원하고 하단전은 따뜻하다.

2020년 8월 4일

어제 일찍 잠이 든 탓에 1시가 조금 넘은 시각에 일어났다. 대각경 3회 암송하고 화두를 외운다. 많이 잤는데도 졸린 것은 여전하다. 중간중간에 멍한 상태로 빠졌다가 다시 화두를 잡는 것을 반복한다. 1시간 겨우 채우고 다시 누웠다.

꿈에 외국의 낯선 방에서 자고 있는데 방안에 나 말고도 세 여자가 있다. 60대, 40대, 20대로 보이는 세 여자다. "여기 여행 왔느냐?"고 물어보니 "아니, 여기서 살고 있다"고 한다. 세 여자가 차례로 나를 유혹한다. 농밀한 몸짓에 마음은 이미 절반쯤 넘어간 것 같은데 겉으로는 '나에게는 여자가 있다'고 방어막을 쳤다. 꿈에서 깨었는데도 꿈속에서의 감촉이 그대로 남아 있다.

2020년 8월 5일

사무실에 출근하여 책상머리에서 수련을 시작한다. 대각경 3회에 이어 화두를 암송한다. 처음에는 집중이 안 되어 헤매다가 30분쯤 지나자

기운이 느껴지며 행복감이 인다. 이 행복감은 무엇일까?『삼일신고』의 지감, 조식, 금촉이 생각난다. 내가 본래 있었던 자리는 희구애노탐염에서 멀리 떨어진, 성색취미음저에서도 벗어난 지극한 승유지기의 자리일 것이다. 그 자리에 이르면 지복감을 느낄 수 있을 것 같다.

2020년 8월 7일

5시 20분 알람을 끄고 일어나 씻고 대각경 3회 암송하고 화두를 외운다. 온갖 잡생각이 일어나는데 마치 울창한 풀숲을 헤치면서 가는 듯 답답하다. 1시간 겨우 채우고 사무실에 출근하여 수련을 이어간다. 여전히 잡념이 드는데 하단전과 화두에 집중하려 노력한다. 하단전이 뜨거워지며 기운이 들어오기 시작하면서 상념이 잦아든다. 화두와 기운 자체가 추진력이 되어 배가 수면 위를 미끄러지듯 나아가는 것 같다.

2020년 8월 10일

6시경에 다시 일어나 화두를 외우는데 몸의 컨디션이 별로다. 백회는 꽉 막혀 있는 것 같고 중단전은 답답하다. 이사 관련한 잡념이 우후죽순처럼 솟아오른다. 30분 수련하다 사무실에 출근하여 이어간다. 화두와 하단전에 집중하니 하단전이 뜨거워지며 백회에 바늘구멍 뚫려 기운이 조금씩 들어오니 살 것 같다. 중단전에도 박하향 같은 시원한 느낌이 난다.

2020년 8월 20일

5시 30분경 일어나 씻고 대각경 3회 암송하고 화두를 외운다. 30분 수련하고 사무실에 걸어서 출근하여 책상에 앉아 화두에 집중한다. 기운이 강하지는 않지만 달구어진 숯불처럼 은근하게 느껴진다. 오른쪽 4번째 손가락과 왼쪽 눈썹 근육이 약하게 경련을 일으키다가 멈추었다.

2020년 9월 11일

아침, 사무실에 도착하여 책상에 앉아 대각경 3회 암송 후 화두로 들어간다. 출근한 직원들이 있어 몰입은 잘 안된다. 하지만 들어오는 기운이 환상적이다. 마치 시원하게 살랑살랑 부는 강바람에 온몸의 세포들이 깨어나는 듯 느껴진다.

2020년 9월 16일

5시 알람 소리에 깨어 씻고 거실 창가에서 정좌했다. 하단전이 빨간 숯불처럼 달아오르고 은은한 열기가 온몸으로 퍼지는 듯하다. 반면 피부는 시원한 기운과 함께한다. 40분 수련하니 집중력이 떨어져 15분 정도 『삼일신고』를 암송하고 5분 방석숙제해서 1시간을 채웠다. 쌀을 안쳐놓고 사무실에 출근해서 50분 추가 수련한다. 출근하는 직원들로 집중도는 높지 않았지만, 하단전의 열기가 간헐적으로 올라오며 수련하라고 재촉하는 것 같다.

2020년 9월 18일

5시 알람소리에 깨지 못하고 6시가 넘어서야 일어났다. 씻고 사무실에 출근하여 오전 수련에 임한다. 대각경 3회, 『천부경』 3회 암송하고 화두로 들어간다. 그런데 콧물이 나오고 기침이 간헐적으로 나온다. 전반적인 컨디션은 그리 좋은 편은 아니다. 20분여를 헤매다가 하단전에 불이 들어오니 그제서야 백회가 열리고 시원한 기운이 들어온다. 선도 수련자에게는 하단전이 '핵심'인가 보다.

2020년 9월 22일

오후에 삼공 스승님에게 전화드렸으나 사모님 왈, 스승님이 편찮으셔서 누워 계신다고 한다. 어쩔 수 없이 선배님으로부터 8단계 화두를 받아 외우는데, 화두가 낯설어 쉽게 암송이 되지 않는다.

10. 8단계 : 비비상처 (2020년 9월 23일 ~ 2020년 11월 3일)

2020년 9월 23일

5시 40분경에 일어나 거실 창가에 앉아 대각경 3회, 『천부경』 3회, 『삼일신고』 3회 암송 후 화두를 잡는다. 그런데, 아내 인기척 소리에 주의가 산만하여 30분 만에 일어나 씻고 사무실에 출근하여 수련을 이어간다. 화두 기운이 백회를 통과하여 하단전을 달구어 놓는다. 그 느낌이 마치 거대한 함선에서 내린 육중한 닻이 해저 바닥에 꽂히는 것 같다. 집중도는 높지는 않았지만, 화두 자체에 기운이 실려 있는 듯 화두를 외울 때마다 기운이 느껴지는 것이 신기하다.

2020년 10월 1일

6시 40분경에 일어나 거실 창가에 앉아 대각경 3회,『천부경』3회 암송하고 화두로 들어간다. 하단전이 손에 잡힐 듯이 뜨겁게 느껴진다. 하단전의 기운이 몸 전체로 퍼져 나가는 듯하다. 나주에서 차례를 지내는 시간에 맞추어 조상님들에게 감사한 마음을 담아 2번 절했다.

1시간 수련 후 방석숙제하며 잠깐 쉬었다가 쌀을 안치고 설거지한 다음 다시 정좌하여 화두를 외운다. 옅은 구름 사이로 비추는 태양빛처럼 기운이 은은하게 느껴진다. 저녁에 퇴근 후 귀가하여 저녁을 먹고 거실 창가에서 정좌하는데 유통되는 기운이 환상적이다. 하단전이 중심이 되어 기운이 온몸으로 퍼져 나간다.

2020년 10월 12일

5시 30분경에 일어나 거실 창가에서 정좌했다. 대각경 3회,『천부경』3회 암송하고 화두를 외운다. 잡생각들이 방해를 하긴 하지만 그리 심하지는 않고 집중도 괜찮은 편이다. 떠오르는 생각들 자체가 그리 중요하다고 생각되지 않는다. 물결에 흘러가는 종이배처럼 흘려보낸다. 사무실에 출근하여 책상머리에서 다시 집중한다. 백회가 간지럽기도 하고 이쑤시개 같은 걸로 살며시 건드리는 느낌이 난다. 백회로 기운이 들어와 온몸에 유통되니 행복하다.

2020년 10월 14일

5시 20분경에 일어나 씻고 거실 창가에서 수련한다. 대각경 3회,『천부경』3회 암송하고 화두를 외우는데 자꾸만 다른 생각들이 비집고 들어온다. 1시간을 헤매다가 사무실에 출근하여 수련을 이어 간다. 웬일로 오늘 직원들이 없어 집중이 잘된다. 하단전이 뜨거워지고 느껴지는 기운이 환상적이다. 마치 이른 새벽 물안개 피어오르는 강가에 있는 것처럼 시원하면서도 상쾌한 기운과 함께 한다. 마음은 편안하고 고요하다. 모든 걸 잊고 수련에 몰두한 선배 도인들의 심정을 알 것 같다.

2020년 10월 19일

5시경 일어나 거실 창가에서 정좌해서 대각경 3회,『천부경』3회 암송하고 화두를 잡는다. 그런데 야한 생각들이 일어나 방해를 하는 바람에 30분 만에 자리에서 일어나 씻고 사무실에 출근해서 다시 화두에 집중한다. 하단전이 달아오르며 기운이 온몸에 유통된다. 그 기운이 가히 환상적이다. 화두 자체에 기운이 실려 있는 것만 같다.

2020년 10월 28일

사무실에 출근하여 대각경 3회,『천부경』3회 암송하고 화두를 외운다. 하단전에 집중하며 화두를 외우니 하단전에 핫팩을 붙인 듯 뜨거운 기운이 느껴지며 백회에도 반응이 온다. 마치 사무실이 아닌 새벽 강가에서 나 홀로 앉아 있는 것만 같다. 수면에서 피어올라 차가운 공기 속으로 파고드는 물안개처럼 시원하면서도 따뜻한 느낌의 기운이다. 이런

게 천상의 기운일까? 어제 수련 시 헤맬 때와는 천양지차다. 8단계가 어느덧 끝나가고 있다는 직감이 든다. 여러모로 부족한 제자임에도 환상적인 기운을 내려 주신 선계의 스승님들에게 감사드린다.

2020년 10월 30일

새벽에 꿈을 꾸는데, 사무실인 것 같은데 내가 좋아하는 여자 유명 연예인이 나에게 다가온다. 내 옆으로 와서 몸을 밀착시키고 노트를 내밀면서 각 페이지마다 결재 도장을 찍어 달라 한다. 일기장 같은데 낙서처럼 개발새발 갈겨쓴, 두서가 없는 글이라서 "다시 정리해서 가져오라"고 퇴짜를 놓았다. 꿈에서 깨서 곰곰이 생각해 보니 내가 아직 성욕, 권력욕 등 세속적인 욕망에 사로잡혀 있는 것 같아 반성이 된다. 집에서 수련할 시간적 여유가 없어 사무실에 출근하여 집중하려 하는데 쉽지 않다. 주의가 산만하여 시간만 채운다.

2020년 11월 3일

대각경 3회, 『천부경』 3회 암송하고 화두를 외우는데 화두의 기운이 느껴지지 않는다. 앞으로도 초발심을 잊지 않고 수련할 것임을 다짐한다. 저녁에 삼황천제님에게 3배, 선계의 스승님들에게 3배, 삼공 선생님에게 3배, 선배님들과 도반님들에게 3배를 정성껏 올렸다. 무사히 현묘지도 수련을 마칠 수 있도록 도와주신 데 대하여 감사의 마음으로 절을 하고 있으니 백회로, 양어깨로 기운이 폭포수처럼 내려온다.

11. 현묘지도 수련을 뒤돌아보며

2016년 7월 1일 삼공 스승님을 처음 대면하고서부터 스승님의 가르침을 따르려 노력했다. 몸공부에 있어서는 하루 한 시간 달리기나 걷기를 실천하였고 주말에는 불가피한 경우를 제외하고는 근처 바위산을 찾았다. 그리고 휴일을 제외하고는 하루 2끼 이상 오행생식을 하였다. 날마다 도인체조를 하거나 스트레칭을 하였다. 여기에 근력강화를 위해 철봉운동과 팔굽혀펴기, 윗몸일으키기를 일주일에 2~3회 실시하였다.

기공부에 있어서는 단전호흡을 하루 30분 이상 실시하다가 카페에 가입하고서부터는 1시간 이상 하였다. 일상생활하면서도 항상 하단전을 의식하려 노력했다. 마음공부 차원에서는 『선도체험기』를 2회 정독하였으며 카페 가입 이후 수련일지를 매일 기록하면서 시시각각 변화하는 나의 마음 상태를 점검해 보았다.

2019년 10월 18일 삼공 스승님에게 소주천 점검을 받고 나서 현묘지도 수련을 시작했으니 지금까지 1년 남짓 걸렸다. 1단계에서 3단계까지는 순조롭게 진행되었고 4단계는 숙제로 남겨두고 건너뛰었다. 5단계에 접어들고서는 순항하던 배가 암초에 걸렸다. 문제는 '수련과 가정의 양립'이었다. '서로 함께 존재할 수 없다'고 생각되어 이혼까지는 안 가더라도 별거라는 극단적인 생각을 해 본 적도 있었다.

그런 생각이 불쑥불쑥 치고 올라올 때마다 삼공 스승님이 "아내를 사형처럼 따르라", "가정이 수련보다 중요하다"고 하신 말씀이 생각났다. 또한 선배님들과 도반님들의 애정 어린 한마디 한마디가 많은 도움을 주었다. 정말 눈물나게 감사했다. 어찌 보면 구도자의 길에서 언젠가 한 번은

맞닥뜨려야 할 운명이었으니, 현묘지도 수련의 하이라이트인 5단계에서 그 사건이 일어난 것은 그나마 다행이라 하겠다. 5단계에서 마음고생을 많이 하다 보니, 그 이후 단계는 별다른 고생 없이 지나온 것 같다.

나는 수련 중에 화면이 삼차원적으로 아주 선명하게 보이거나 천리전음을 들은 적이 없다. 관음법문도 들렸다 안 들렸다 한다. 각 단계마다 기운이 달라지는 것 같은데 어떻게 묘사해야 할지 몰랐던 경우가 허다하다. 처음 현묘지도 수련 시작할 때에는 마치 길 잃은 어린아이 같다는 생각도 많이 들었다. 그 어린아이의 손을 선계의 스승님들, 삼공 스승님과 선배님들과 도반님들이 따뜻하게 잡아 주어 지금까지 올 수 있었던 것 같다. 이 지면을 빌려 감사드린다.

나는 아직 견성을 하지 못했다. 보림 공부는 견성 이후의 일이다. 삼공 스승님 왈, 현묘지도 수련 중이거나 마쳤을 때 견성이 가능하다고 하셨다. 아직 많이 부족한 한 명의 구도자로서 찬란히 빛나고 있을 내 자성을 향하여 나는 오늘도 어김없이 이 길을 걸을 것이다.

【조광의 논평】

현묘지도 화두수련이 3단계까지는 진행이 잘되다가 중요한 5단계부터는 기운 체험으로 끝난 듯해 아쉽다. 그 이유를 유추해 보면 4단계를 소홀히 했고 수련에 정진하지 못한 기간에 축기 상태가 부실해졌기 때문 같다. 본인도 부족했음을 잘 알 것이므로 이를 만회하기 위해서라도 더욱 정진하리라 본다.

수련하는 데 좋은 환경을 가진 자가 얼마나 되겠는가. 설사 좋은 환경을 갖췄더라도 살다 보면 예기치 못한 시련이 계속 생기기 마련이다. 어떤 환경에 처하든지 그리고 겪게 되는 시련을 모두 공부의 기회라고 여긴다면 도심이 흔들리지 않을 것이다.

현묘지도 화두수련을 하는 동안 진실된 마음으로 임했고 앞으로도 그런 태도로 평생 수련해 가리라 믿는다. 그래서 삼공선도 선호를 '도윤(道允)'으로 정했으니, 삼공 선생님의 기대에 어긋나지 않는 수행자가 되기를 바란다.

현묘지도 화두수련 체험기 (52번째)

김 윤

기대에 부풀고 설레는 마음으로 삼공재에서 스승님을 처음 뵈었을 때가 아직도 기억이 생생하다. 인사를 올리고 난 후 애처로운 눈빛으로 저를 보시고 하신 말씀이 "지금까지 어떻게 살아왔어요? 내 가슴이 답답하네. 전생에 무사로 수많은 사람의 목숨을 해하여 그 원한의 혼들이 집단 빙의되어 있으나 차차 좋아질 겁니다" 하셨다. 업장의 윤회 속에서 아무것도 모르고 무지로 살아온 가여운 생이었다.

스승님의 은혜로 골이 깊은 업장이 해소되어 현묘지도 수련까지 마치게 되어 무한한 감사와 행복을 느낍니다. 오늘도 선계의 스승님, 조상님, 보호령님, 지도령님 그리고 삼공 스승님 및 도반님들께 고마움의 3배를 올리고 스승님 쪽을 향해 반가부좌하고 수련을 시작한다. 수련이 끝날 시간이면 동이 트는 아침 태양을 바라보며 햇살 가득 가슴에 안으며 '도와주신 주변 사람들에게 감사하고 나는 할 수 있다. 행복하다. 베풀며 인자하게 살아갈 것이다'를 외우며 하루를 시작한다.

1단계 천지인삼재 (6/9 ~ 6/16)

2020년 6월 9일 화요일 더움

코로나로 인한 사회가 불안한 분위기가 계속된다. 사회적 거리 두기로 안정을 찾을 때까지 삼공재 방문이 당분간 어렵게 되었다. 기운의 점검이 궁금하고 생식 주문은 해야 하기에 전화드려 삼공재 방문을 허락받아 방문하니 반갑게 맞이해 주신 스승님과 사모님의 건강한 모습을 뵐 수 있어 좋았다.

생식을 주문하고 아직 대주천 수련을 못 했다고 말씀드리고 나니 잠시 후 소주천 회로도를 보여 주시며 기운을 돌려 보라 하신다. 한참 후 기운이 돌아가고 있다는 기쁨의 말씀을 주시며 인적 사항을 기록하시고 482번째 대주천 수련자라고 말씀해 주셨다. 화두를 받고 선계의 스승님께 감사의 3배를 드리니 그동안 주위에서 힘써 주시고 격려와 지도를 주신 유광, 도해, 대봉, 금강 및 도반님들에게 감사의 고마움이 전해 온다.

주방의 전등을 고쳐 드리고 지난해에 유광 님과 에어컨 청소를 했듯이 시작되는 무더위를 대비하여 냉방기 청소와 가동을 점검해 드리고 기쁜 마음으로 돌아왔다. 집에 도착하여 오후 수련을 시작하니 지금까지와 달리 백회의 느낌이 더욱더 강하게 들어온다.

2020년 6월 10일 수요일

화두를 암송하니 현묘지도 수련 이전보다 기운의 느낌이 크게 강하게 느껴지고 진동과 함께 백회에 느낌도 강하다. 호흡하지 않고 가만히 있거나 TV를 보고 있을 때도 기운이 강하게 감지된다. 그전 같으면 자세를 잡고 집중을 할 때만 강한 백회의 느낌과 기운을 느낄 수 있었으나 일상생활 중에도 느낌의 강도가 다르게 느껴지니 크게 기운의 변화가 있음을 알 수 있다. 수련을 마치고 나니 머리가 무겁고 졸음이 온다. 오전에 도해 님이 축하 전화를 주시어 말씀을 드리니 몸이 정화되는 과정이니 그럴 것이라고 기쁨의 말씀을 해 주신다.

2020년 6월 13일 토요일

아침 7시 청계산에 오른다. 이전 같으면 하산할 때 『천부경』과 『반야심경』을 열심히 암송했는데 오늘은 입구부터 내려올 때까지 화두를 외우며 오른다. 발걸음에 맞추고 호흡에 맞추고 날씨는 더운데 단전에 호흡을 길게 집중하니 몸은 더욱더 뜨거워 금방 땀으로 흠뻑 젖어 버린다.

등산 초입부터 중년 남자 한 분이 계속 내 뒤를 따르며 밀고 온다. 가끔 산행 중 앞사람을 따라잡고 싶고 뒤지지 않으려고 하곤 했다. 평소보다 조금 빠른 듯한 걸음으로 오른다. 휴식 쉼터에서 쉴 법도 한데 그분도 쉬지 않고 따라서 온다. 거의 정상에 가까울 때쯤에 뒤따른 그분에게 미안함이 밀려온다. 꼭 나를 앞질러 정상을 오르려는 것 같은 느낌이다. 양보하여 조금씩 속도를 늦추니 땀에 흠뻑 젖은 그 사람이 스쳐 지나가는 뒷모습을 바라보니 행복한 마음이다.

2020년 6월 16일 월요일

어제부터 기운이 끊기고 백회의 느낌도 아주 미약하다. 벌써 끝날 리가 없다. 어디서 왔는가의 확답을 얻지 못했다. 대각경, 『천부경』, 『삼일신고』, 『반야심경』을 반복 암송해도 느낌이 없다.

2단계 유위삼매 (6/17 ~ 6/27)

2020년 6월 17일 수요일

두 번째 화두를 전화로 주셨다. 아들이 졸업하고 싱가포르에 파견근무 6개월 만에 코로나로 인한 업무가 중단되어 귀국했다. 입국부터 집까지 생활에 규제가 따른다. 가족 간 서로 떨어져 격리까진 할 수 없는 일이다. 자연의 원리나 수련자의 처지에서 볼 때 감기의 변형이지 코로나가 그렇게 심각하게 생각되지 않았다. 15일간 외출 금지로 타인의 접촉여부의 확인 전화까지 하는 등 시청의 안전 안내 문자로 휴대폰에서는 하루에 수번씩 확진자의 동선과 사망자 수를 긴급 메시지로 올리는 걸보니 심각해지고 있다.

2020년 6월 18일 목요일

정좌하고 집중하고 있으니 화두가 참으로 신비스럽다. 어제까지 막혀 들어오지 않던 기운이 가늘게 다시 들어온다. 새벽 공기가 시원한데 뜨거운 기운에 땀이 흐른다. 약한 진동에 화두를 짧게 또는 길게 암송 또는 소리 내 크게 또한 약하게 해 본다. 인당과 중단, 하단전에 글자를 새겨 보고 그중 길게 화두를 내뿜으니 가슴은 울리고 기운이 몸을 감싸며 단전으로 내려오고 다시 양쪽 장심으로 강하게 퍼져 나간다.

2020년 6월 21일 일요일

백회에서 느낌이 오더니 진동이 시작된다. 잠시 후 인당에서 기운의 느낌이 수련을 마칠 때까지 강하게 잡힌다.

2020년 6월 22일 월요일

대각경, 『천부경』, 『삼일신고』로 시작하여 『반야심경』까지 알고 있는 경구를 모두 세 번씩 외우고 상중하 단전에 화두를 글자로 새기며 암송한다. 시작부터 진동이 시작되더니 수련이 한 시간 거의 마무리될 때까지 멈추지 않고 계속된다. 인간으로 태어나 수련할 수 있는 이 순간이 감사한 마음이다. 수련이 끝날 때 떠오르는 태양의 햇살을 온몸으로 받으며 수련할 수 있게 해 주신 스승님과 도반님들께 감사한 마음을 올린다.

3단계 무위삼매 (6/28 ~ 7/7)

2020년 6월 28일 일요일

잠잠한 기운이 부드럽게 천천히 들어와 온몸을 덥히니 고요한 가운데 호흡은 깊어지고 차분히 내려온다. 3시에 일어나 수련을 마치고 새벽 4시에 출발하여 청계산을 오르니 이른 시간인데도 벌써 하산하는 사람이 있다. 청계산은 서울과 과천, 안양, 성남을 경계로 이루어진 618m 고지의 완만한 산이다. 서울 인근에 위치하고 전철역과 연결되어 주말이면 많은 사람이 찾는 곳이기도 하다.

2020년 7월 6일 월요일

가부좌 후 온몸의 의식을 아래로 내리고 모든 게 없다고 화두를 외우며 암송한다. 화두를 소리 내어 외우니 암송할 때보다는 강하게 기운이 들어온다. 소리의 진동에 세포의 떨림과 시원하게 열리는 느낌이 온다.

태어나고 성장하고 없음을 알려주는 것이니 태어나고 소멸하고 수중에 있을 때는 있는 것이고 없을 때는 없는 것이리라. 생성되어 나중엔 모든 게 소멸한다는 가르침을 준다. 고주파 음이 잠깐 강하게 들리다 사라지고 고요함과 더는 기운의 느낌도 없다.

2020년 7월 7일 화요일

집사람이 어깨 통증을 호소하길래 자연의 원리 교육에서 배운 경락 침법을 활용해 보기로 했다. 맥을 보니 모맥과 구삼맥이 나오는데 배운 대로라면 인영이 2배 크니까 양경에 둘, 음경에 하나로 침법으로 해야 하나 침 맞는 것을 거부한다. 그래서 간략하게 합곡, 심포삼초경의 중충, 관충에 하나씩 놓고 1시간 기다렸으나 차도가 없다. 그래서 모란의 한의 원에 같이 가서 침을 놓는 것을 구경했다. 사암침법인데 오른쪽 어깨가 아픈데 해당 경락도 아닌 왼발 부위 간, 담, 비, 위, 신, 방광경에 침을 놓는다.

4단계 무념처삼매 (7/9 ~ 7/12)

2020년 7월 9일 목요일

4번째 화두를 받고 수련을 하기 위해 평시와 같이 4시에 저절로 일어난다. 참으로 신비스럽다. 무념처 수련을 허락받고 나니 없던 기운이 백회로 다시 들어온다. 가벼운 도인체조로 몸을 풀고 정성을 들여 3배 올린 후 반가부좌하여 『천부경』, 대각경에 이어 『삼일신고』를 외울 때쯤부터 의식도 주지 않았는데 벌써 몸이 앞뒤로 움직이는 동작이 시작된다. 다시 좌우로 이번엔 고개가 좌우와 앞뒤로 도리도리, 상체는 바로 선 상태에서 엉덩이가 앞뒤 좌우 때로는 아주 격렬하게 진동이 이루어진다.

지금까지 몸이 자유롭고 격렬하게 움직이기는 처음이고 신기하기만 하다. 주걱으로 배 속을 휘젓는다는 동작이 무언가 하며 궁금했는데 알 수 있었다. 온몸은 땀으로 젖어 있어 시계를 보니 40분간 진동으로 끝이 난다. 아마도 온몸 구석구석 막힌 경혈을 소통하여 몸을 정화하는 작업 같다.

5단계 공처 삼매 (7/13 ~ 8/27)

2020년 7월 13일 월요일

유광 님이 문자로 5단계 화두를 시작했는가를 확인한다. 이번 화두가 중요하다며 나를 이끌어 주려는 배려가 정말 고맙다. 오후 늦게 스승님께 전화해 화두를 받고 가족과의 식사가 늦어 저녁 수련은 건너뛰고 내일 일찍 수련하리라 마음먹고 일찍 잠자리에 든다.

2020년 7월 14일 화요일

여느 때와 마찬가지로 이젠 3시가 되면 자동 일어나게 된다. 화두 시작 전 대각경, 『천부경』, 『삼일신고』 암송 후 화두를 잡고 몰입한다. 오늘은 잠이 쏟아지니 상체가 앞으로 끄덕끄덕하는 게 11가지 호흡의 연

속이 아니라 졸음이다. 선배 도인들은 졸음을 쫓기 위해 송곳으로 찔러가며 수련에 집중하여 대각을 이루건만 나는 아직 인내나 도심이 한참이나 모자란다. 앉아서 거의 1시간을 졸다가 일어나 다시 자리를 잡았으나 마찬가지이니 먼 길이다.

2020년 7월 15일 목요일

지난 주말에 비가 내려서 가지 못한 등산을 오늘 갔다 왔다. 7시 출근이니 3시에 출발하면 무난하다. 조용한 어둠 속에서 소쩍새만 울고 있을 뿐 산은 고요하다. 수련 기간 선계의 스승님께서 보호하여 주시니 포근하고 아늑하다. 이마 랜턴 불빛에 날아든 나방들이 나를 반긴다. 화두를 안고 끝없이 참나를 찾아본다.

어젯밤 12시 무렵에 잠들면서 2시 50분에 일어나라고 암시했는데 알람이 켜지기 전에 일어나는 걸 보니 수련이 깊어 갈수록 이젠 몸은 나를 잘 따라오는 듯하다. 청계산 정상에서 희미한 밝음을 맞이하며 하산한다. 간간이 새 울음소리가 들리니 이제 새들도 깨어날 시간인가 보다. 하산할 때까지 조용하고 상쾌한 아침을 맞이하는 느낌이 행복하고 나만의 시간을 주심이 감사하다.

2020년 7월 18일 토요일

일요일의 장마 예보에 오늘도 3시에 일어나 1시간 수련 후 야간 산행을 한다. 주변은 고요하고 어둠 속이라 보이지 않으니 수련의 집중이 좋다.

2020년 7월 19일 일요일

아침부터 소나기가 내리니 어제 새벽에 등산을 잘 갔다 왔다. 집사람이 한의원에서 2회 침 시술을 받았으나 효과가 없다고 다시 어깨 통증을 호소한다. 맥을 보니 분명 구삼맥이 나오는 걸 확실하게 감지할 수 있어서 내가 고쳐 주리라 재촉하니 반승낙을 한다. 통증이 어지간히 심했나 보다 생각하며 굵고 짧은 침으로 합곡과 중충, 관충에 지난번보다 더 강하게 자극을 주어 1시간을 기다리게 했다. 그사이에 한 번 더 침을 돌려 강하게 자극을 주었다. 나에게 침을 맞지 않으려는 이유가 여기에 있다. 아픈 곳을 다시 한 번 자극을 해 통증을 더해 눈물을 나게 하는 게 원인이다. 모란장이라 시장 구경과 과일을 사러 준비한다. 옷을 갈아입으며 어깨가 부드러워졌다고 하며 등 뒤로 깍지를 끼는 동작이 된다고 좋아한다. 시장 통닭을 사 주며 통증이 나으면 다음 장날 장어를 사 준단다.

2020년 7월 22일 수요일 비

하체 발과 다리 부위가 유난히 뜨거워 마치 족욕을 하고 더운물에서 나온 것처럼 열기가 있다. 얼굴과 귀 부위는 벌레가 기어다닌 듯 상체는 목에서 등, 팔 부위가 마치 파스를 발라 놓은 듯 시원한 게 마치 세포가 깨어나는 느낌이다. 어릴 적 고향의 배경에 지난 일들이 하나하나 기억에 스치고 지나간다.

내 살던 마을은 집성촌으로 그 시절 아버지는 일하기보다 술과 권위의식이 매우 강하셨다. 평시 생활복이 한복 바지와 저고리를 늘 입으시고 외출 시 두루마기에 모자가 필수이시며 집에 손님이 찾아오실 때면 갓을 쓰시고 맞이하는 모습이 눈에 선하다. 외지에서 학교에 다니다 집에 갈 때면 말없이 방으로 가 앉으시며 절을 받으시고 난 후에 안부를 물으시었다. 엄하기만 하시고 자상함이 없는 아버지의 그러함이 정말 싫었다.

2020년 8월 5일 수요일

아침 수련 집중력이 떨어진다. 자리에 앉은 후 10분이 지나지 않아 잡념에 빠져 있거나 졸음을 이기지 못하고 고통을 받는다. 화두에만 몰두하고 축기를 하지 않은 게 원인인 것 같다. 초심으로 축기에 더욱 노력해야겠다. 자리에서 일어나 옷을 갈아입고 밖을 나오니 장마가 지난 후라 산책길이 깨끗이 청소되어 상쾌하고 신선한 공기와 나무, 풀 모두가 깨끗하며 싱그럽고 사랑스럽다.

2020년 8월 27일 목요일

장마와 태풍이 지난 무더운 하루의 업무를 마무리하고 시원한 맥주 한 잔으로 더위를 달랜다. 요즘은 그렇게 좋아하던 맥주 한 잔에 취기가 와서 잠시 잠들어 깨어나니 맑은 정신이다. 정좌하고 내면으로 들어가니 하얀 물보라가 사방으로 퍼지며 그 속으로 깊이 들어가니 깨끗한 파란색 수중 속으로 화면이 펼쳐진다. 크고 작은 물고기가 노닐며 또한 지상의 이름을 알 수 없는 동물이 노닐던 초원을 지나 하얀 옷을 입은 아낙의 춤사위를 한참 바라보고 부처상이 스치며 뼈만 앙상히 남은 수행자의 모습이 한참이나 떠오른다. 수행자의 모습이 나 자신임을 알 수 있었고 호흡은 깊어지며 마음이 느긋해짐으로 보아 마무리된 듯하다.

2020년 9월 5일 토요일

모처럼 불암산 산행이다. 올해로 31번째 산행이다. 주 1회로 2회가 모자란다. 바윗길은 땅을 밟는 것보다 힘이 든다. 또한 평지의 다리만 사용하는 것보다 팔다리를 모두 사용하는 운동이라 체력의 소모가 많다. 오르는 길마다 장마로 깨끗이 씻은 바위가 향기롭다. 두 팔 벌리고 누워 하늘을 바라보고 구름이 흘러가는 모습을 보고 있으니 행복하고 좋다. 바위틈에 자란 소나무가 물기를 먹어 생기가 더한다. 정상에서 깊은 호흡으로 산의 기운을 듬뿍 마시고 물이 흐르는 넓은 바위에 앉아 물소리를 들으며 잠시 명상 후 하산한다.

6단계 식처 (9/9 ~ 9/17)

2020년 9월 9일 수요일

고향의 배경이 내려 보이며 11가지 호흡이 약하게 진행된다. 어릴 때 일과 중 소먹이가 있었다. 학교 갔다 오면 집마다 친구들이 자기 집의 소를 몰고 함께 뒷산에 가서 고삐 줄을 뿔에 혹은 목에 감아 고정하고 산으로 소들을 자유롭게 올려 보낸다. 그리고 친구들은 평지에서 감자, 고구마 먹거리 준비와 놀이로 시간이 흘러 해가 넘어가면 배부른 소들은 그중 우두머리가 집에 가는 시간을 알고 데리고 내려온다. 그럼 다 같이 소를 타기도 하고 싸릿가지를 소등에 싣고 집으로 내려온다.

그 산 중턱 넓은 바위에서 내려다보면 대여섯 마을이 한눈에 내려 보인다. 그것을 바라보며 깊은숨을 들이켜며 어른이 되면 이 마을을 잘살게 만들겠다는 꿈을 키우며 보냈고, 서울로 올라와 살아오며 부자의 욕심은 사라지고 도인의 길을 걷게 된다. 부자와는 거리가 멀지 몰라도 행복하다. 마음은 벌써 부자인 것을 두 눈을 감으니 깊은 명상 속에서 의식은 허공 속에 떠 있다. 고요함 속에 공간과 하나가 된다. 나의 본성은 허공 속에서 시작됨을 느낀다.

7단계 무소유처 (9/18 ~ 9/21)

2020년 9월 19일 토요일

청계산 갔다 오고 결혼식 참석한 후 모란시장 물건 구매 등 바쁘게 하루가 지난다. 오후 수련 시간에 집중하니 등산을 하기 위한 산 아래에서 신발을 묶는 나의 모습이 보인다. 잠시 후 옛날 시골 골목길에서 맨발로 신발도 신지 않은 순박한 코흘리개 어린아이 세 명이 모여 수줍은 모습으로 나를 바라본다. 다시 엄마의 젖을 물고 있는 갓난아이의 평화로운 모습이 스쳐 지나간다. 이어 공룡도 아닌 괴물의 형체를 한 동물의 형상으로 시작하여 동물들과 뱀 등이 지나고 초원이 끝없이 펼쳐진다. 그 모습이 다시 빛으로 사라진다.

2020년 10월 2일 금요일

오늘은 쉬는 날 첫 전철을 타고 불광역에서 북한산 등산을 한다. 족두리봉을 시작으로 문수봉까지 코스로 거대 바위로 조화롭게 이루어진 절경의 산으로 문수봉의 아름다움에 감탄한다. 산을 내려다보니 우리가 사는 도시의 모습은 작고 초라하다. 시가지의 일부가 사라진들 무슨 변화가 있으며 빌딩 하나가 사라져도 하물며 우리 인간 하나가 없어진들 세상은 아무런 변화가 없다. 나는 아무런 존재도 아니다. 그냥 없는 그 자체임을 일깨워 준다.

2020년 10월 5일 월요일

지난번 모란시장에서 사 놓은 엿기름으로 식혜를 배워 보기로 한다. 이젠 요리와 부엌일 등 집안일이 모두 익숙하다. 엿기름을 불리고 밥을 하고 기다리고 삭히고 완성되기까지 7시간이 걸린다. 간장, 된장, 고추장, 김치, 식혜, 막걸리 등 우리의 전통 먹거리는 시간과 정성이 들어가야 완성할 수 있다. 수련도 우리의 것인지라 정성과 참고 기다림 속에 꽃을 피울 수 있는 것인가 보다.

2020년 10월 11일 일요일

손이 머리카락에 닿았는데도 아픔이 느껴질 정도의 백회 통증이 하루 종일 지속된다. 전철 독바위역에 내려 친구와 만나 족두리봉을 시작으로 문수봉까지 산행한다. 문수봉에 오르는 길과 정상은 언제나 좋았다. 산에서 내려올 때까지 통증과 머리둘레에 띠를 두른 느낌이 계속된다.

2020년 10월 16일 금요일

수련을 마치고 비가 오지 않는 날이면 매일 탄천길 4km 아침 운동을 나간다. 이젠 어둠을 안고 나가 마치고 돌아올 때까지 어둠이 가시지 않는다. 출근 준비를 하는 중에 혼잣말로 '있을 때는 있는 것이고 없을 때는 없는 것이다'를 외우고 있다. 한동안 입에서 떠나지 않는 것을 보니 집착하지 말라는 메시지 같다.

8단계 비비상처 (10/22 ~ 11/10)

2020년 10월 22일 목요일 맑음

삼공재에 전화를 드려 사모님께 안부를 여쭙고 마지막 화두를 받고 싶다고 말씀드리니 아직 수련생의 통화를 허락하지 않으신다. 스승님 건강의 회복이 있었으면 하는 바람이다. 대봉 님의 도움으로 시작한 8단계 화두에 감사 인사를 드리고 암송하니 호흡과 화두가 느려지고 보다 편안한 것이 끝없는 우주의 공간 속이다. 작은 별빛이 보이며 암흑 속에서 조용하니 우주와 하나가 된 듯 멍한 느낌이 계속되며 고요하며 아무것도 없다.

2020년 10월 31일 토요일 맑음

며칠 전 유광 님이 북한산의 숨은 벽 코스를 알려 주었다. 너무 아름다운 배경이라 인터넷 검색을 해 보니 릿지를 하지 않고 갈 수 있는 산행 길도 있다. 집사람이랑 전철을 타고 불광역에서 내려 34번 버스를 타고 밤골공원 지킴터까지 2시간 걸려 도착했다. 주말이라 주차장이 혼잡하고 등산객도 많았다.

백운대를 향해 숲속 코스로 약 1시간을 오르니 사진으로 보던 숨은 벽이 보인다. '단풍과 어울려 북한산에 이렇게 아름다운 비경이 있구나!' 감탄하며 즐거워했다. 다시 한 번 와 보고 싶은 곳으로 추천하고자 한다. 백운대 정상으로 해서 우이동으로 하산했고, 좋아하는 집사람을 위해 다음주는 문수봉 코스로 가기로 했다.

2020년 11월 10일 화요일

화두를 잡고 찾으려 집중하여도 일상 속 기운의 흐름과 약한 진동이 있을 뿐 더이상 느낌이 없다. 선배들처럼 화려하게 마음에 감동을 주는 느낌을 찾을 수 없음에 아쉬워하며 그동안 지켜 주시고 지도를 해 주신 선계의 스승님께 삼배를 올리고 수련을 마무리합니다.

수련을 마치며

코로나로 인해 삼공재 수련이 중단되고 스승님의 건강이 불편하시어 찾아뵙고 수련을 할 수 없어 아쉬움과 많은 어려움이 있었습니다. 하지만 부족한 저를 위하여 대봉 님의 도움과 끌어주신 유광, 도해 님의 사랑과 채찍으로 마무리할 수 있었음에 감사드리며 여러 도반님이 힘을 주시어 감사합니다. 스승님 기운을 회복하시어 다시 지도와 사랑을 주시기를 간절히 바랍니다. 감사합니다.

【조광의 논평】

체험기의 분량은 비교적 적지만 현묘지도 화두수련의 단계별 핵심적인 내용과 그와 관련한 일화를 고루 기록하며 8단계 과정을 완료했다. 계속 정진하여 훌륭한 수행자가 되기를 바라며, 삼공선도의 선호는 우공(宇空)으로 정했다.

현묘지도 화두수련 체험기 (53번째)

안 진 호

『선도체험기』를 처음 접하게 된 것은 오랜 친구의 추천이었다. 출가하고 싶다는 얘기를 하자 친구가 100권이 넘는 『선도체험기』를 구해다 주며 이 책을 다 읽고 그래도 절에 가고 싶다면 말리지 않겠다고 했다. 사실 부모님도 출가하는 것에 반대를 하지 않았는데 말이다.

그렇게 『선도체험기』를 읽으며 조금씩 마음이 바뀌었고 삶의 목표가 삼공재를 다니며 현묘지도 수련을 하는 것이 되었다. 정말 일체유심조이다. 마음이 항상 선도수련에 가 있다 보니 어느덧 삼공재 수련을 하게 되었고 훌륭한 선배님들 또한 많이 알게 되었다. 2년 정도의 짧은 기간 삼공재 수련을 하고, 꿈에 그리던 현묘지도 화두수련을 코로나라는 역경을 뚫고 시작하게 되었다.

1단계 : 천지인 삼매 (2020년 4월 22일 ~ 2020년 6월 17일)

2020년 4월 22일 (수) 맑고 바람 강함

선도수련으로 아침 수련을 하고 시간이 다 되어 갈 때쯤 모든 만물과 모든 사람들이 있음에 이렇게 수련할 수 있다는 생각이 들고 감사한 마음이 올라왔다. 그리고 백회 쪽에 마치 단단한 벽이 금이 가듯이 으직으직 깨지는 소리가 들리며 자극이 강해짐을 느꼈다. 아침을 생식과 떡국을 조금 먹고 소화를 시킨 후에 근처 산으로 운동하러 올라갔다. 계속해서 의수단전하며 산을 한 바퀴 돌고 집으로 돌아와 씻고 서울로 향했다.

오랜만에 오는 삼공재 벤치에 앉아 『천부경』을 암송하며 의수 단전하다가 소주천 경혈도를 보면서 혈자리를 의념하니 독맥 쪽의 기운은 잘 느껴지지 않으나 백회, 인당 쪽이 기감이 강했다. 시간이 다 되어 엘리베이터를 타고 올라가 복도에 대기하고 있는데 긴장이 많이 되었다. 계속해서 의수단전하며 "나는 혼자가 아니다, 나는 할 수 있다"라고 암송하며 긴장감을 풀려고 노력했다.

3시가 되어 초인종을 누르고 들어가니 사모님께서 미소로 반겨 주시며 안부를 물어 주시니 감사한 마음에 인사 올렸다. 그리고 선생님께 인사 올리고 건강하신지 안부를 여쭈니 괜찮다고 하시며 미소로 반겨 주셨다. 바로 자리에 앉아 기 점검받고 선생님께서 부르셔서 가까이 다가가 작은 수첩에 인적 사항을 적었고 나는 480번째 대주천 수련생이 되었다.

그리고 첫 번째 화두를 주셔서 암송하기 시작하니 백회 부위에서 기운이 느껴졌다. 그리고 『선도체험기』에도 자세히 얘기했으니 화두를 절대 얘기하면 안 된다고 말씀해 주시고, 열심히 해서 꼭 통과하라고 말씀해 주셨다. 자리를 정리하고 사모님께서 주시는 따뜻한 쌍화차를 마시고 감사 인사를 올리고 밖으로 나왔다.

2020년 4월 23일 (목) 맑음

어제 오후 수련 시에도 계속해서 화두를 암송했고 단전의 열감이 강해지고 백회 쪽에서 계속해서 기운이 느껴졌다. 아침에 일어나려는데 몸이 무겁고 일어나기 힘들었다. 그래도 정신 차리고 일어나 세수하고 선도수련을 1시간 하고 출근 준비했다. 회사로 가는 차 안에서도 일하면서도 점심시간 그리고 돌아오는 차에서도 계속해서 화두를 암송하였다. 집에 돌아와 도인체조하고 다시 오후 수련을 시작했는데 점점 단전이 따뜻해지고 백회 쪽은 기운이 계속 들어오니 아프다는 생각이 들었다. 인당의 자극도 잠시 동안 강하게 일어났다.

2020년 5월 5일 (화) 맑고 더움

출근해서 일을 시작하기 전에 운동장처럼 넓은 회사 안을 걸어 다니며 화두수련을 했다. 화두 암송 중 상대방을 겸손, 배려, 양보를 끊임없이 하다 보면 어느 순간 나 자신이 없어진다는 생각이 들었다. 오전까지는 컨디션도 좋고 마음도 편안하였는데 퇴근할 때쯤엔 점점 감정들이 올라오니 손님이 계시구나 하는 생각이 들었다. 오후 화두수련 시 초반에는 하품이 계속 나오다가 임맥 쪽의 자극이 강해지면 목 바로 아래 천돌까지 기운이 올라와 있다는 생각이 들었다. 후반에는 피곤하였는지 비몽사몽하다가 마무리하였다.

2020년 5월 7일 (목) 맑음

일상 속에 반복되는 기쁨과 슬픔 그리고 두려움은 어디에서 오는가 궁금증이 일어났다. 여러 번 궁금함을 되물어 생각하는 중 기쁨과 슬픔, 두려움은 잠시일 뿐이라는 생각이 올라왔다. 회사에서 일하는 중 높이 있는 물건을 내리자 천장 유리에 햇볕이 밝게 빛나면서 내리쬔다. 하늘은 한없이 햇살을 비추는데 사람이 스스로 욕심으로 인한 그늘을 만들어 막고 있구나 하는 생각이 든다. 계속해서 이런 생각들이 올라오고 있고 감정도 계속해서 반복되고 있다. 오후 화두수련 시 계속해서 하단전의 훈훈함이 지속되고 있다.

2020년 5월 12일 (화) 맑음

출근해서 사람들과 대화하고 점심을 먹고 하는 와중에 느껴지는 내 마음이 화두수련 전보다 더욱 편안해 있음을 느꼈다. 감정의 기복이 상당히 약해졌고 여유로움을 느꼈다. 오후에 선생님께 안부 인사 겸 화두 진행 말씀드리려고 전화드렸더니 사모님께서 받으시고 반갑게 안부 물어 주시니 감사한 마음이다. 그리고 선생님 바꿔 주셔서 안부 인사드리고 기운 들어옴이 큰 변화 없이 계속되고 약해졌다고 얘기 드리니 선생님께서 미리 아시고 아직 끝난 게 아니고 화두 계속해서 열심히 암송하라고 하시며 기운이 끝날 때가 있다고 말씀해 주셨다. 전화 통화를 마치니 하단전의 열기가 따뜻하다.

저녁 걷기 운동하며 화두 암송하고 돌아와 오후 수련하였다. 수련 내내 오늘도 하단전의 따뜻함이 느껴지고 화두의 기운이 백회를 통과하여 하단전에 쌓인다 생각하며 수련하였다. 수련 중간중간 따가운 머리 자극이 일어났다. 수련을 마치고 두 손은 따뜻함을 항상 유지하고 몸도 훈훈함이 지속되니 일교차가 심한 요즘 춥다는 생각이 들지 않았다.

2020년 5월 20일 (수) 맑고 쾌청

저녁을 먹고 집을 나와 운동을 시작한다. 동네 산길을 가다가 좁은 길을 양보해 놓고 상대방 역시 나와 같이해 주길 바라는 마음에 고통이 일어난다. 그저 내가 먼저 양보하고 지나갔으면 그만이지 뭘 더 바란다는 말인가? 지금 내 마음공부의 현주소이다. 계속해서 걸으며 백회, 인당, 명문, 장심, 용천에서 기운을 받아 하단전에 쌓인다고 의식한다. 하단전과 화두만 남는다. 일체유심조이니 내 마음먹은 대로 이루어진다. 천지인삼재를 뚫는다. 하늘, 땅, 사람은 무엇을 의미하는가? 백회로 내려오는 기운이 잠시 더욱 강해졌다. 집에 돌아와 도인체조하고 화두수련에 들어간다. 인당과 전중의 자극이 일어나고 어제보다는 약하지만 오늘도 호흡하는데 답답함을 느꼈다. 마지막 끝날 때쯤에는 비몽사몽하였다.

2020년 5월 29일 (금) 맑음

친구이자 동료인 직원이 오늘 크게 화를 냈다. 난 옆에서 바라보며 내가 화났을 때 모습과 너무나 똑같아서 과거의 내가 부끄럽다는 생각이 들었다. 이렇게 바라보면 아무것도 아닌데... 화가 나 있는 내 자신을 제3자의 시선으로 바라볼 수 있을 때는 화가 사라질 거란 생각이 든다. 제3자의 시선 이것이 바라봄이고 관이구나.

오후 시간은 블로그에 올려 주신 주리반타가 스님 영상을 보면서 의수단전하였다. 주리반타가 스님의 수행의 정성과 자세를 보며 지금 내가 하고 있는 화두수련과 다르지 않다는 생각이 들었다. 나도 저렇게 온 정성을 다해 화두를 암송하고 있는가 반성이 된다. "먼지를 털고 때를 없애자."

2020년 6월 17일 (수) 맑음

어제에 이어서 오늘도 바쁘게 일하는데 머리 지끈거림이 계속되었다. 상대방의 행동과 말투에 화가 올라오는 것을 느끼고 주시하며 조심하니 성냄 없이 일을 마칠 수 있었다. 바쁠 때는 조급함이 올라오고 상대방의 모습이 마음에 들지 않는다. 그 상황에 화까지 겹쳐서 올라옴을 알 수 있었다. 직장생활 자체가 마음공부의 장이라는 생각이 든다. 마음이 많이 안정되었다고 생각했는데 아직 멀었다.

집에 돌아와 쉬었다가 저녁 식사 후 걷기 운동하며 화두를 정성 들여 암송하고 돌아왔다. 도인체조하고 올려 주신 '1970년대 서울의 모습' 영상을 보는데 나는 1980년도에 태어났는데도 보고 있으니 아련하고 뭉클하다. 이어서 유광 선배님 수련기를 읽으니 현묘지도 받기 전의 긴장감과 설레임이 느껴지고 기운이 감지된다. 오후 화두수련 "나는 하느님의 분신이다, 나는 나의 소우주를 믿는다"라는 생각과 함께 하단전과 인당 그리고 백회의 자극이 계속해서 이어지고 오른쪽 팔도 잠시 경련이 지속되었다.

2단계 : 유위삼매(2020년 6월 27일 ~ 2020년 8월 4일)

2020년 6월 27일 (토) 맑음

새벽에 일어나 좌선하려고 하였는데 알람 소리도 듣지 못하고 세상모르게 잤다. 일어나서 주시는 아침을 감사히 먹고 오전에 쉬면서 몸이 조금 이상한 느낌이 들었는데 삼공 선생님께 전화드릴 것을 미리 알고 있는 것인가? 샤워하고 선생님께 멀리서나마 삼배 올리고 전화드렸는데 사모님께서 받으셨고 잠시 후 선생님과 통화 후 두 번째 화두를 받았다. 선생님께 감사 인사 올리고 전화를 끊고 계속해서 화두와 함께한다. 저녁에는 관두는 친구의 송별회가 있어 집에서 식당까지 걸어가며 화두 암송하였다. 식사와 함께 술을 먹었는데 많이 먹지 않고 분위기를 맞추며 맥주 위주로 먹다가 마무리하고 집으로 돌아왔다.

2020년 7월 2일 (목) 맑음

어제부터 계속되었던 머리 통증이 오전 수련하면서도 지속적으로 유지되었다. 머리 오른쪽 부위에 계속 자극이 일어났는데 강한 아픔이 순간적으로 지속되다가 수련 후반부쯤에는 잠잠해졌다. 일하면서도 가끔씩 머리 통증이 일어났는데 심하지는 않았다. 오늘도 열심히 일하며 화두를 계속해서 암송하려고 노력하였다. 오후 수련 『천부경』을 시작으로 『삼일신고』까지 백회의 자극이 계속되다가 화두로 변경하여 암송하니 조금은 기운이 다르다는 생각이 들었다. 수련 중 오른쪽 발바닥이 따끔거리더니 다음에는 왼쪽 발바닥이 따끔거렸다. 1시간 수련을 마치고 잠시 쉬었다가 30분 더 화두 암송하고 마무리하였다.

2020년 7월 14일 (화) 비 옴

오전 화두수련 중 전중 부위가 잠시 따끔거렸다. 저번 주부터 계속 일하며 마음 한 켠에 사무침이라고 해야 할지 뭉클하며 아련하다. 돌아보니 지금까지 만난 모든 인연들이 소중한 인연이었다. 그렇게 소중한 인연인 걸 모르고 쉽게 지나쳐 버렸고 너무 냉정하게 대하였다. 왜 그렇게 함부로 대했을까? 귀한 인연들이 항상 내 옆에 있었는데 너무 미안하다. 마음이 짠해서 일하기가 힘들었다. 내 안의 손님도 나를 잊지 않고 찾아 오셔서 감사한 마음이 든다.

계속해서 화두 암송을 한다. 회사 창문 너머로 푸르른 뒷산이 보인다. "저기에 산이 있다. 너도 있고 나도 있다. 과거에도 있었고 지금도 있다" 라는 생각이 들었다. 오후 화두 수련 『천부경』, 『삼일신고』를 지나 화두 암송을 한다. 1시간을 마치고 잠시 쉬었다가 다시 화두를 암송하는데 몸의 반응이 없다가 시간이 조금 지나자 몸이 조금씩 움직인다. 화두의 기운이 약해졌음을 느꼈다.

2020년 7월 27일 (월) 비 옴

지친 주말을 보내고 월요일 출근을 하니 몸이 천근만근이다. 출근하여 일도 시작 안 했는데 힘들고 지쳐 퇴근하고 싶은데 그럴 수가 없다. 내일은 점검 오는 날이라 대청소까지 해야 하는데 걱정만 앞선다. 또다시 비는 오고 일은 해야 하고 청소, 정리까지 마치니 하루가 지나간다. 집에 돌아와 쉬다가 나 혼자 의수단전한다. 손님이 계신 듯하여 좋은 곳으로 가시라고 염원하나 쉽게 떠나지 않는다. 가시라고 해서 가실 분이었으면 벌써 갔겠지? 장마라 무더위라 그럴 것이라 위로해 본다. 여름이 빨리 지나갔으면 좋겠다.

2020년 8월 4일 (화) 비 옴

어젯밤 꿈에 칼을 들고 싸우는데 악을 쓰며 대결해도 상대방이 너무 강해 이기질 못한다. 칼과 칼이 부딪히는 소리가 생생히 들려왔다. 빙의령의 영향인지 꿈에서도 현실에서도 두려움에 떨었다. 오전 화두수련, 전중 부위의 묵직함이 계속되었고 머리 쪽의 통증이 잠시 이어졌다. 오후 화두수련에 들어간다. 『천부경』, 『삼일신고』 3회씩 암송하며 시작하는데 『천부경』에서 기감이 강해짐을 느꼈다. 화두수련 중에는 변화 없이 은은하게 이어지고 있다. 수련을 마치니 왼쪽 귀에서 삐 소리가 잠시 동안 이어지다가 사라졌다.

3단계 : 무위삼매 (2020년 8월 7일 ~ 2020년 8월 26일)

2020년 8월 7일 (금) 흐림

아침에 일어나는데 몸이 무겁다. 어제 온 손님의 영향이 계속해서 이어지고 있다. 오전 화두수련, 어제와 마찬가지로 1단계와 2단계 화두 암송하며 마무리하는 시간을 가졌다. 점심을 어머니와 함께 갈비탕을 먹고 마트에서 장을 보고 돌아와 잠시 쉬었다가 선생님께 전화드렸다.

2단계 화두가 끝났다고 말씀드렸더니 3단계 화두를 주었다. 전화를 끊고 화두를 암송하자마자 잠잠했던 몸에 기운이 내려오고 있다. 안되겠다 싶어 자리에 앉아 화두수련 들어갔다. 기운은 계속해서 들어왔고 잠시 후 어제저녁처럼 몸이 경직되더니 통증까지 이어졌다. 오후 화두수련, 계속해서 화두와 하단전에 집중했고 집중도가 높을수록 목 쪽의 경직이 강해졌다.

2020년 8월 10일 (월) 맑다가 다시 비 옴

오전 화두수련 하고 출근한다. 출근길에서도 화두 암송하고 일하면서도 계속 화두 암송한다. 중간중간 다른 생각이나 일에 집중할 때도 많지만 다시 화두로 돌아와 암송한다. 퇴근하면서도 암송하고 집에 돌아와서도 암송한다. 저녁을 먹고 쉬었다가 도인체조하고 오후 수련에 들어간다. 화두와 하나가 된다고 생각하며 수련한다. 화두가 하루 종일 끊이지 않고 내 몸속에서 시끄럽게 울릴 정도로 암송한다고 생각한다. 백회의 자극과 전중의 묵직함이 계속해서 유지되었다.

2020년 8월 11일 (화) 비 옴

오후 화두수련, 『천부경』, 『삼일신고』, 대각경을 잠시 암송하고 화두에 들어간다. 집중이 잘되었고 독맥 쪽도 따끔거리고 단전도 훈훈하게 유지되고, 전중 부위가 묵직한 느낌이 계속되며 백회 쪽의 자극도 이어졌다. 수련 중에 상상인지 문을 여는 장면이 보였는데 중단이 열리려고 하는 걸까? 꿈보다 해몽이다. 1시간 수련을 마치고 10분 정도 더 화두 암송하다가 마무리하였다.

2020년 8월 12일 (수) 비 오다 갬

새벽 알람을 듣고 잠시 깼다가 일어나지 못하고 다시 잠들었다. 오늘은 쉬는 것이 낫겠다는 생각에 출근 준비 전까지 누워 있다가 생식 먹고 출근했다. 회사에 출근해서 화장실에 들러 얼굴을 보는데 오전 수련을 하지 않아서일까 얼굴이 더 못생겨져 있다. 혹은 망가져 있다는 생각이 들었다. 일하면서 중간중간 화두를 암송하며 화두에 미친다. 화두와 하나가 된다고 의념한다.

오후에 차량 점검하러 근처 정비소에 갔다가 의자에 앉아 잠시 쉬는데 졸음이 몰려와 꾸벅꾸벅 졸았다. 퇴근할 때쯤부터 빙의가 심해지는 생각이 들었는데 집에 와서도 계속되었다. 화두 암송을 놓치고 핸드폰만 만지며 사고 싶은 물건들을 계속해서 보고 있다. 오후 화두수련, 『천부경』, 『삼일신고』를 지나 화두 암송에 들어간다. 집중도 좋았고 호흡도 어제보다는 부드러웠다. 1시간 수련을 마치고 잠시 쉬었다가 20분 더 하였는데 백회 쪽의 자극이 강해졌다.

2020년 8월 13일 (목) 무더움

오전 화두수련 초반에 집중이 잘되다가 중반, 후반으로 갈수록 비몽사몽 멍하니 시간이 지나간 느낌이다. 오늘도 회사에서 일하며 화두를 암송한다. 중간중간 "화두에 미친다. 화두와 하나가 된다"라고 의념하며 마음을 갱신한다. 저녁을 먹고 잠시 쉬었다가 도인체조하고 수련에 들어간다. 『천부경』, 『삼일신고』, 대각경을 암송하고 화두에 집중한다. 머리 쪽의 통증이 잠시 이어지다가 사라지고 계속해서 하단전과 화두에 집중하려고 노력했다. 잡념들은 끊임없이 올라온다. 1시간을 마치고 20분 더 수련하고 욕심내지 않고 내일을 위해 마무리하였다.

2020년 8월 19일 (수) 무더위

오후 화두수련, 『천부경』, 『삼일신고』, 대각경을 암송하고 화두에 들어갔다. 집중도 좋았고 백회의 자극이 이어졌다. 회음 쪽에 잠시 기운이 일어나다가 사라지고 전중 위쪽으로도 따가운 자극이 일어나다가 사라졌다. 오늘 수련하며 드는 생각은 화두수련이 조금 천천히 가고 있으나 나의 전체 수련 기간을 생각하면 지금도 초고속으로 가고 있다고 생각했다. 그러니 마음 편히 먹고 오로지 화두에만 집중한다고 마음먹었다.

2020년 8월 20일 (목) 무더위

회사에서 일하면서 화두 암송하며 일을 한다. 계속 잊을 때도 많지만 다시 돌아와 화두를 암송하며 일한다. 문득 '내가 없으면 화낼 일도 없다'라는 생각이 든다. 회사에서 기분 상하는 말을 듣지만 내가 없다고 생각하니 화가 나려고 하다가도 사그러들었다.

저녁을 먹고 잠시 누워서 쉬는데 다시 일어나지를 못하고 핸드폰만 계속해서 하고 있다. 몸이 좋지 않아서 도인체조도 생략하고 누워서 쉬다가 다시 몸을 일으켜 일지 정리하고 오후 수련에 들어간다. 초반 집중도가 좋다가 졸음이 몰려와 마지막쯤엔 꾸벅꾸벅 졸았다.

2020년 8월 25일 (화) 무더움

회사에 출근하며 그리고 일하며 화두를 암송하다가 생각들이 일어난다. 회사에는 여러 종류의 사람들이 있다. 부지런한 사람, 게으른 사람, 얄미운 사람 등등 이 회사만 그럴까? 아니다. 다른 회사도 마찬가지일 것이다. 그 안에서 나를 없애면 모든 것이 해결된다. 옳고 그름, 좋고 나쁨을 계속해서 분별하니 마음에 고통이 생긴다. 분별함이 없어지면 고통도 없어진다. 일하면서 수없이 머릿속에서 '나는 옳고 저 사람은 틀리다'라고 생각한다. 나 자신의 가아가 너무 강하니 없애라는 뜻 같다. 계속해서 생각이, 분별이 일어나는 이는 누구인가? 오후 화두수련 초반 집중도가 좋았으나 후반부로 갈수록 졸음이 몰려와 힘들었다.

2020년 8월 26일 (수) 무더움

오전 화두수련하고 출근했다. 일하면서 나는 실수하지 않고 잘한다고 생각했는데 막상 뚜껑을 열어 보니 실수를 상당히 많이 하고 있었다. 내가 바라보는 나와 남이 바라보는 내가 많이 달랐다. 역시 자신의 잘못은 보이지 않고 남의 잘못만 눈덩이처럼 크게 보인다는 말이 맞나 보다.

계속해서 일하면서도 화두 암송하려고 노력하였다. 오늘도 직원과 대화하며 감정이 상하고 화가 올라오는데 어제와 같이 내가 없다고 생각하니 많이 사그라들었다. 집에 돌아와 식사하고 쉬었다가 도인체조 후 오후 수련에 들어갔다. 화두수련에 들어갔는데 초반의 집중도를 이어가지 못하고 후반부에는 점점 졸음이 몰려오고 몸도 자주 움직이게 되었다.

4단계 : 무념처삼매 (2020년 8월 27일 ~ 2020년 9월 1일)

2020년 8월 27일 (목) 무더움

잠시 쉬는 시간 직원들과 이런저런 세상 사는 얘기를 나누는데 나는 잠시 말을 멈추고 마음으로는 화두를 암송하는데 빙의령의 영향인지 눈썹이 떨리고 머리 쪽이 분주했다. 마치 빨리 저 안에 들어가 대화하며 화도 내고 감정을 분출해 보라고 하는 듯했다. 오후 일을 마치고 나니 몸에 땀이 가득하다.

집에 돌아오는 길도 화두와 함께 하며 돌아와 집에 와서 씻고 간단하게 요기하고 쉬었다. 『구도자요결』을 읽고 도인체조하고 오후 수련에 들어갔다. 오후 화두수련, 『천부경』, 『삼일신고』, 대각경을 한 번씩 암송하고 화두수련하였다. 계속해서 잔잔하게 기운이 일며 한 시간 화두와 함께했다.

2020년 8월 28일 (금) 무더움

오전 수련하고 생식 먹고 출근했다. 오늘도 낮에는 상당히 더워 땀이 계속해서 흘렀다. 일을 마치고 집에 돌아와 한숨 자고 일어나 저녁 먹고 『구도자요결』을 읽고 도인체조하고 오후 수련 준비한다. 3단계 화두수련을 시작하고 백회의 자극과 전중이 묵직했다. 후반부로 갈수록 머리 조금씩 절레절레 흔들렸는데 4단계의 시작을 알리는 듯하였다.

2020년 8월 30일 (일) 무더움

어제 11시 반 정도에 잠을 잤으나 6시가 넘어도 일어나지 못하고 계속해서 잤다. 일어나서 아침밥을 먹고 다시 잠을 자는데, 꿈속에서 집에 앉아 있는데 앞문이 열려 있고 방안에 있는데도 산 정상이 훤히 보인다. 정상을 바라보고 있으니 산의 정기가 솔솔 내 안으로 들어오는 생생한 꿈을 꾸었다.

일어나서 안 되겠다 싶어 점심 먹고 집 근처 산에서 운동하고 돌아왔다. 땀도 많이 났고 집에 돌아와 샤워하니 주말에는 컨디션이 항상 좋지 않았는데 오늘은 괜찮은 상태를 계속해서 유지했다. 저녁 시간 의수단전하고 40분을 다시 화두와 함께 수련하였다. 하품과 눈물 졸음이 몰려왔다.

2020년 8월 31일 (월) 무더움

어제 일요일 몸 상태가 괜찮았는데 새벽에 몸이 무거워 일어나질 못하고 누워 있다가 생식 먹고 출근했다. 아침에는 선선하였으나 날이 밝아오면서 점점 더위가 강해졌다. 모든 업무를 마치고 퇴근하는 길에 차에 타고 선생님께 화두를 받기 위해 전화를 드렸는데 사모님께서 받으셨고 선생님께서 저혈압으로 누워 계시며 전화 통화도 힘드시다고 말씀해 주셨다. 사모님의 목소리도 많이 가라앉아 계셔서 마음이 무거웠다. 선생님의 건강을 마음으로 기원 드리고 전화를 끊었다.

집에 돌아와 씻고 저녁을 먹었는데 머리는 지끈거렸고 피곤함에 눕고 싶어 컴퓨터 책상 앞에 누웠는데 잠깐 잠들었었는지 시간이 금세 지나가 있었다. 정신 차리고 일어나 화두수련 4단계 무념처삼매를 해 보았으나 변화가 없었다. 그래도 1시간 동안 책에 있는 내용대로 해 보고 마지막까지 하단전에 집중하며 수련을 마무리하였다.

2020년 9월 1일 (화) 무더움

오후 화두수련, 어제와 같이 무념처삼매 잠시 따라 해 보고 전 단계 화두 복습하였다. 수련 내내 졸음이 몰려와 집중도 되지 않고 힘들었다.

5단계 : 공처 (2020년 9월 6일 ~ 2020년 9월 16일)

2020년 9월 6일 (일)

아침 알람을 듣고 여전히 무거운 몸을 일으키지 못하다. 일어나 아침을 먹고 다시 잠이 온다. 자고 일어나서 몸은 무겁고 배는 고프다. 이것저것 먹으며 쉬니 하루가 다 지나간다. 저녁시간 선배님께 5번째 화두를 받았다. 잠시 한숨 돌리고 화두수련이 다시 시작되었다. 화두와 함께 생활하며 다시 달려가 보자.

2020년 9월 7일 (월) 태풍, 비

어제 10시쯤 잠들었더니 새벽에 일어나기가 한결 수월했다. 역시 일찍 자야 일찍 일어날 수 있다. 오전 화두수련을 마치고 출근해서 일하는데 관리자의 말투와 행동에 기분이 상한다. 마음속으로 나를 공부시켜주는 스승님이구나 하며 달래 보는데 막상 쉽지는 않았다. 계속해서 일하며 5번째 화두를 놓치지 않으려고 노력했다. 비가 계속 오다가 퇴근할때쯤 되어서 많이 약해졌다. 집에 돌아와 쉬었다가 도인체조하고 오후 화두수련에 들어갔다. 백회의 자극과 함께 화두를 암송하였는데 하품과 콧물 눈물이 계속 났고 후반부로 갈수록 졸음이 몰려와 힘들었다.

2020년 9월 8일 (화) 맑고 쾌청

오후 화두수련 시 오른손에 한동안 통증이 이어졌고 백회와 전중 임맥 부위가 기운이 계속해서 느껴지고 등 쪽의 오른쪽 한 부위에 따끔거림 현상이 여러 번 일어났다. 하품과 눈물도 동시에 많이 나왔으나 그래도 집중도가 좋았다. 기운이 많이 내려옴을 느꼈다.

2020년 9월 9일 (수) 맑음

오전 수련, 그렇게 피곤하지 않았는데 집중하지 못하고 비몽사몽 시간이 지나갔다. 출근해서 일하다가 오늘은 그래도 여유가 있어 화두와 함께하며 앉아 있었다. 계속해서 암송하다가 '본성은 그대로이며 나는 계속해서 변해 왔다'라는 생각이 들었다. 저녁 오후 수련을 준비하는데 몸이 피곤하다는 생각이 들었는데 블로그에 접속하다 보니 어느새 피곤함이 사라졌다. 오후 화두수련 시작하며 집중도는 좋았으나 여전히 하품과 눈물 콧물이 이어졌고 점점 잡념이 몰려오고 집중하지 못해 아쉬웠다.

2020년 9월 16일 (수) 비

오후 화두수련 시작하며 백회의 자극과 함께 기운이 느껴지다가 잠시 후 다시 잡념이 계속해서 올라오고 화두 집중도 잘되지 않았다. 그래도 마음으로 미움과 원망보다는 사랑, 감사, 용서로 모든 일이 해결된다는 생각이 든다. 단, 실천이 중요함을 느낀다.

6단계 : 식처 (2020년 9월 20일 ~ 2020년 11월 3일)

2020년 9월 20일 (일) 맑고 쾌청

좌선 1시간 하고 등산하려고 하였으나 못 하고 조금 더 자고 등산 준비하고 밖으로 나갔다. 오늘은 친구들과 자주 왔던 등산 코스로 향했다. 등산을 시작하고 저번 주 등산 코스보다는 조금 쉬워 마음을 놓고 올라가는데 오랜만에 와서일까 그렇게 쉽지는 않았다. 그래도 점점 산이 익숙해지고 발걸음도 힘이 들어간다. 오늘도 완연한 가을의 상쾌한 날씨가 등산 내내 지속되니 산속에 있는 것만으로도 행복했다. 내려오는 하산 길에 계곡물에 발도 담그고 세수도 하니 정말 시원했다.

집으로 돌아와 점심 먹고 어머니와 함께 독립기념관에 가서 바람 쐬고 드라이브도 하고 즐거운 오후를 보내고 집으로 돌아와 침까지 흘리며 잠을 잤다. 자리에서 일어나 정신 차리고 선배님께 6번째 화두를 받자마자 기운이 느껴지고 단전의 훈훈함도 동시에 일어난다. 등산 다녀와서인지 더욱 잘 느껴지는 듯하다. 6단계 화두 기운과 함께 1시간 좌선하고 주말을 마무리했다.

2020년 9월 21일 (월) 맑음

오전 6단계 화두와 함께 오전 수련하고 출근했다. 저번 주부터 회사에 오면 자꾸 화가 나려고 하고 회사와 동료들의 행동이 마음에 들지 않는다. 손님의 영향이 강하다는 생각에 화두에 집중해서 생활하고 말은 업무적인 것 외에는 거의 하지 않았다. 집으로 돌아와 한숨 자고 일어나 저녁 먹고 오후 수련 준비했다.

오후 화두수련 시작하고 얼마 지나지 않아 이마 쪽에 또르르 작은 뭔가가 흘러 내려오더니 인당의 자극이 강해졌다. 하단전도 계속 훈훈하니 상단전, 중단전, 하단전에 기운이 계속 쌓여 가는구나 하는 생각이 들었다. 잡념은 계속해서 일어났지만 집중도 좋고 기운도 많이 감지되었다.

2020년 9월 22일 (화) 맑음

오전 화두수련하고 출근했다. 일하고 잠시 쉬면서 습관적으로 핸드폰을 만지는데 조금만 사용하고 핸드폰을 놓고 화두에 집중했다. 점심시간 회사 사장님께서 직접 버섯과 돼지고기로 요리를 해서 가지고 오셨다. 평소에 말씀이 없으신데 이렇게 말보다는 행동으로 사랑 표현을 하시나 보다. 역시 언제나 거래는 성립된다. 회사에 힘들고 서운한 마음이 정성 담긴 음식을 먹으니 사르르 녹는다. 오후 6단계 화두수련, 집중도가 조금 약했지만 그래도 1시간 좌선하며 몸의 훈훈함은 지속되었다.

2020년 10월 5일 (월) 맑고 추움

긴 추석 연휴가 지나고 출근하는 날 새벽 밤새 잠을 설치다가 출근했다. 몸은 힘들었지만 그래도 하루 종일 움직이고 나니 좀 나아졌다. 집에 돌아와 쉬다가 『천부경』과 대각경을 오래 암송하다가 화두수련하였다. 잠시 쉬었다가 다시 화두수련에 들어갔다. 하단전의 따뜻함이 살아났다. 거칠고 투박했던 마음이 조금은 녹아내려 화를 냈던 일들이 후회가 밀려온다. 언젠가는 어떤 일에도 흔들리지 않는 마음을 성취하리라 기원해 본다.

2020년 10월 8일 (목) 맑고 쾌청

새벽에 일어나지 못하고 계속해서 잠을 자다가 생식과 식빵을 먹고 출근했다. 날씨가 상당히 쌀쌀하지만 낮에는 맑은 하늘과 공기가 그래도 위안을 준다. 운전하고 갈 때나 아무도 없는 곳에서는 혼잣말로 화두를 암송하고 일할 때는 마음으로 계속해서 화두를 암송하려고 노력했다. 퇴근하려고 하는데 사장님께서 텃밭에서 일구어서 수확하신 호박을 주신다. 감사한 마음에 차에 실어 집으로 돌아왔다.

저녁을 먹고 수련기를 정리해서 올리니 힘들었던 명절이 나에게 어쩌면 큰 공부가 되었다는 생각이 든다. 이렇게 함께 수련하니 다시 오뚝이처럼 일어나서 다시 제자리로 돌아올 수 있음에 감사한 마음이다. 오후 화두수련 집중도도 좋았고 오른팔과 오른손 쪽으로 찌릿찌릿하였고 백회의 자극도 이어졌다. 잠시 쉬었다가 20분 수련을 더 하고 마무리하였다.

2020년 10월 9일 (금) 맑고 쾌청

오늘은 한글날이기에 감사하게도 출근하지 않았다. 1시간 늦게 일어나 오전 화두수련 참석하고 6단계 화두에 집중도가 좋았다. 송편과 함께 아침을 먹고 오전은 푹 쉬었다. 점심 먹고 머리 깎으러 미용실에 들렀다가 이왕 나온 김에 근처 산으로 갈까 하다가 오늘은 시내 길을 걸으며 만 보를 채웠다. 맑은 날씨와 함께 오랜만에 시내를 걸어서일까 소풍 나온 기분으로 발걸음을 옮겼다.

집에 돌아와 좌선이 하고 싶어 3시가 조금 넘은 시각 자리에 앉아 화두수련을 하였다. 하단전의 열기가 계속해서 이어졌고 정확하지는 않지만 양어깨 부위에 통증이 약하게 일어났다. 그래도 운기가 잘된다는 생각이 들었다. 수련을 마치고도 하단전의 열기가 지속되었다. 저녁 먹고 영화 한 편 보면서 의수단전하고 잠시 누워서 쉬었다가 오후 화두수련에 들어갔다. 인당의 자극도 잠시 강했고 하단전의 열기가 오늘따라 계속 이어졌다. 목과 어깨 쪽이 뻐근하고 힘이 들어간다.

2020년 10월 10일 (토) 맑고 쾌청

새벽에 일어나려는데 이불 속에 있어도 썰렁함을 느꼈다. 조금 더 누워 있다가 정신 차리고 생식 먹고 등산 준비했다. 쌀쌀한 날씨였지만 등산하고 이내 몸이 더워지니 어찌 보면 땀도 덜 나고 좋았다. 등산 중반 전망 좋은 바위에 올라 오늘 등산하는 세 개의 산 이름을 부르고 온몸으로 기운을 받아 하단전에 축기한다고 의념하였다. 약하게 소름이 전해져 온다.

계속해서 화두와 함께 발걸음을 옮긴다. 초반에는 몸이 무거웠으나 중반으로 갈수록 상태가 좋아지고 후반부까지 상쾌하게 등산할 수 있었다. 저녁때 편하게 쉬다가 10시 조금 넘어 오후 화두수련 시작했다. 하단전의 열기가 조금씩 강해지니 몸에 땀이 나서 더웠다. 1시간 넘어 20분을 추가하다가 집중도가 약해져서 마무리하였다.

2020년 10월 13일 (화) 흐림

오후 대각경과 『천부경』을 암송하고 화두수련에 들어간다. 1시간 화두수련을 마치고 누워서 10분 정도 쉬었다가 다시 30분 화두수련하였다. 오늘은 6번째 화두를 깨리라는 마음으로 정진하니 기운이 강하게 느껴지고 하단전의 열기 때문인지 몸은 점점 더워지고 인당과 전중 부위의 자극이 이어졌다.

2020년 10월 18일 (일) 맑고 추움

어제저녁 8시 넘어 일찍 잠들었는데 6시가 넘도록 일어나지 못했다. 몸이 무겁고 기분이 좋지 않는데 자꾸 쉬고 싶다는 생각에 빨리 등산 가방을 메고 밖으로 나왔다. 등산하면서도 화두를 암송하였으나 여러 가지 생각들과 내가 잘못한 일 등등이 끊임없이 이어지니 몸은 산을 오르고 정신은 어디 있는지도 모르게 헤매였다. 잠시 쉬어가는 의자도 어느새 지나치고 걷고 있었다.

정상에 올랐다가 내려오는 산 중턱의 거북이 바위에 들러 등산화를 벗고 앉아 사과 2개를 먹고 있으니 내가 잘못한 일들의 벌을 달게 받고 있다는 생각과 함께 마음이 조금씩 편해졌다. 등산 마지막 계곡물이 흐르는 산길을 내려오며 화두와 하단전에 집중하니 하단전의 열기가 느껴졌다. 집에 돌아와서도 의수단전하며 앉아 화두를 암송하니 다시 하단전의 열기가 이어진다. 오후 화두수련, 하단전의 열기와 전중의 자극이 이어졌고 후반부로 갈수록 다른 생각들로 집중도가 내려갔다.

2020년 10월 20일 (화) 맑고 추움

오전 화두수련하고 출근했다. 회사에 들어가며 무심으로 하루를 시작하나 계속해서 감정에 휘둘리다가 퇴근하는 느낌이다. 내 목소리가 언제부터 점점 더 커진 느낌이다. 제어하지 않으면 대화하면서도 마치 큰소리를 지르는 듯하다. 괜찮다. 가다 보면 좋아진다.

오후 화두수련 중 끊임없이 생각이 올라오고 나를 흔들고 나를 조종하려는 생각이 든다. 빙의령인가? 이것이 가아인가? 언제부터 만들어졌나? 이 고비를 넘겨야 한 단계 올라갈 것만 같다. 1시간 좌선 후 잠시 쉬었다가 다시 1시간 더 하였다. 백회의 자극이 계속해서 이어졌고 잠시 혀에 힘이 들어가더니 다문 입이 벌어질 듯, 붙어 있는 윗입술과 아랫입술이 떨어질 듯하였다.

2020년 10월 22일 (목) 흐리고 추움

저녁을 먹고 오후 수련에 들어갔다. 턱 부분이 잠시 따끔거리고 백회쪽의 자극이 계속 일어나고 하단전의 열기도 이어졌다. 회사에서의 일들, 지난날들의 화내고 잘못했던 일들이 생각이 난다. 지금의 내 모습이 초라해 보이기도 한다. 내 생각이, 마음이, 행동이 지금을 만들었다. 1시간 수련을 마치고 다시 한 시간 더 좌선했다. 여전히 생각은 멈추지 않고 일어나고 하단전에 여러 번 내린다고 의념하며 계속해서 화두와 함께했다.

2020년 10월 27일 (화) 맑음

오전 화두수련을 마치고 출근했다. 오늘도 일하며 그렇게 바쁘지 않았는데 점점 피곤함이 몰려오고 감정도 심하지는 않지만 파도친다. 나에게 빙의령이 여러 번 들어오고 있는 느낌이다. 바로바로 천도를 하지 못하니 점점 감정 기복이 심해지고 쌓여 마지막에는 견디지 못하고 폭발하게 되는 것이 아닐까? 내 능력을 키우는 수밖에 없다. 흔들리지 않는 마음은 쉽게 얻어지는 것이 아닐 것이다. 수련한 만큼, 노력한 만큼 파도도 사그러들 것이다.

오후 화두수련, 대각경과 『천부경』을 암송하고 화두에 들어간다. 눈물과 콧물, 하품은 오늘도 계속해서 흘러내린다. 수련 중에 회사에서의 일들이 생각이 나고 돌이켜 보니 처음에는 동료가 그다음에는 거래처 사람이 그리고 관리자와의 마찰이 이어지고 있었다. 그리고 또 다른 누군가로 바뀔 것이다. 그래 다 나를 성장하게 하는 스승님들이시다. 감사한 마음으로 대하자.

2020년 11월 2일 (월) 맑고 추움

오전 화두수련, 대각경과 『천부경』을 암송하고 화두에 들어간다. 수련 중반쯤 자성에게 화두가 끝났는지 여러 번 물어보니 약하게 기운이 느껴진다. 다시 화두가 아직 안 끝났는지 물어보니 아주 잠시 그리고 강하게 부정하듯 도리도리 진동한다. 수련을 마치고 출근했다.

유독 바쁘고 정신없는 월요일인데 어제 군사 선배님께서 올려 주신 인욕바라밀을 생각하며 성내지 않으려고 집중했다. 그래서일까 점점 두통이 심해지고 피로감이 몰려온다. 그래도 별일 없이 퇴근해서 집에 와 샤워하는데 끊임없이 이어지는 생각들이 너무 지친다는 생각이 들었다. 제발 이 생각이 멈췄으면 하는 마음이었고 고통스러웠다.

저녁을 먹고 『참전계경』 익증을 반복해서 읽으니 마음에 들어온다. 내 마음도 선과 덕으로 단련하고 단련하면 보검도 되고 미옥도 될 거라는 생각이 든다. 오후 화두수련, 대각경과 『천부경』을 암송하고 화두에 들어갔다. 끝없는 잡념에 비해 집중이 좋았고 하품이 여러 번 이어졌다. 잠시 쉬었다가 추가로 수련하였으나 졸음이 몰려오니 중단하였다.

2020년 11월 3일 (화) 맑고 추움

오전 화두수련, 여전히 별의별 생각들이 일어난다. 수련이 끝날 때쯤 어깨 부위가 따가웠다. 출근해서 일하며 오늘도 감정들이 올라오고 분별심이 발생한다. 그래도 마음으로 내 할일에 집중하자 하며 마음을 다시 먹는다. 핸드폰에 저장되어 있는 인욕바라밀도 읽고 보왕삼매론도 읽고 『법구경』도 읽으며 마음을 달랜다. 여러 번 읽어도 좋다. 『법구경』의 말씀대로 나에게 집중하려 노력하였다. 여전히 감정은 올라왔지만 말이다.

집으로 돌아와 저녁을 먹고 앉아 있는데 심란하고 집중하지 못한다. 이 것저것 하며 시간만 흘러간다.

오후 화두수련, 대각경과 『천부경』을 암송하고 시작했다. 잠시 눈앞이 환해지는 듯하기도 했고 지금은 만나지 않는 친척 한 명과 친구 한 명의 이름이 갑자기 생각나고 사람들이 매달려 있는 장소에 들어갔다. 상상인지 부정적인 생각들이 여러 번 일어났다.

7단계 : 무소유처 (2020년 11월 4일 ~ 2020년 12월 8일)

2020년 11월 4일 (수) 맑고 추움

오전 식처 화두수련하고 출근했다. 회사에서 한 직원분이 본인이 갔다 와서 정말 좋았다고 하시며 사찰을 알려 주는데 인터넷으로 검색해서 사진을 클릭하니 순간적으로 기운이 올라왔다. 친구와 간단히 국밥을 먹고 얘기하다가 바로 헤어지고 집까지 걸어오며 식처 화두를 암송했다. 집에 돌아와 씻고 선계의 스승님들께 감사한 마음으로 삼배 올리고 7번째 화두를 열었다. 무소유처 화두와 함께 오후 수련을 시작하였는데 머리가 조끔씩 흔들리며 기운이 들어옴을 느꼈다. 여전히 눈물과 하품으로 집중하기 쉽지 않았지만 그래도 화두를 암송하니 한 단계 한 단계 나를 찾아가는 수련이라는 생각이 들었다.

2020년 11월 6일 (금) 맑고 추움

오전 화두수련을 마치고 운전하며 화두와 함께하며 출근했다. 오늘

일이 많아 새벽부터 힘들었는데 오후에도 일하다 보니 오늘도 퇴근 시간이 지나서까지 일을 했다. 그래도 어제보다는 감정의 기복이 약해져서 괜찮았다. 조심해야 할 것은 직원들과 혹은 거래처분들과 얘기할 때 자신을 놓치면 어느 순간 목소리가 커지고 감정도 심해짐을 알았다. 말 한마디도 조심해야 하는데 불쑥불쑥 올라오는 감정에 말을 멈추지 못할 때가 있으니 조심해야겠다.

집에 돌아와 누워서 쉬다가 저녁을 먹고 쉬었는데도 몸이 지쳐 있는 것을 보니 피로가 풀리지 않았나 보다. 잠시 더 쉬었다가 오후 화두수련하였다. 몰려오는 잡념을 흘려보내며 하단전과 화두에 집중한다. 집중이 잘될 때는 조금 더 부드럽게 넘어가는 느낌과 머리 흔들림이 이어졌다.

2020년 11월 10일 (화) 맑고 추움

알람소리에 일어나려고 하는데 쉽지가 않다. 출근 때까지 자려고 누웠으나 막상 잠이 오지 않아 누워서 쉬다가 일어났다. 오전 수련을 시작하고 대각경을 암송하는데 머리가 지끈거렸다. 화두수련 중에서는 졸음이 다시 몰려온다. 회사에서도 기분이 좋지 않아 감정이 올라옴을 느끼고 조심하려고 노력하였다. 물량도 많았고 실수도 있었다. 예전 같으면 상당한 스트레스를 받았을 것 같은데 그래도 오늘은 큰 문제없이 일을 마쳤다. 일하면서는 집중을 해야 할 때가 많아 화두 암송을 많이 하지 못했지만 쉬는 시간에도 화두를 암송하고 점심 먹고 잠시 쉬면서도 화두를 암송하였다.

오후 화두수련, 1시간 좌선하고 다시 추가로 45분 더 수련하였다. 단전과 회음 부위가 약하게 경련이 일어나는 듯 얼얼했다. 수련 중 머리와 가슴 쪽까지 경직되고 힘이 강하게 들어감을 느꼈다. 피곤하여 2시간 채우지 못하고 수련을 마무리했다.

2020년 11월 11일 (수) 맑고 추움

어제 수련 시간과 마찬가지로 단전 부위가 조금은 얼얼한 기분이 평상시 일하면서도 계속되었다. 출근해서 차를 주차해 놓고 새벽 밤하늘을 바라보고 모든 분들께 감사한 마음으로 인사드리며 회사 사무실로 들어간다. 일하면서도 여전히 분별이 일어나지만 이렇게 함께 도와 가며 일하기에 이 많은 일들을 할 수 있다는 생각이 든다. 나 혼자는 도저히 할 수가 없다. 함께하기에 월급도 받을 수 있다. 그러니 감사하다.

오후 무소유처 화두수련, 대각경과 『천부경』을 암송하니 기운이 일어난다. 1시간 화두수련하고 다시 추가 30분 화두 암송하였다. 잡념이 계속해서 올라오니 하단전과 화두에 집중하려고 노력했다.

2020년 11월 12일 (목) 맑음

오전 화두수련, 하단전과 화두에 집중한다. 화두를 깬다는 간절함으로 암송했다. 머리 부위가 기운으로 인해서인지 따끔거렸다. 회사에서 오전에도 일이 많고 오후에도 벅차다 싶을 정도로 일했더니 조금 무리를 한 듯하다. 집에 돌아와 누워서 한숨 자려고 했는데 피곤하긴 하나 잠은 들지 못했다. 오후 수련을 시작하였으나 앞으로 쓰러질 듯하며 졸음이 쏟아져 시간을 채우지 못하고 방에 들어가 잠을 잤다.

2020년 11월 17일 (화) 흐림

어제 오후 수련 시 상당히 피곤했는데 새벽에 일어나 보니 역시 몸이 무겁다. 그래도 정신 차리고 일어나 오전 화두수련을 시작하였다. 시작한 지 얼마 안 돼서부터 졸리더니 수련 내내 힘들었다. 50분 수련하고 10분은 누워서 화두를 암송하였다. 점심시간 식사를 하고 화장실 거울에 비친 얼굴을 보니 묘한 생각이 든다. 이런 성격과 용모를 누가 만든 것이 아닌 내가 만들었다는 생각이 든다. 첫 직장부터 화를 누르지 못하고 망친 것은 그 누구도 아닌 나였다. 그래서 이곳까지 왔구나 하는 생각이 든다. 그러면서 회사 불평, 주변 사람들에게 불만을 얘기할 수 있을까? 잘 차려진 밥상을 엎은 것은 나니까.

몸이 좋지 않아 힘들었지만 그래도 문제없이 업무를 마치고 돌아왔다. 집에 와서 누워서 한숨 자려는데 근래 들어는 잠이 들지 않는다. 밤에도 깊게 잠드는 것 같지 않다. 몸 상태가 올라가지 않아 저녁 먹고 쉬다가 도인체조는 생략하고 화두수련을 하였다. 하단전을 계속해서 의식하며 화두에 집중하려고 하였다.

2020년 11월 19일 (목) 비 옴

오전 화두수련, 집중도 좋았고 백회 쪽의 자극도 계속해서 이어졌다. 회사 출근해서 일하는데 관련 업체 사람이 방문하며 인사도 없이 반말로 필요한 것을 얘기한다. 입을 닫고 화를 내리며 핸드폰에 저장되어 있는 인욕바라밀을 한 번 읽으니 많이 가라앉는다.

저번 주부터인가 하단전이 얼얼하더니 오늘 저녁을 먹고 컴퓨터 자리에 앉아 있으니 무엇인가 휘젓고 다니는 느낌이 든다. 집에 돌아와 쉬려 하였으나 일이 생겨 못 쉬고 저녁 먹고 쉬다가 오후 수련하였는데 졸음이 몰려온다. 자세는 자꾸 엉클어지고 꾸벅꾸벅 졸다가 1시간이 지나갔다.

2020년 11월 23일 (월) 맑고 추움

월요일 새벽 컨디션이 좋지 않았지만 일어나서 오전 화두수련을 하였다. 자리에 앉자마자 화두를 암송하니 조금씩 백회 쪽에 자극이 일어난다. 오늘은 제법 겨울 날씨처럼 쌀쌀했다. 일하면서도 화두를 놓치지 말아야 하는데 계속해서 딴생각을 많이 한다.

집에 돌아와 누워서 쉬면서 화두에 집중한다. 잠이 들듯 말듯 하면서도 잠이 들지 않았다. 저녁 먹고 쉬었다가 도인체조하고, 대각경과 『천부경』을 암송하면서부터 기감이 올라가더니 오늘따라 화두 암송할 때도 기운이 잘 느껴졌다. 화두를 암송하다가 "무소유처, 무소유처, 소유가 없다, 소유가 없는 곳"을 여러 번 암송하니 싸악싸악 기운이 느껴지고 내가 먼 길을 돌아왔나 하는 생각도 들었다. 1시간을 마치고 30분을 추가하였고 양어깨가 한동안 따갑고 머리 부위도 따가웠다. 수련 시작할 때의 기감은 약해졌고 피로감이 몰려왔다.

2020년 11월 27일 (금) 맑고 추움

오전, 대각경과 『천부경』 암송하고 화두수련에 들어갔다. 알람을 듣고도 늦게 일어나서 1시간을 못 채우니 시간은 금방 지나갔다. 출근해서 회사 동료와 함께 일하는데 감정의 기복이 심해짐을 느낀다. 오전 일을 마치고 회사 휴게실에 앉아 잠시 눈을 붙이고 일어났는데 몸이 더 피곤한 듯하다. 몸 상태가 좋았던 게 언제인지 모를 정도로 이 상태가 계속해서 이어진다.

오후 화두수련을 시작하고 하품과 눈물이 이어지다가 중반, 후반부에서는 집중이 좋았고 백회의 자극도 계속해서 이어지고 머리 안쪽에서 따닥따닥 하며 깨지는 작은 소리가 여러 번 들렸다. 한 시간을 마치고 잠시 쉬었다가 다시 수련하였는데 몸이 버티질 못해 30분만 더 하다가 마무리하였다.

2020년 11월 29일 (일) 맑고 추움

5시 조금 넘게 일어나 준비해서 버스를 타고 산 입구에 도착하여 등산을 시작한다. 6시 30분이 넘는 시간에도 해가 뜨지 않고 어두웠지만 오랜만의 등산이라 기분이 좋았다. 시작부터 어둡고 구름 낀 하늘이었지만 어느새 환해졌다. 마지막 정상을 향해 올라가는데 산악회 회원들인지 여러 명이 좁은 길을 내려와 길을 비켜 주는데 마음으로는 고맙다는 말을 듣고 싶었는지 조금은 얄밉다는 생각이 들었다. 그러다가 대자대비, 무주상보시라는 단어가 생각이 났다. 대자대비를 마음으로 여러 번 암송하니 옹졸한 마음이 어느새 풀어진다.

등산을 마치고 내려오는 길 구름 끼었던 하늘이 조금씩 밀려나며 파란 하늘이 눈앞에 펼쳐진다. 감사한 마음이 저절로 들고 하늘께, 하느님께 감사합니다. 천지신명께 감사합니다. 조상 모든 분들께 감사드립니다. 이렇게 현묘지도 화두수련을 할 수 있게 해 주심에 감사드립니다라고 여러 번 되뇌이니 기운이 조금씩 일어났다.

2020년 11월 30일 (월) 맑고 추움

어제 등산 다녀와서 잠도 많이 자고 푹 쉬었는데 월요일 아침이라 그런지 비몽사몽 졸음과 함께하다가 수련을 마쳤다. 생식과 인절미를 먹고 출근해서 일하는데 월요일의 피로감과 함께 감정의 기복이 심해짐을 느낀다. 또다시 다른 직원들과 비교, 분별하고 손해 본다는 생각 등 많은 생각들이 계속해서 일어나며 고통스럽게 한다. 유독 직원 한 분이 계속 신경이 쓰이는데 이분과의 인연 때문일까? 그래도 성냄 없이 일을 마치고 올 수 있음에 감사하다.

업무 중에 선배님의 현묘지도 수련기 첫 부분 "전생에 무사로 수많은 사람의 목숨을 해하여 그 원한의 혼들이 집단 빙의되어 있으나 차차 좋아질 겁니다"를 읽고 있으니 기운이 찡하며 일어난다. 나 역시도 과거 생에 얼마나 많은 살생을 하며 살아왔을까 하는 생각이 든다. 집에 돌아와 처음부터 다시 읽으니 하단전이 따뜻해져 옴을 느낀다. 정성으로 수련하신 수련기를 감동하며 읽으니 어느새 다 읽었다. 오후 화두수련, 대각경과 『천부경』을 암송하고 7단계 무소유처 화두를 암송했다. 1시간 수련 후 30분 추가하였는데 졸음이 몰려왔다.

2020년 12월 1일 (화) 맑고 추움

역시 조금 더 수련한 다음날은 그렇게 많이 하지도 않았는데 몸이 더 피곤하다. 늦게 일어나 화두수련을 마치고 출근했다. 오전에 거래처에 들어가서 일하는데 오늘따라 사람들이 많고 분주하였다. 그래서였을까? 빙의가 점점 심해지는 듯했다. 그래도 크게 신경쓰지 않고 계속해서 화두를 암송하며 일하였다. 화두 암송과 함께 감정에 휘둘리는 이 가아를 깨야 된다는 생각이 일어났고 더욱 집중이 잘되었다. 오늘을 돌아보니 일하면서 화두에 집중도가 좋았는데 근래에는 빙의에 많이 휘둘리며 생활하여 화두에 집중하지 못했나 하는 생각이 들었다. 도인체조 후 오후 수련에 들어간다. 하단전의 열기가 이어졌고 후반부로 갈수록 졸음이 쏟아졌다.

2020년 12월 2일 (수) 맑고 추움

오전 화두수련 백회의 자극도 계속 이어지고 하단전의 열기도 함께했다. 현묘지도 화두수련은 가아를 넘어서 진아와 가까워지고 있지 않나하는 생각이 든다. 일상생활 속에서도 항상 흔들리는 내 모습... 이 가아를 알아차리는 것이 수련이란 생각이 든다. 오후 화두수련, 대각경과『천부경』을 암송하고 무소유처 화두를 계속해서 암송한다.

2020년 12월 3일 (목) 맑고 추움

출근해서 일하며 어제에 비해 상당히 마음이 안정되어 있음을 느낀다. 이번 주 유독 신경쓰였던 직원분과도 오늘따라 부드럽게 대화가 오고갔다. 돌아보니 작년 같았으면 정말 크게 화를 내고 하지 않았을까 하는 생각도 들었다. 집에 돌아와 쉬다가 저녁 먹고 다시 오후 수련을 준비하는데 또 피곤함이 몰려온다. 그래도 화두수련을 시작했고 졸음도 많이 밀려오고 하품과 눈물도 계속 나왔지만 후반부에는 백회 쪽의 자극이 아프다고 느낄 정도였다. 1시간 수련 후 조금 더 화두를 암송하다가 마무리하였다.

2020년 12월 4일 (금) 맑고 추움

오전 화두수련, 대각경과 『천부경』을 암송하고 무소유처 화두를 암송했다. 출근해서 일하며 흔들리는 마음을 내리며 화두와 함께 일했다. 다행히 큰 고비 없이 성냄 없이 지나간다. 돌아보면 아무것도 아닌데 막상 그 상황 속에서 마음은 계속해서 흔들렸다. 집에 돌아와 쉬었다가 저녁을 먹었다. 오후 화두수련, 잡념이 계속해서 올라왔고 끝날 때쯤 하늘과 백회가 연결되어 있다고 의념하고 화두를 암송하니 더욱 집중이 잘되는 느낌이었다.

2020년 12월 8일 (화) 맑고 추움

일어나 보니 몸이 무거워 조금 더 자고 일어나니 수련 시간이 많이 줄었다. 오전 화두수련을 마치고 생식과 인절미로 배를 채우고 집을 나선다. 오늘도 마음으로 화두를 암송하려고 노력하고 어떤 상황에서도 화내지 않고 하단전에 내리려고 의념했다. 이제 1달이 넘으신 분께서 업무의 순서를 잊은 건지 아님 크게 신경쓰지 않는 건지 다르게 하고 계셔서 화가 계속 올라왔지만 꾹 누르고 차근차근 다시 얘기해 드렸다. 민망하셨는지 말없이 일을 이어 가셨다. 나도 좀 죄송하여 중간중간 말도 걸어 드리고 일도 도와드렸다.

오늘도 계속해서 손님의 영향이 이어졌지만 크게 휘둘림 없이 무사히 하루를 보냈다. 오후 화두수련, 대각경과 『천부경』을 암송하고 화두를 이어간다. 후반부에 백회의 자극과 어깨의 따끔거림이 강해졌다. 좀더 수련하고 싶었으나 졸음이 몰려와 수련을 마무리하였다.

8단계 : 비비상처(2020년 12월 10일 ~ 2020년 12월 30일)

2020년 12월 10일 (목) 맑고 추움

오전 수련 중 무소유처 화두가 끝났는지 정확하지가 않아 화두를 암송하며 바라보니 기운이 계속해서 느껴지지만 약해져 있다는 생각이 들었다. 그래서 마음으로 자성에게 7단계 화두가 끝났는지 물어보니 반응이 없고 8단계 비비상처 화두를 시작해도 될까요?라고 물어보니 기운이 일어났다.

오전 근무 중에 비비상처 화두를 받고 선계의 스승님들께 감사 인사를 마음으로 올리고 계속해서 화두를 암송했다. 8단계 화두 기운이 내려와서인지 마음이 상당히 평온해지고 말투에 힘이 풀어지며 부드러워졌다. 오후 화두수련, 대각경을 암송하는데 머리 쪽에서 자극이 계속 일어나 『천부경』을 생략하고 비비상처 화두와 함께 수련하였다. 1시간 내내 기운이 계속해서 느껴지고 목 부위의 통증이 잠시 일어났다가 사라졌다.

2020년 12월 11일 (금) 흐리고 추움

하단전의 열기가 더 강해지고 백회의 자극도 계속해서 이어졌다. 다리도 바꾸지 않고 안정적으로 좌선하였다. 그래도 여전히 잡념은 계속해서 일어난다. 회사 출근하는 길 창문을 모두 닫고 비비상처 화두를 소리 내어 암송했다. 마음으로 할 때보다 집중이 더 잘되는 느낌이었다. 출근해서 일하며 마음으로 화두를 암송한다. 점심 먹고 쉬는 시간에도 앉아서 화두를 암송하다가 졸았다.

퇴근길도 출근길과 마찬가지로 목소리를 높여 암송하며 집으로 돌아왔다. 오후 화두수련, 대각경과 『천부경』을 암송하고 화두수련에 들어간다. 8단계 화두가 나에게는 유독 기운이 더 잘 느껴지고 머리 쪽의 기운의 눌림도 강했다. 그러나 후반부로 갈수록 졸음이 또 쏟아져왔다.

2020년 12월 15일 (화) 맑음, 강추위

오전 화두수련을 시작한다. 처음 화두를 받고 며칠은 기운이 잘 느껴지다가 계속되는 빙의 때문인지 점차 기감이 약해진다. 이 패턴이 화두수련 내내 계속되고 있다. 화두를 바꿀 때마다 마음은 점점 편안해지지만 그만큼 손님도 계속해서 이어지나 보다. 오늘도 직원들과 일하며 화가 오르락내리락한다.

저녁을 먹고 잠시 쉬었다가 도인체조를 한다. 도인체조 중에 하품도 나오고 탁기도 나온다. 오후 화두수련 시작 전부터 피곤함을 느꼈는데 수련 내내 비몽사몽하다가 시간이 지나갔다. 바로 누워 자고 싶었으나 잠시 쉬었다가 30분 더 화두 암송하였다. 1시간 좌선할 때보다는 집중이 더 좋았고 졸음도 피곤함도 사라졌다. 그래도 내일을 위해 누워서 화두 암송하다가 마무리하였다.

2020년 12월 19일 (토) 맑음, 강추위

어제도 7시 조금 넘은 시간에 누웠는데 5시까지 자고도 일어나기가 힘들었다. 그래도 일어나 세수하고 정신 차리고 앉아 화두수련을 하였다. 출근해서 일하며 여전히 감정이 오르락내리락하니 인과응보, 업장소멸, 극락왕생, 해원상생을 여러 번 반복해서 암송했다. "부정적인 감정들은 그만 보내시고 해원상생하시지요. 다 제 잘못이니 원한은 풀고 함께 살아가시지요. 좋은 곳으로 천도되길 기원합니다" 하며 마음으로 암송하니 어찌 알았냐는 듯 혹은 알았다는 듯이 소름이 싸악싸악 일어난다.

요즘에 일할 때는 나를 앞세우려 하지 않고 상대방의 말을 들으려고 노력한다. 상대방이 말도 안 되는 억지를 쓰지 않는 이상 그 사람의 말을 존중한다. 손해 본다는 생각보다 상대방을 배려하는 것이 나를 배려하는 것이라 생각한다. 오후 화두수련, 백회 쪽의 자극이 계속해서 이어진다. 하품과 눈물도 계속된다. 1시간 수련하고 잠시 쉬었다가 다시 1시간 추가로 하였다.

2020년 12월 22일 (화) 흐림

오전 화두수련, 호흡도 안정되고 집중도도 좋았다. 조금 더 수련하고 싶은데 출근해야 하기에 아쉬웠다. 회사에서 일하며 여전히 감정에 휘둘리지만 묵묵히 내 앞에 있는 일을 처리한다. 누가 대신해 주길 바라면 이기심과 비교, 손해 보는 마음이 생긴다. 남을 이롭게 하는 것이 나를 이롭게 한다. 이기심은 나를 더욱 강하게 잡아 놓지만 이타심은 점점 나를 놓는다. 놓다 보니 조금씩 마음이 더 편하고 자유로워진다. 역시 남을 위하는 것은 나를 위한 것이다. 오후 화두수련 시작하자마자 졸립더니 1시간 내내 비몽사몽하였다.

2020년 12월 23일 (수) 흐림

오전 비비상처 화두수련하고 출근한다. 빙의령의 영향인지 기운이 잘 감지되지 않고 또다시 화두수련이 잘 진행되고 있는지 알기가 힘들다. 그래도 계속해서 정진한다. 회사 출근해서 납품 물건을 챙겨 거래처에 가서 놓고 오는데 마음속으로 화나는 일들이 이어진다. 화가 나려 하다가 마음을 돌려 성냄, 억울함을 발판으로 내 마음공부가 더 깊어진다고 생각하니 마음이 가라앉으며 편안해진다. 오후 화두수련, 백회 쪽의 눌림이 강해지며 하단전의 열기도 조금 더 나아졌다. 잡념을 하단전에 내린다고 의념하나 계속해서 올라오니 집중하기가 힘들었다.

2020년 12월 25일 (금) 흐림

성탄절 휴일이지만 오늘도 계속해서 화두 수련한다. 비유상비무상처정의 뜻을 다시 새겨본다. 있다는 생각을 부정하고 없다는 생각도 부정한다. 있다는 생각을 부정하니 없는 것이고 없다는 생각을 부정하니 있는 것이다. 있지도 않고 없지도 않다는 말이다. 내 몸과 기운과 마음이 있지도 않고 없지도 않다. 그럼 무엇이 남는가? 『반야심경』의 색즉시공 공즉시색과 일맥상통한다. 머리로는 알겠는데 아직은 와닿지가 않는다.

2020년 12월 30일 (수) 눈

일어나서 커텐을 열고 밖을 보니 눈이 하얗게 내려앉았다. 눈에 쌓여 있는 차가 신경쓰여 수련 시간을 조금 줄이고 좌선에 들어갔다. 수련을 시작하고도 내린 눈과 회사일이 걱정된다. 일어나지도 않은 일들을 마음이 벌써 만들어 놓고 고통스러워한다. 수련을 마치고 출근도 잘했고 회사일도 큰 문제가 없었다. 그 대신 회사 앞마당과 주변을 주기적으로 3번씩 쓸었다.

저녁을 먹고 수련기를 정리하여 올리니 선배님께서 화두수련을 모두 마쳤다고 말씀해 주셨다. 어리둥절하기도 하고 기쁘기도 하고 아쉽기도 하고 묘한 감정이 이어졌다. 아쉬운 부분은 계속해서 해 나갈 수련이기에 채우면 된다고 생각하며 감사한 마음으로 삼황천제님께 삼배, 선계의 스승님들께 삼배, 지도령님과 보호령님께 삼배, 삼공 선생님께 삼배드렸다. 절을 마치고도 앉아 천지신명께, 조상님들께 주변 모든 분들께 감사드립니다를 여러 번 반복했다. 감사합니다. 사랑합니다. 이 두 단어만 여러 번 반복하였는데 마음의 편안함을 느낄 수 있었다.

현묘지도 수련을 마치며

화두수련을 시작하였지만 선배님들처럼 화면이나 천리전음이 들리지 않았고 기운의 변화 또한 제대로 감지를 못해 어려움이 있었습니다. 부족한 부분이 많아 화두수련 기간 중에 삼공 선생님께 전화드려 여쭙기도 하였고 여러 선배님들께서 전화와 문자를 주시며 알려 주시고 응원해 주시고 힘을 실어 주셨습니다. 다시 한 번 고개 숙여 감사드립니다.

그리고 현묘지도 화두수련 시작하며 삼공 선생님께 1~3단계까지 화두를 받았고 선생님께서 몸이 불편하시어 5~8단계까지는 선배님께 화두를 받았습니다. 이렇게 현묘지도 화두수련을 할 수 있게 허락해 주신 선계의 스승님들과 삼공 선생님께 감사드립니다. 그리고 화두수련을 받을 수 있게 길을 열어 주신 선배님께 감사드리고 항상 응원해 주신 선배님들께 다시 한 번 감사드립니다.

【조광의 논평】

현묘지도 화두수련은 자성을 찾기 위한 깨달음의 과정이다. 그런데 마음이 평온하지 못하면 수련에 집중하지 못하는 법, 이번 화두수련을 통해 관하는 능력과 마음을 정화하는 능력을 먼저 길렀으니 이후 본격적으로 자성을 찾는 수련을 하게 될 것 같다. 무엇보다 축기를 충실히 하여 기반을 잘 다지면 산에 올라 아래를 내려다보듯이 마음이 넓어지고 자신감도 생긴다. 그렇게 정진하여 큰 산 같은 수행자가 되길 바란다. 이에 삼공선도의 선호는 대산(大山).

현묘지도 화두수련 체험기 (54번째)

한 명 수

현묘지도 수련을 마치고 수련기를 정리하자니 그동안의 수행 여정이 주마등처럼 스쳐간다. 마치 그동안 살아온 삶을 정리하는 기분이다. 대학에 입학해 공부보다는 무속인을 찾아다니고, 수련단체를 전전하며 이도 저도 아닌 주변인으로 긴 방황의 시간을 보냈었다.

23살에는 부모님의 극심한 반대를 무릅쓰고 휴학해 모 단체의 지도자 과정을 이수하기도 했으며, 25살에는 지금의 아내가 된 후배 수련생과 작은 수련장을 개설해 운영하기도 했다. 그러나 몸담았던 단체가 종교화 되고, 날이 갈수록 내가 했던 모든 것들이 거짓과 위선으로 느껴지며 2년도 안 돼 그만두었다. 부끄럽지만 한때는 내 기운이 아닌 걸 잘 알면서도 일시적으로 생긴 치유의 능력에 자만하기도 했으며, 마치 깨달은 이라도 되는 듯 귀동냥한 말들로 거짓을 설하고 다니기도 했다.

그 후 약 17년을 수련과는 담을 쌓고 '막 살았다'라는 말이 무색할 정도로 음주가무가 일상인 세속의 삶을 살아오다 계룡산에서 수행하시던 무극 선사님의 제자가 돼 청호라는 도호까지 받았었다. 그럼에도 에고가 이끄는 세속의 삶에 젖어 시간만 보내다가 허망하게 스승님을 떠나보내고 말았다. 송구스러운 마음에 지금도 매년 기제사를 올리며 사죄의 인사를 드리고 있다.

그러던 중 수원의 중고서적에서 만난 책이 『선도체험기』 38권이다. 학생시절 『선도체험기』를 보며 날곡식을 갈아먹고 온 산을 뛰어다니기도 했는데, 약 25년이 지나서야 이 책이 다시금 나를 구도에 갈망하는 20대 청년으로 되돌려 놓은 것이다. 바로 도서관을 찾아 책을 빌리고, 중고서적을 뒤져 전질을 구해 읽어 나갔다. 어찌나 재미있던지 시간의 흐름이 아깝게 느껴졌다.

2019년 7월 13일 비 내리던 오후를 생각하면 아직도 마음이 설렌다. 삼공 선생님을 처음 찾아뵌 날이다. 사실 그날은 내 생일이기도 하다. 스스로에게 최고의 선물을 주고 싶어 삼공재를 찾아뵈었다. 『선도체험기』를 처음 읽고 25년이 지나서야 선생님 앞에 자리하게 되었으니 어찌나 영광스럽고 기뻤던지 그저 감사한 마음뿐이었다.

삼공재 수련을 마치고 선배님들과 함께하는 도담 시간은 부족한 나를 일깨워 주고 이끌어 주는 또 다른 삼공재 수련이었다. 늘 후배를 격려해 주고 이끌어 주며 하화중생의 마음을 내어 주신 선배님들께 무어라 감사의 인사를 드려야 할지 모르겠다.

아래 수련기는 블로그에 2020년 4월 24일부터 12월 2일까지 매주 올렸던 수련일지를 편집해 정리한 것이다.

1단계 천지인삼재 (2020년 4월 24일 ~ 2020년 5월 4일)

2020년 4월 24일

선생님께 소주천 점검을 받는 날이다. 도성 선배님께서 마음을 편안히 하고 바른 마음으로 수행하겠다 의념하고 나머진 내려놓으라며 격려의 문자를 주신다. 말씀대로 해 보려 하지만 떨리는 마음은 어쩔 수 없나 보다. 정성껏 마음을 담아 108배를 하고, 서울로 올라가며 바른 마음, 바른 수행을 염하니 이제야 마음이 편안해진다. 잘할 수 있을까 걱정을 했지만 기우였다.

선생님 앞에 앉아 5분 정도 지나니 단전이 뜨거워지고 소주천 경로를 따라 기운이 일주하는 게 느껴진다. 소주천을 10번쯤 돌리니 대추에서 백회까지 무겁게 돌던 기운도 매끄러워지고 임맥의 흐름도 자연스러워진다. 잠시 뒤 선생님께서 확인하시고 481번째 대주천 수련자로 인가해 주셨다. 현묘지도 화두를 받고 인적사항을 적으시는데 형언할 수 없는 기쁨과 감사함이 올라온다. 4월 24일은 평생 잊지 못할 것 같다.

2020년 4월 25일

고등학교에 들어간 아들과 마니산 등산을 갔다. 정수사길 암릉을 타고 참성단 옆 바위에 올라 화두수련에 입문하게 된 감사한 마음을 담아 하늘에 경배를 올렸다. 집에 돌아와 화두를 암송하는데 와~ 소리가 절로 나온다. 엄청난 기운이 백회로 쏟아진다. 평소와는 차원이 다른 기운이다.

2020년 4월 26일

대전으로 출근하며 운전하는 내내 화두를 외우니 백회가 묵직해지고 가슴과 척추도 후끈 달아오른다. 호흡에 따라 운전대를 잡은 손바닥까지 웅~하고 울린다. 업무를 마치고 숙소에서 2시간 동안 화두를 암송하고 자리에 누웠는데도 강한 기운이 밀려와 새벽이 되어서야 겨우 잠들었다.

2020년 4월 28일

아침 수련을 시작하니 단전과 허리가 금방 뜨거워진다. 그런데 화두를 암송해도 큰 반응이 없다. 그대로 일어나 108배를 하며 흐트러진 마음을 정돈한다. 이제야 백회에 기운이 내려온다. 그런데 기운의 강도가 현저히 약하다. 오후가 되니 머리를 지압봉으로 마사지하듯 시원해지고 인당에도 계속 자극이 온다. 척추에서 열기가 일며 몸통이 후끈하다.

2020년 4월 30일

오전 수련에 대각경, 원방각경, 『천부경』을 맘속에 새기고 화두를 암송했다. 대각경에서 늘 외우던 문구들이 한 자 한 자 마음에 박힌다. 일체가 하느님과 하나인데 세상 소중하지 않은 것이 무엇인가 싶다. 중단전이 뜨거워지며 미세하게 진동을 한다.

화두수련 약 열흘 전 은하수가 펼쳐진 생생한 우주가 꿈속에 펼쳐지고, 으리으리한 한정식집 사장님이 필요할 때 자유롭게 사용하라며 엄청 큰 숙소 열쇠를 주셔서 마냥 좋아했는데, 막상 화두수련을 시작하고는 죽이는 꿈만 계속 꾼다. 이상한 병에 걸려 미친 듯 달려드는 직원들을 전기톱으로 죽이고 (황당하게도 죽여 주니 고맙단다), 이혼한 제수씨가 임신한 배아라고 사각 틀에 둥근 노른자처럼 생긴 걸 3개 담아 왔는데 내가 없애버리기도 했다. 화두 받고 3일 동안 온통 죽이는 꿈만 너무 생생하게 꾸었다.

2020년 5월 3일

자정에 소파에 정좌해 화두를 암송하는데 순간순간 화면이 지나간다. 여러 동물들이 있는 아름다운 숲속이다. 귀여운 토끼 한 마리가 뛰어오더니 옹달샘 속으로 쏙 들어가 버린다. 황당해 잠시 몸을 풀고 다시 수련을 시작하니 이번엔 우리 가족과 낯익은 이들 여러 명이 빙 둘러앉아 있는데 60대 중후반의 인자해 보이시는 분이 밝게 웃으며 "000입니다" 하고 인사를 하신다.

2020년 5월 4일

화두를 암송해도 그렇게 강하던 화두 기운이 거짓말처럼 느껴지지 않는다. 1단계 수련이 끝났다. 선생님께 간략히 수련기를 정리해 메일을 드렸다.

2단계 유위삼매 (2020년 5월 7일 ~ 2020년 5월 31일)

2020년 5월 7일

카페에서 음료를 기다리는데 오줌을 싼 것처럼 왼쪽 허벅지 안쪽으로 발목까지 시원한 물줄기가 흐른다. 이상해서 축축한지 손으로 만져 봤지만 깨끗하다. 4시에 선생님께 전화를 드려 2단계 화두를 받았다. 화두를 암송하자 마치 백회에 시동이 걸린 듯 강한 기운이 쏟아진다. 이러한 신묘한 수련을 받을 수 있다는 게 너무나 감사하다.

2020년 5월 8일

어제에 이어 오늘도 왼쪽 무릎 안쪽에서 밑으로 시원한 기운이 물 흐르듯 내려간다. 2년 전 무릎 수술을 받아서 더 그런 듯하다. 업무를 마치고 회의실에서 오후 수련을 시작하니 백회부터 인당까지 쏴한 느낌이 나고 중단전이 뜨거워진다. 새벽 3시에 수련하다 잠깐 졸았는데 엄청 큰 성냥 3개가 차례로 환하게 불이 켜지는 게 보인다.

2020년 5월 9일

베란다 의자에 앉아 빗소리를 들으며 화두를 암송하니 단전과 척추에 열기가 일고 얼굴 반쪽에 쏴한 기운이 한동안 느껴진다. 저녁에는 백회에서 독맥을 타고 시원한 기운이 쏴하게 내려온다. 2단계 들어 척추가 수시로 무척 뜨겁게 느껴진다.

운동을 하러 공원에 나가는데 두통이 오고 잠시 뒤 가슴이 답답해져 온다. 걸어가며 인과응보, 해원상생...을 암송하니 꼬리뼈 부근에 기운 덩어리가 느껴진다. 잠시 뒤 허리는 시원해지는데 답답한 가슴은 그대로이다. 한참이 지나서야 백회에 자극이 오며 답답한 가슴이 풀어진다. 일체가 하느님의 분신인데 욕망으로 점철된 에고 역시 하느님의 분신이 아니면 무엇인가? 오늘 나를 힘들게 했던 빙의령 또한 하느님의 분신이 아니면 무엇이란 말인가? 좋다 싫다라는 관념의 틀을 깨고 그대로를 바라볼 때 이를 경영할 수 있는 지혜가 열린다.

2020년 5월 10일

부모님 농사일을 도와드리고, 대전 숙소에 도착하니 석양이 지고 있다. 붉은 태양이 너무나 아름답다. 의자에 앉아 태양을 바라보니 인당과 백회가 바로 반응한다. 화두를 암송하니 단전과 척추에 열기가 일고 중단전도 뜨거워진다.

2020년 5월 11일

꿈속에 아들애와 뭘 주고받는데 서로 딱 준 만큼만 받는다. 서로 화내고 싸우기도 한다. 한참을 그렇게 주고받다 이건 아니다 싶은 생각이 든다. 나를 바꾸자! 아들을 용서해 주고 좋은 것만 주기 시작하니 아들이 주는 것도 달라지기 시작한다. 역지사지 방하착, 여인방편자기방편 동영상 교육을 받은 느낌이다.

2020년 5월 12일

서울 출장길에 화두를 새기듯 암송하니 뜨거워지며 자신감이 생긴다. 지하철 안에서도 명문이 뜨겁고 척추에 열기가 일며 왼쪽 발 안쪽에서 발목까지 시원한 기운이 흐른다. 오른발은 살짝 진동이 일다 사라진다.

2020년 5월 14일

몸과 마음의 주인이 내가 아니면 누구인가? 스스로 세상의 주인이 돼라. 오전 수련을 마치고 계속 머릿속에 맴돌아 중얼거리고 있다. 출근해서도 내가 나의 주인, 주도적으로 일하자 읊조리며 타 부서와 얽힌 일들을 처리했다. 그간 남들의 시선을 의식하고 힘에 굴복하며, 내가 아닌 남의 삶을 살아온 것 같다.

2020년 5월 17일

고향집 밭에 고구마를 심으며 왕양명 선생 강의를 들으니 재미있다. 모든 유학자가 주자학에 빠져 있을 때 독자적인 사상을 개척해 밖에서만 찾으려 했던 물(物)의 이(理)가 결국 자기 마음속에 있음을 깨닫고 "나는 대나무의 이치를 따로 궁리할 필요가 없다. 왜냐하면 대나무는 내 마음속에 있기 때문이다. 내 마음을 바로 본다면 대나무의 이치는 저절로 알게 된다." "마음이 모든 것이다"라고 했다고 한다. 예전에는 그냥 들었던 이런 말들이 마음에 팍팍 꽂힌다.

2020년 5월 18일

회의실에서 하단전에 집중해 화두를 외우다 중단전으로 옮겨 화두를 새기니 마치 폐가 아니라 중단전이 기운으로 호흡을 하는 것 같은 느낌이 든다.

2020년 5월 19일

출근하며 화두를 외우니 백회가 묵직하게 움찔대고 단전이 뜨거워진다. 왕양명 선생이 머릿속을 계속 맴돈다. 형식의 틀을 깨고 마음의 흐름을 관해라. 스스로 세상의 주인공이 되어라. 계속 되뇐다.

2020년 5월 20일

늦은 밤 정좌해 스승님과 자성에 모든 것을 맡긴다 생각하니 시동이 걸린 듯 한참을 작게, 크게 회전하다 앞뒤로 움직이고 그런다. 그렇게 돌다 멈추니 연못 가운데서 물결이 일 듯 중단전을 중심으로 기운이 퍼져 나간다. 천돌, 잠시 뒤에는 염천까지 한동안 레코드판처럼 반복해 퍼져 간다. 순간 빨강, 파랑 등 다양한 색으로 층층이 쌓인 찰흙이 보인다. '원하는 대로 뭐든 만들어보라' 하는 것 같다.

2020년 5월 21일

척추를 따라 열기가 일고 백회와 인당에도 묵직한 자극이 이어진다. 수련 중 흰 양과 큰 뱀이 순간적으로 보인다. '어제 모임에서 흑염소를 먹어서 양이 보이나' 혼자 웃고 다시 수련을 시작하니 흰 양과 큰 뱀이 다시 보인다. 마치 그게 아니라는 것 같다.

2020년 5월 24일

정좌해 화두를 암송하는데 시동이 걸리듯 쏟아지던 화두 기운이 잘 느껴지지 않는다. 그래도 그간 관념의 틀에 박혔던 나의 모습이 서서히 자유로워지고 있음이 느껴지니 감사하다.

2020년 5월 27일

오후 수련 중 백회에 쏟아지는 쌔한 느낌이 유독 강하다. 단전과 척추도 같이 뜨거워진다. 회사일이 자꾸 떠올라 그 근원이 무엇인지 들어가 보니 나의 적나라한 모습들이 보인다. 그리고 그런 나를 바라보는 내가 또 느껴진다.

2020년 5월 29일

2주간 실시된 감사가 끝이 났다. 예전엔 잘못된 것을 감추기에 급급해 심한 스트레스를 받았는데 이번엔 감사관 입장에서 최대한 솔직히 대하니 오히려 지적 사항도 쉽게 소명되고 마음도 편하다. 퇴근해 오후 수련을 시작하니 중단전이 확장되고 미소가 지어진다. 백회에도 강한 기운이 느껴지고, 머리 군데군데가 시원하고 쏴하다.

2020년 5월 31일

최근 수련을 하면 나의 모든 것이 드러나며 까발려지는 느낌이다. 그리고 중단전이 계속 확장된다. 단전에 집중해 수련하다 중단전을 바라보니 열기가 일며 기운이 퍼져 나간다. 스승님과 자성의 목소리에 귀 기울이며 2단계 수련이 끝났는지 확인을 한다. 화두 기운은 이미 끊어져 끝났다는 확신이 든다.

3단계 무위삼매 (2020년 6월 1일 ~ 2020년 7월 6일)

2020년 6월 1일

오전 수련을 시작해 단전에 집중을 하니 단전과 척추가 바로 뜨거워지고 환희지심이 일어난다. 이유 없이 마냥 행복하고, 미소가 절로 지어진다. 예전에 느꼈던 행복감과는 차원이 다르다. 선배님들께서 말씀하신 느낌을 이제야 조금 알 것 같다. 오후에 선생님께 3단계 화두를 받았다. 예상했던 화두이다. 암송하자마자 엄청난 기운이 쏟아진다. 백회가 얼얼하다. 너무나 감사하다.

2020년 6월 2일

회사 인근 화봉산에 올라 석양을 바라보니 상단전에 기운이 몰려 인당과 강간이 앞뒤로 묵직하다. 호흡에 집중하며 단전으로 기운을 내렸다.

2020년 6월 3일

구업을 너무 많이 지었다. 함부로 남을 판단하고 함부로 말을 했다. 나 자신이 부끄러워진다. 그들 역시 소중한 하느님의 분신이요, 부모님에게 최고의 아들이고, 아이에겐 존경받는 아버지요, 한 여자의 사랑받는 남편임을 잊었다. 퇴근해 화봉산에서 운동을 하고 내려오는데 발바닥과 무릎 아래가 찌릿찌릿하다. 지난달 왼쪽 다리 안쪽으로 기운이 물이 흐르듯 하더니 이젠 감사하게도 오른 다리도 흐른다.

2020년 6월 8일

수련일지를 정리하는데 단전과 척추에 많은 열기가 인다. 날이 더운데 등줄기가 뜨거우니 힘이 든다. 시원한 계곡물에 들어가 있고 싶다.

2020년 6월 12일

서울 출장이다. 미팅 장소가 수련하기 좋은 카페라서 2시간 전에 도착해 수련을 한다. 지척에 삼공재가 있어 선생님께 점검받던 모습이 떠오른다. 그때처럼 소주천 운기를 하니 단전에서 회음을 거쳐 일주를 한다. 코로나만 아니면 선생님께 인사를 드렸을 텐데... 회의를 마치고 아쉬운 마음에 일부러 강남구청역으로 간다. 선배님들과 도담을 나누던 빵집 앞을 지나니 순간 머리가 맑아진다.

2020년 6월 14일

새벽 등산을 갔는데 등산로 입구에서 갑자기 힘이 쭉 빠진다. 평지도 걷기 힘들 정도다. 그래도 힘을 내 한 발 한 발 집중하며 0, 1, 2 ~ 9 숫자에 담긴 의미를 떠올리며 오르다 보니 언제 그랬냐는 듯 온몸에 힘이 돈다. 운전하며 돌아오는 길, 백회가 묵직해지며 호흡도 편안해진다. 그저 감사한 마음이다.

2020년 6월 15일

수련일지를 정리하는데 백회 주변 군데군데 시원한 느낌이 들고, 중단전이 따뜻하게 확장이 된다. 후배가 찾아와 의자에서 일어났는데 양다리로 기운이 흘러간다. 오후 수련 시 기운이 머리를 이리저리 어루만지는 느낌이 든다.

2020년 6월 17일

자정이 넘어 오후 수련을 마치고 와공을 하는데 평소와 달리 들숨이 깊고 깊이 계속 들어간다. 마치 기계가 달린 듯 제멋대로다. 그런데 그냥 자성에 맡기면 될 것을 놀란 마음에 호흡을 조절한다.

2020년 6월 18일

새벽에 숙소 옆 카페에 정좌해 오전 수련을 한다. 감미로운 클래식 음악 속에 수련을 하니 삼단전이 모두 반응하며 각 단전에 기운이 모이니 너무나 편안하다. 오후 수련에서는 누군가 머리를 마사지하는 듯한 독특한 기운이 4일째 이어진다.

2020년 6월 19일

서울 출장이다. 여의도에 위치한 서울 사무실에 도착해 급한 일을 처리하고, 회사 옆 카페 구석에 앉아 블로그 글들을 읽고 수련을 한다. 삼단전을 바라보며 화두를 암송하고 단전호흡을 하니 각 단전에 기운이 강하게 모인다. 특히, 중단전이 레코드판처럼 계속 확장돼 간다. 두 손을 모아 감사 인사를 드린다.

2020년 6월 22일

지난 수련을 돌아보니 수련 중에 꿈꾸듯 보였던 것들을 일부러 무시해 왔다. 집착을 하는 것도 문제지만 그냥 무시하려고만 하는 것도 또 다른 집착이 아닌가 하는 생각이 든다. 오늘은 삼공 선생님께서 젊으신 모습으로 웃으시며 무슨 말씀을 하신다. 그리고 어떤 분이 기다란 통을 2개 주셨는데 뭐가 있나 뒤집어 보니 하나는 물이 가득 담겨 있고, 하나는 텅 비어 있다. 어제에 이어 이틀 연속 뱀이 보인다. 방안에 커다란 검은 뱀이 있어 밖에 풀어 주려고 손으로 잡아 보니 손바닥에 들어가는 작은 뱀이다.

2020년 6월 26일

의자에 허리를 세우고 앉아 화두를 호흡에 따라 길게 암송하며 집중하니 몸이 뜨거워진다. 특히 중단전에 따뜻한 열기가 일며 확장돼 간다. 오후에는 목에 기운 덩어리가 뭉쳐져 한동안 이어진다.

2020년 6월 27일

꿈속에서 하얀 도복을 입고 있는 나를 어머니께서 찾아오셨다. 깜짝 놀라 어머니께서 서 계신 곳으로 절벽을 타고 올라가니 흰옷을 입으신 젊으신 모습의 어머니께서 환하게 웃으시며 맞아 주신다. 급하게 서두르지 말라며 따뜻한 미소를 지어 주신다. 그런데 아쉽게도 절벽 위 마지막 바위에서 힘이 빠져 버둥대다 잠이 깨버렸다. 너무 아쉽다.

2020년 6월 30일

오전에 선생님께서 전화를 주셨다. 깜짝 놀라 전화를 받으니 수련 어떻게 하고 있냐고 물어보신다. 3단계 수련 중이고 열심히 하겠다고 말씀드리고 나니 왠지 양심이 찔린다. 진짜 열심히 해야 하는데... 소식이 없

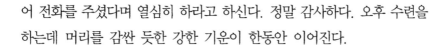

어 전화를 주셨다며 열심히 하라고 하신다. 정말 감사하다. 오후 수련을 하는데 머리를 감싼 듯한 강한 기운이 한동안 이어진다.

2020년 7월 1일

오후 수련을 하는데 집착하는 모든 것을 놓아 버리니 마음이 너무나 편안하다. 마치 가슴에 파스를 붙인 듯 쏴한 열기가 퍼져간다.

2020년 7월 2일

서울 출장을 마치고 삼공재 벤치로 이동해 자리에 앉으니 마치 선생님 앞에 앉아 있는 것 같다. 호흡도 스치는 바람도 느끼려는 마음도 모두 놓아 버린다. 왼쪽 어깨, 가슴 앞뒤에 파스를 붙인 듯하고, 왼쪽 무릎이 시원해진다. 숙소로 돌아와 늦은 오후 수련을 하는데 유독 강한 기운이 가슴에서 목까지 느껴진다.

2020년 7월 4일

저녁에 베란다에 정좌해 수련을 시작하니 평소 레코드판처럼 따뜻하게 퍼지던 중단전이 뜨거운 막대로 찍은 듯 전중혈로 모아진다. 그런데 어제에 이어 화두를 외워도 백회에는 기운이 느껴지지 않는다. 3단계가 끝난 듯하다.

2020년 7월 6일

꿈속에 흰 가운을 입은 여의사 선생님께서 웃으시며 내 썩은 어금니를 뽑아 투명 유리컵에 주신다. 하얀 어금니에 까만 구멍이 크게 뚫려 있다. 그런데 받아 들고 오는데 퍽~ 하고 산산이 깨져 퍼진다. 3단계 화두를 깨쳤다는 의미 같은데 너무 직설적이라 웃음이 나왔다.

4단계 무념처삼매 (2020년 7월 7일 ~ 2020년 7월 10일)

2020년 7월 7일

오전 수련을 마치고 와공을 하다 잠들은 듯한데 온몸을 이리저리 비틀고, 일어났다 누웠다 하며 난리가 났다. 꿈인지 생시인지 구분이 안 간다. 선생님께 화두를 받았다. 4단계는 책에서 봤다고 말씀드리니 그대로 하라시며 5단계 화두를 주신다. 화두를 받자마자 백회가 반응하고, 중단전이 뜨거워진다. 저녁에 등산을 하고 사무실 의자에 앉아 '11가지 호흡' 하고 암송하니 몸이 갑자기 흔들린다. 숙소로 이동해 오후 수련을 시작하자 몸이 팽이처럼 돌고 까딱까딱 흔들리니 너무 신기하다.

2020년 7월 8일

오전 수련에 백회 위에 접시처럼 기운이 펼쳐지고 호흡에 따라 단전에 쌓인다. '11가지 호흡'을 염하니 팽이처럼 몸이 돌다가 앞뒤로 흔들리다 떨기도 한다. 퇴근 후 화봉산에서 운동을 하고 내려오는데 사타구니에서 다리 안쪽으로 찌릿하며 시원한 기운이 내려간다. 버스로 퇴근하는데 백회에 뜨거운 쇠꼬챙이를 끼운 것 같은 느낌이 한동안 이어진다.

2020년 7월 9일

오후 수련을 시작하니 오전보다 강한 진동이 온다. 무념이 되어야 11가지 호흡이 되는 것 같다. 지나고 보니 11가지 호흡 중 일부가 조금씩 진행돼 왔다. 수련 중에 수차례 지진이 온 듯 몸이 떨렸었고, 팔다리, 가슴... 몸의 일부가 각각 떨리기도 했다. 강한 기운이 호흡과 함께 상·중·하단전을 차례로 이동하기도 했었다.

2020년 7월 10일

11가지 호흡의 진동을 심하게 하다 딱 멈춰 끝났나 했더니 다시 천천히 움직인다. 은근 재미가 있다. 그런데 새벽꿈이 너무 생생하다. 30년 전 없어진 마을 창고에서 커다란 사각 틀에 얼려진 시체들을 동네 아주머니께서 다듬고 계신다. 내가 놀라 넘어지니 어머니와 아주머니께서 웃으신다. 다음 장면에서는 내가 냉동고로 무심히 시체가 담긴 팔레트를 밀어 옮기고 있다. 다음은 병원인데 환자들 마취를 하는지 주사약이 들어가자마자 헤벌쭉 늘어진다. 공장처럼 한 명 한 명 계속 마취가 이어진다. 그걸 난 창문으로 무심히 쳐다보고 있다. 다음 장면에서는 먼 산에 하얀 글라이더가 떨어져 찾으러 간다.

5단계 공처 (2020년 7월 12일 ~ 2020년 9월 18일)

2020년 7월 12일

너무나 생생한 꿈을 이어서 꾸었다. 첫 번째 꿈에서는 긴 동굴을 지나무덤이 하나 나오는데 옆에 고명한 도인의 수행처가 있다. 현판에 한자가 적혀 있는데 기억이 잘 안 난다. 그 앞에 서 있는데 옆집 할머니께서 부르시며 팥시루떡을 주신다. 순간 잠이 깬 도인을 뵙지는 못했는데 지금의 아내가 그 도인의 제자고 선녀란다. 이어진 두 번째 꿈, 회사에 출근을 하려는데 옷이 모두 맞지 않는다. 모두 버리고 새 옷을 산다.

2020년 7월 13일

대전으로 출근하는 기차 안에서 너무 힘들어 『반야심경』을 외우니 답답했던 눈이 시원해진다. 어제부터 누워만 있을 정도로 힘들게 했던 손님이 드디어 천도되었나 보다. 사무실에서 업무를 마치고 의자에 정좌해 오후 수련을 한다. 중단전이 뜨거워지며 상·중·하단전이 모두 반응을 한다.

2020년 7월 14일

퇴근해 오후 수련에 드니 단전과 척추의 열기가 오전보다 강하게 느껴진다. 난로 앞에 앉아 있는 듯 척추가 뜨거워지다 하단전의 열기가 서서히 중단전으로 이동을 한다.

2020년 7월 17일

기차로 대전에 출근하는데 가슴이 답답하고 뻐근해진다. 오후 들어 약간 풀리지만 개운하지가 않다. 도해 선배님께서 전화를 주셨다. 수련 상황을 확인하고 좋은 말씀을 주신다. 힘들어하는 매 고비마다 어찌 아시는지 전화를 주신다. 너무나 감사하면서도 죄송스럽다.

2020년 7월 21일

5단계 들어 힘들단 소리가 절로 나온다. 수련을 시작하려니 두통도 심하고 열이 없는데도 마치 열이 나는 것처럼 느껴진다. 단전호흡을 해도 기운이 느껴지지 않는다. 힘들어 누웠다가 잠이 들었는데 꿈속에 누추한 차림의 남자 3명이 들어오더니 그냥 바닥에 누워 버린다. 한 명에게 손을 뻗어 기운을 보내니 쓸데없는 짓 말라며 모자로 얼굴을 덮어 버린다. 저녁이 돼서야 천도가 되는지 힘들었던 하루가 서서히 회복돼 간다.

2020년 7월 25일

수련 중 유독 중·하단전이 뜨겁다. 고개를 젖히니 얼굴, 입술, 목, 가슴으로 찌릿하며 기운이 내려온다. 자정이 넘어 운동장을 맨발로 한 시간을 걸으니 발바닥이 화끈거린다. 발등과 어깨도 때때로 찌릿하다.

2020년 7월 28일

사무실 의자에 앉아 오후 수련을 하는데 뭐에 쏘인 듯 발등이 따끔하면서 다리 쪽으로 기운이 쭉 퍼진다. 자정이 넘어 퇴근하는데 몸에 힘이 빠지고 머리가 아파 온다. 『반야심경』 후렴구를 반복하고, 인과응보, 해원상생...을 암송하며 2km 정도 걸어가 숙소 앞 횡단보도에 다다르니 이제야 머리가 시원해진다.

2020년 7월 29일

오전 수련에 뜨거워진 하단전이 중단전까지 확장이 된다. 반가부좌로 올려진 발에서도 호흡에 따라 열기가 느껴진다. 잠을 못 잔 후유증인지 고개가 계속 떨궈진다. 그런데 목에 스카프를 한 듯 기운의 띠가 형성이 된다.

2020년 7월 30일

사무실 의자에 앉아 오후 수련을 시작하자 백회를 후비는 듯 강한 기운이 느껴지고, 가슴을 찌릿찌릿 흐르며 파스를 붙인 듯 시원해진다. 용천도 찌릿찌릿하다. 중단전을 중심으로 시원함과 행복감이 함께한다.

2020년 7월 31일

수련을 시작해 40분쯤 지나니 집중력이 흐려지고, 자세가 자꾸 흐트러진다. 용량을 키워야 한다. 이타심, 사랑의 마음이 부족하다. 인연에 따라 함께한 빙의령도 사랑으로 대해야 한다. 몸이 굳어 있고 체력이 부족하다. 작은 욕망에도 수시로 빠져든다. 자명한 것에 대한 즉각적인 실행이 답이다.

2020년 8월 3일

무슨 작업이 있는 듯 기운이 백회에 몰렸다가 인당으로 몰렸다 그런다. 사무실 의자에 허리를 세워 앉아 오후 수련을 하는데 백회 밑 약간 왼쪽으로 뭔가 툭 하고 떨어지더니 구르듯 내려간다. 황당해서 무슨 물건에 맞은 줄 알고 만져 봤다.

2020년 8월 6일

최근 좋아하던 커피가 이상하게 싫어지고 고기도 싫어진다. 오후 수련을 하는데 몸통과 척추가 온통 후끈하다. 분별하지 말라는 말이 유독 머릿속을 맴돌며 암송할 때마다 강한 기운이 느껴진다. 진리를 머리로만 알려 하니 더 구분 짓고 가리게 된다. 일체가 하느님의 몸체요 마음자리일진데 무슨 분별이 있을까?

2020년 8월 16일

수련을 하려니 단전에서 척추로 열기가 올라와 무더위가 더 심해진다. 늦은 밤 드라이브를 나왔다가 삼공재가 생각나 바로 올라간다. 삼공재 옆에 주차해 선생님과 사모님께 마음속으로 인사를 드리고, 주변을 걸으니 선배님들과 함께 이야기를 나누던 빵집, 분식집 등이 눈에 들어온다. 그립고 그립다.

2020년 8월 19일

꿈속에 어떤 상가에 가니 천도식 현장처럼 보인다. 무속인은 안 보이고 어떤 아이의 엄마가 서 있다. 어린 남매 영가가 고양이에 실려 나에게 매달리며 야옹거린다. 잘 가라 달래 주니 밝은 빛이 나는 벽 위로 올라 천도가 된다. 그리고 모든 사람, 모든 물건이 사라지고 그냥 텅 빈 홀만 남는다. 수련을 시작하니 중단에 계속 쏴한 느낌이 든다. 단전에 집중해 화두를 암송하니 몇 가지 영상이 보이는데 그냥 흘려보낸다.

2020년 8월 20일

신입직원 면접이 있다. 발표면접, 토론면접을 하는데 잔뜩 긴장해 있는 지원자들을 보니 맘이 짠하다. 심호흡도 시키고 나름 편하게 해 주려 하면서도 나도 모르게 지원자를 무시하는 마음이 올라와 깜짝 놀랐다.

2020년 8월 25일

아침에 일어나 자리에 앉으니 하단전이 뜨거워지며 중단전까지 확장이 된다. 중간에 잡념이 들어오긴 했지만 한 시간이 금방이다. 업무를 마치고 사무실 의자에 앉아 오후 수련을 시작한다. 백회에 강한 기운이 느껴지고 온몸이 떨리며 진동이 온다.

2020년 8월 27일

최근 수시로 맘속에 감시망이 켜진다. 그러나 여지없이 욕심과 무명에 가리어져 어이없는 사고를 칠 때도 많다. 오늘도 동료에게 후배 뒷담화를 하는 내 모습에 깜짝 놀란다. 매 순간 깨어나 관하는 습관이 필요하다.

2020년 8월 28일

회의실에서 오후 수련을 한다. 수련에 앞서 스승님들께 경배를 올리려고 자세를 가다듬으니 백회에 기운이 가동된다. 금주 들어 한동안 멈췄던 진동이 다시 일어난다. 백회보다 중단전에 쏴하게 퍼지는 기운이 강해졌다.

2020년 9월 1일

업무를 마치고 저녁 7시 도해 선배님께 안부 전화를 드리니 좋은 말씀과 기운을 한가득 주신다. 통화하며 가슴이 엄청 뜨거워졌다가 시원해지고, 백회에도 강한 기운이 느껴진다. 늘 너무 감사하다.

2020년 9월 2일

단전에서 가슴까지 열기가 일고 한동안 멈췄던 진동이 계속된다. 회의실에서 오후 수련을 시작하니 가슴이 뜨거워진다. 이어서 상단전에 기운이 몰렸다가 중단전, 하단전에 몰렸다 그런다. 호흡도 저절로 길게 쉬어지고 몸도 이러저리 흔들흔들, 돌다가 떨기도 하니 마치 4단계를 다시 하는 기분이다. 백회 주변에 마치 점을 찍어 놓은 듯 쏴한 기운이 느껴진다.

2020년 9월 3일

오후 수련에 하단전과 중단전, 척추에 강한 열기가 일고 목에 강한 기운이 형성된다. 어깨에도 쏴한 기운이 느껴지며 진동이 심하게 된다. 11시가 넘은 늦은 시간 유성온천 주변을 돌며 운동을 하는데 갑자기 걷기도 힘들 정도로 몸에 힘이 쭉 빠진다.

2020년 9월 4일

주무부처 사무관의 갑질과 문제 제기로 시끌시끌하다. 나도 화가 나 오전 내 욕하고 다니다 보니 정작 원인은 관행에 젖어 원칙을 지키지 않은 우리에게 있었다. 시선을 밖이 아니라 내부로 돌렸을 때 문제 해결의 답이 나온다. 회의실에서 오후 수련을 하는데 가슴에 파스를 붙인 듯 쏴한 느낌이 한동안 이어진다. 며칠간 심했던 진동은 이제 좀 약해졌다.

2020년 9월 10일

회사 대표가 갑자기 우리 부서와 점심 식사를 하고 싶다고 하신다. 나름 직원들과 소통을 하시고자 하는데 이런 식의 일방적 소통이 되니 당황스럽다. 역시 최고의 소통은 '역지사지 방하착 여인방편자기방편'이 진리일진대, 나이가 많아지고 직위가 올라갈수록 이렇게 당연한 것들이 잘 보이지 않는다. 주변의 모든 이들이 나의 스승이다.

2020년 9월 13일

아버지와 대화를 나누며 긴장해 있는 내 모습이 보인다. 어릴 적 늘 혼나며 긴장했던 그 모습과 별반 다르지 않다. 다만, '화내지 않으실까'가 '서운하시거나 실망하지 않으실까'로 바뀌었을 뿐이다. 저녁에 부친상을 당한 후배에게 조문을 가서 꽃 장식 속의 영정을 뵈니 더 아버지 생각이 난다. 사실 아버지가 아니라 내면에 숨겨진 인정받고자 하는 욕구들이 나를 긴장시키는 것이었다.

2020년 9월 16일

밤새 내리던 비가 그쳐 등산을 갔다. 산을 오르다 풍수가들 사이 유명하다는 묘가 있어 가 보니 칠점사 한 마리가 웅크리고 있다. 오늘 조심하라는 의미인가 생각하다 웃음이 나온다. 이 친구는 그냥 잠시 볕에 몸을 말리러 나왔을 뿐인데 정작 나는 오만 가지 생각을 하고 있으니 말이다. 5단계 화두를 암송하며 산길을 걷는다. 자성의 빛을 환하게 밝혀 겹겹이 쌓인 무명과 욕망의 껍질을 하나하나 벗어 버리고 싶다.

2020년 9월 17일

대각경, 『천부경』 암송 후 5단계 화두를 단전호흡과 함께 암송한다. 단전과 척추의 열기가 강하다. 잠시 뒤 몸을 풀어 주려 했더니 심하게 진동을 하다 멈춘다. 수련을 마치고 고등학교 1학년인 둘째와 긴 통화를 하는데 전생에 나의 스승이라도 되는지 오늘도 나에게 깨달음을 준다.

2020년 9월 18일

아침 꿈속에 드넓게 펼쳐진 들판에 이름 모를 하얀 꽃들이 가득하다. 너무 아름다운 모습이다. 기분 좋게 일어나 수련을 마치고 와공을 하려 누우니 이번엔 수풀이 가득찬 들판이 한없이 펼쳐진다. 편안히 바라보다 계속 더 보고 싶다는 생각이 들자 사라진다. 힘들었던 5단계가 끝났음을 알겠다.

6단계 식처 (2020년 9월 24일 ~ 2020년 10월 22일)

2020년 9월 24일

선생님께 6단계 화두를 받기가 어려운 상황이 돼 대봉 선배님께 여쭤어 6단계 화두를 받았다. 화두를 암송하자 백회로 강한 기운이 내려온다. 인당에서도 기운이 느껴지며 단전까지 뜨거워진다.

2020년 9월 26일

가족들과 모처럼 야외로 나가 분위기 좋은 레스토랑에서 식사도 하고 카페를 찾아 맛난 것도 먹었다. 각자 주문한 음료에 꽂힌 빨대로 거리낌 없이 바꿔 먹는 걸 보니 이런 게 가족이다 싶다. 얼마나 서로 얽히고 얽힌 인연이면 가족으로 만났을까? 쌓인 업장을 털어내고 자성을 밝히는 수행의 중심은 당연 가족이 되어야 한다는 생각이다. 그리도 심하게 얽힌 인연이니 이번 생이 부족할 정도로 털어낼 업장 또한 엄청날 것이다. 어찌 보면 우리 모두가 정도의 차이가 있을 뿐 미완의 수행자이다. 상대방이 완성된 자가 아닌 힘겨운 수행의 과정에 있음을 그대로 인정하고, 다정한 사랑의 시선으로 바라보고 기다려 준다면 갈등은 눈 녹듯 사라질 것이다.

2020년 9월 28일

점심시간, 의자에 앉아 화두를 암송하는데 화두를 따라 백회를 중심으로 온몸에 기운이 형성된다. 오후 수련에서는 백회에 강한 기운이 느껴지고 온몸에 열기가 인다. 숙소에 들어와 수련일지를 쓰는데도 백회에 진동하듯 기운이 인다.

2020년 10월 3일

수련을 시작하니 등줄기가 후끈하며 몸이 뜨거워진다. '나는 하느님의 분신'이라고 하루에도 몇 번씩 암송하면서 정작 옆에 있는 아내 또한 '하느님의 분신'이라 생각지 못했다. 마치 왼팔이 오른발을 무시했던 것처럼 느껴진다. 아내뿐이겠는가? 세상 모든 이들, 동식물들 또한 하느님의 분신일 것이다. 내 몸의 오장육부, 사지가 조화를 이루듯 세상 모든 하느님의 분신들과 상부상조하는 대조화의 세계를 이루는 삶을 살아야 할 것이다.

2020년 10월 7일

용역 심사에서 탈락한 업체 대표님들께 전화를 드렸다. 최대한 예의를 갖춰 어떤 부분이 취약해 탈락했는지 설명을 드려 나름의 역지사지를 실천한다. 수련 중 몸이 앞뒤로, 좌우로 빙빙 돌며 진동을 한다. 수련에 집중도 잘되고 기운도 강하다. 자정이 넘어 화두를 암송하며 한 시간 정도 걷기를 하는데 백회가 각성이 된다. 사무실에 들어오니 백회와 인당의 자극이 강해 30분 정도 집중해 수련을 하다 새벽 3시에 퇴근했다.

2020년 10월 9일

친척들이 모인 고향집 형편상 와공으로 수련을 시작했다. 백회가 묵직해지고 용천이 동시에 뜨거워진다. 단전과 척추도 여기저기 뜨거워지며 상·중·하단전에 강한 기운이 느껴진다. 1시간 수련을 마치고 그대로 화두에 집중하니 명문에 이어 장강까지 뜨거워진다. 그리고 고환에서 회

129

음을 지나 장강까지 찌릿찌릿하며 이어진다.

2020년 10월 13일

수련 중 한동안 멈췄던 진동이 다시 시작됐다. 오전 수련 내내 흔들흔들, 빙글빙글, 부르르... 진동이 이어진다. 최근 와공을 병행하니 축기가 더 잘 된다. 오후에 출장을 갔다가 인근 저수지에 있는 카페에서 오후 수련을 했다. 수련 중 전등이 켜진 듯 눈앞이 밝아진다. 최근 수시로 그런다.

2020년 10월 4일

퇴근해 수원 집에 올라가며 정류장 옆 조용한 카페에 들어가 오후 수련을 시작한다. 온몸에 열기가 일며 강한 기운이 느껴진다. 간간이 진동이 일어나는데 공공장소인지라 의식적으로 자제를 한다. 수련 중 화면이 보이는데 주변이 온통 젤리처럼 뭉글뭉글 뭉쳐져 있다. 그리고 흰색 테이블 위 새하얀 접시에 깨끗하고 커다란 인삼이 놓여 있다. 어떡하지? 잠시 고민하다 그냥 통째로 씹어 먹었다.

2020년 10월 17일

휴일이라 아침 8시에 집을 나와 4시까지 독서실형 카페에서 시간을 보냈다. 밀렸던 회사업무도 하고, 정좌해 수련도 하고 선배님들 블로그 글도 읽으며 나름 여유로운 시간을 보냈다. 중간중간 인근 공원에 나가 운동을 하며 몸도 풀었다. 저녁에 집에 들어와 단전호흡을 시작하니 단전을 시작으로 척추 주요 혈들이 뜨거워지며 운기가 된다. 그런데 그렇게 강하던 화두 기운이 잘 느껴지지 않는다.

2020년 10월 18일

인근 산에 올라 능선을 따라 산길을 걸었다. 정상 인근 벤치에서 와공으로 단전호흡을 하니 용천과 백회가 바로 반응한다. 너무 감사하다. 산 중턱을 내려오다 보니 갑자기 두통과 함께 속이 울렁거린다. 아~ 순간 짜증이 났는데 나는 좀 힘든 정도이지만 내 몸에 오신 그분에게는 세상 그 무엇보다 소중한 일일 것이라는 생각이 든다. 그간의 업장들을 털어내시고 천도되시길 기원한다.

2020년 10월 19일

국정감사를 받는 날이라 하루 종일 분주하다. 새벽에 퇴근해 몇 시간 못 자고 출근해 맘 졸이며 하루를 보내니 머리가 멍하다. 한 주일간의 수련일지를 정리하고 회의실에서 오후 수련을 하는데 새하얀 그릇에 담긴 맑은 열무 물김치가 보인다. 마치 깨끗한 열무를 맑은 물에 그냥 담가 놓은 듯하다.

2020년 10월 20일

단전호흡을 시작하자 단전과 척추에 열기가 일며 운기가 되고 대각경, 『천부경』을 암송하니 백회의 기운이 강해진다. 이어서 화두를 암송해 1시간 수련을 마친 후 20분간 와공으로 쉬었다 다시 한 시간 수련을 했다. 중단전이 파스를 붙인 듯 계속 시원하다. 절 운동을 하며 화두를 암송하니 잡념이 사라지고 집중이 잘된다.

2020년 10월 22일

오후 수련을 하는데 대각경과 『천부경』 각각의 기운이 깔끔하고 명확하게 느껴진다. 마치 커다란 기운으로 만들어진 사찰의 종 속에 들어가 있는 느낌이다. 그런데 화두 기운은 느껴지지 않는다. 단계가 이미 끝났음이다.

7단계 무소유처 (2020년 10월 26일 ~ 2020년 11월 8일)

2020년 10월 26일

오전 수련 중 웬 60대 남자가 무표정한 표정으로 서 있는 게 사진처럼 보인다. 출장 업무를 마치고 이분의 극락왕생을 빌며 『반야심경』 후렴구를 계속 암송했다. 저녁이 돼 백회가 시원해지는 걸 보니 천도가 되신 듯하다. 대봉 선배님을 통해 7단계 화두를 받아 암송하니 와~ 소리가 절로 나온다. 엄청난 기운이 쏟아진다. 쏟아지는 엄청난 기운 → 기운 끊어짐, 매 단계마다 반복되는 일이지만 아직도 신묘하고, 이러한 수련을 하고 있다는 것에 감사하기만 하다.

2020년 10월 27일

비몽사몽으로 오전 수련을 시작했다가 엄청난 기운에 정신을 차린다. 어제와 달리 중단전, 하단전에 기운이 집중되고 강한 진동이 일어난다.

오전 내 가슴에 파스를 붙인 듯 시원하다. 업무를 마치고 회의실에서 오후 수련을 하는데 화두에 따라 기운을 호흡하듯 강한 기운이 온몸으로 느껴진다. 중간에 잠깐 들어온 잡념에 약해졌다 화두에 집중하면 다시 강해진다. 백회뿐 아니라 바로 뒤쪽에서도 강한 기운이 느껴진다.

2020년 10월 28일

아침에 제출해야 할 자료가 있어 자리에서 일어나자마자 오전 수련을 시작한다. 잠이 덜 깬 나를 깨우듯 온몸이 앞뒤, 좌우, 빙빙 진동이 계속된다. 승진한 후배가 내는 회식이 있어 참석은 했으나, 술과 부정적인 말들을 자제하고 상황을 관하려 노력했다.

2020년 10월 29일

쏟아지던 화두 기운은 다소 약해졌지만 흔들흔들 진동이 강하게 온다. 업무를 마치고 회의실에 들어가 오후 수련을 하는데도 강한 진동을 하다 수련을 마쳤다.

2020년 10월 31일

요즘 나도 모르게 눈물이 많아졌다. 어찌나 눈물이 나는지 그냥 줄줄 흐른다. 요즘 부쩍 그런다. 그냥 세상 사람들, 동물들, 식물들까지 하나하나가 남 같지 않다. 그냥 나도 모르게 마음이 간다.

2020년 11월 2일

업무를 마치고 회의실에서 오후 수련을 했다. 대각경과 『천부경』을 암송하고 호흡에 맞춰 들숨 날숨에 각 한 번씩 화두를 암송하니 집중이 잘된다. 단전의 열기가 서서히 중단까지 확장돼 간다. 예전엔 욕심내 1분 호흡을 하려 했는데 그냥 몸에 맡기니 엄청 길어졌다 짧아졌다 자동 조정이 된다. 자정이 넘어 퇴근한다. 노랗게 물든 은행잎을 밟으며 밤길을 걷는데 너무나 편안하고 행복한 마음이 든다. 회사일, 직원들... 하나하나가 소중하게 느껴진다.

2020년 11월 3일

회의실에서 한 시간 수련을 하고, 테이블에 누워 20분간 와공을 했다. 오늘은 회의실에 정좌하자마자 등줄기가 후끈하다. 테이블에 누우니 어깨와 팔다리로 기운이 운기되는지 찌릿찌릿하다. 어제에 이어 자정이 넘어 퇴근해 아무도 없는 길에 수북이 떨어진 낙엽을 밟으며 걸어가니 또다른 행복감이 느껴진다.

2020년 11월 5일

오랜만에 숙소에서 오후 수련을 했다. 요즘 야근이 잦고 출장이 많다 보니 숙소에서 수련하는 경우가 많지 않다. 숙소가 편해서 그런지 진동이 심하게 온다. 7단계가 끝나 가는지 화두 기운이 잘 느껴지지 않는다. 그래서 단전호흡에 더 집중하니 단전과 척추가 후끈하다.

2020년 11월 8일

회사일로 밤을 새우고 잠시 눈을 붙이고 일어나 하루 종일 노트북과 씨름했다. 오후 4시 광교산을 찾아 늦은 등산을 시작한다. 시시때때로 느껴지던 환희지심이 지난주부터는 이상하게 조증이라도 걸린 듯 계속된다. 등산을 마치고 집에 들어와 수련을 하려 앉으니 척추가 후끈후끈하다. 호흡으로 마음을 가다듬고 대각경,『천부경』, 화두를 암송하니 기운이 운기된다. 그런데 7단계 화두 기운이 느껴지지 않은 지 며칠이 지났음에도 마지막 화두 받기를 주저하고 있다. 그간 화두수련에 충실하지 못한 것에 대한 자책의 마음이 올라와서다. 이 또한 버려야 할 집착일 뿐이다. 내일 화두를 받아 8단계를 잘 마무리해야겠다.

8단계 비비상처 (2020년 11월 9일 ~ 2020년 12월 2일)

2020년 11월 9일

대봉 선배님께 8단계 화두를 여쭙고 자리에 정좌해 화두를 암송한다. 엄청난 기운이 백회로 쏟아진다. 출장 업무를 마치고 수련을 위해 조용한 카페를 찾았다. 대각경,『천부경』을 암송하니 몸이 뜨거워지며 운기가 된다. 이어서 화두를 암송하니 백회로 기운이 쏟아져 내린다. 중간중간 잡념이 스쳐가고, 화면이 보이는데 죽은 시체들이 즐비하다. 황당하게도 내가 누군가를 칼로 찌르고 있다. 화두수련 시작할 때도 그랬는데... 아직도 에고의 늪에 허우적거리고 있으니 이런 모습이 보이나 보다. 수련일지를 작성하는 중에도 강한 기운이 쏟아진다.

2020년 11월 10일

오늘도 출장 업무를 마치고 자주 가던 카페를 찾았다. 자리를 잡고 블로그에 들어가니 순간적으로 기운이 인다. 선배님들 글들을 읽고 댓글을 달고 있으면 기운이 각성돼 마치 수련을 하고 있는 듯하다. 너무나 감사하다. 집에 들어가 회사업무를 하다 잠깐 잠이 들었는데 오늘은 꿈속에 동물 사체가 즐비하다.

2020년 11월 11일

새벽꿈 속에 엄청 큰 녹색 뱀이 쫓아오기에 무서워 도망갔더니 황당하게도 뱀이 내 친구라며 계속 북두칠성...이라 말한다. 깨었다가 다시 잠들었는데도 또 나온다. 애써 무시하고 다시 잠들었더니 이번엔 그 친구가 까만 곤충으로 나와서 또 그런다. 그만 나오라고 손으로 살짝 때려 기절시켜 버렸다. 너무 황당한 꿈이지만 의미를 담고 있는 듯해 그대로 수련일지에 기록한다.

2020년 11월 12일

사모님께서 전화를 주셨다. 얼마 전 생식을 부탁드리며 선생님께 화두수련 열심히 하겠다고 감사 인사를 드리고 싶다고 했는데 선생님께서 무척 반가워하셨다고 하신다. 직접 뵙지는 못하지만 기운으로 함께 하고 계시니 늘 감사하다고 인사를 드렸다. 도해 선배님께 전화를 드려 수련 상황을 말씀드렸다. 화두수련 전부터 헤매고 있을 때마다 늘 풀어 나갈 실마리를 주신다. 선배님 말씀을 들을 때마다 내 모습이 객관화돼 보인다. 그래서인지 오후 수련에 엄청난 기운이 쏟아진다. 시작하자마자 삼단전이 반응하며 진동이 계속된다. 그리고 마치 백회에 물을 부은 듯 기운이 머리 전후좌우로 흘러내린다.

2020년 11월 15일

부서 후배 여직원 결혼식이 있어 대전으로 내려왔다. 아버지 손을 잡고 입장하는 모습을 보니 딸을 시집보내는 아버지 감정이 투영돼 눈물이 흐른다. 숙소로 돌아와 계룡산 등산을 갔다. 시간이 늦어 도덕봉과 주변 능선을 돌다 해가 넘어 하산했다. 숙소에서 화두를 암송하니 화두에 따라 기운이 동한다. 마치 화두 기운을 호흡하는 듯하다.

2020년 11월 17일

수련 시간이 되니 귀에서 두두두 소리가 들린다. 처음 듣는 소리다. 직원들이 일찍 퇴근해 편한 옷으로 갈아입고 회의실에서 감사의 경배를 올리려 하니 백회에 기운이 동한다. 이어서 수련을 시작한다. 백회를 중심으로 강한 기운이 느껴진다. 평소 하던 대각경, 『천부경』을 생략하고 바로 화두 암송에 들어간다.

강한 기운이 상단전에 몰렸다가 중단전, 하단전으로 이동하며 몰입이 된다. 백회와 상단전으로 기운이 몰릴 때는 마치 통속에 들어가 있는 듯하다. 머리부터 어깨까지 강하게 쏴한 느낌이 든다. 중단전에서는 열기가 일다 파스를 붙인 듯 시원해지고, 하단전에서는 몸통 전체가 뜨거워지며 독맥을 타고 운기가 된다. 화두를 암송하다 내가 곧 하느님이기에 자성을 바라보며 '하느님'을 암송하니 강한 기운이 계속 이동하며 온몸을 일깨운다.

2020년 11월 18일

회사일로 밤을 새우고 오전 수련까지 마친 후 퇴근을 했다가 2시간 자고 다시 출근한다. 다른 직원에게 맡기기 힘든 일이 있어 직접 하다 보니 야근이 일상이 돼 간다. 점심시간 의자에 앉아 화두를 암송하는데 백회를 후비듯 강하고 시원한 기운이 느껴진다.

2020년 11월 20일

아침에 다리 쪽으로 시원한 기운이 뻗어 내려간다. 오전 수련에 대각경을 암송하니 백회에 강한 기운이 느껴지며 몸에 에너지 장이 형성되는 듯하다. 『천부경』에 이어 화두를 암송한다. 회사일이 자꾸 들어오지만 무시하고 화두에 집중한다. 흰 테이블에 깔끔한 음식이 차려져 있는 게 보인다. 아직은 아닌데... 하니 음식이 사라지고 흰 테이블만 남는다. 이번엔 금박으로 만들어진 무슨 그림판이 테이블에 펼쳐진다. 이 또한 아직 내 것이 아니라 생각하니 사라진다. 화두를 글로 써 보니 상단전에 기운이 몰리며 한 자 한 자 금색으로 써진다.

2020년 11월 21일

저녁에 운동을 위해 시골길을 걷는데 바위틈에 뿌리 내린 소나무가 생각난다. 어떻게 저런 데서 자랄까 하지만 그냥 씨가 떨어져 싹을 틔웠을 뿐이다. 암도 바이러스도 마찬가지일 것이다. 그냥 조건이 돼 자라났을 뿐 나쁘다고 함부로 말할 수 있는 것이 아니다. 내가 하느님의 분신인 것처럼 이들 또한 하느님의 일부분이다. 결국 세상 모든 만물이 하느님이기에 나와 하나인 것이다. 집에 들어오는데 강한 기운이 백회로 밀려온다.

2020년 11월 24일

아내와 아버지 생신 준비를 상의한다는 게 그만 다툼이 되고 말았다. 밤새우고도 피곤하지 않았는데... 갑자기 힘이 쭉 빠진다. 오후 수련을 하는데 몸에 느껴지는 기운이 울퉁불퉁 각진 나무토막 같다. 울퉁불퉁 각진 내 맘이 그대로 느껴지는 듯하다. 자주 시댁에서 일하느라 아내가 많이 힘들었나 보다. 우선 아내의 입장에서 이해해 주고 위로도 해 주고 그 뒤에 방법을 찾았어야 했는데 내 욕심이 앞섰다.

2020년 11월 29일

오후 늦게 관악산 등산을 갔다. 중간에 의자처럼 생긴 바위가 있어 스승님들께 경배를 올리고 잠시 앉아 화두를 외우다 올라갔다. 그런데 등산 중 유독 화두가 아니라 『금강경』의 응무소주이생기심(應無所住而生其心)이 계속 읊어진다.

2020년 11월 30일

업무를 마치고 회의실에 들어가 오후 수련을 시작한다. 대각경을 암송하니 백회부터 기운이 각성되며 『천부경』, 화두에 따라 강한 기운이 인다. 수련 중 흰 독수리 같은 엄청 큰 새가 날아와 눈앞에 앉는 게 보인다. 머리에는 검은 점이 있다. 그간 화두수련 중 여러 단계에서 유독 흰색과 검은색이 섞여 있는 모습이 많이 보인다. 중단전에 쏴한 느낌이 강해지며 등까지 쏴하며 뜨거워진다.

2020년 12월 1일

아침에 일어나 대각경, 『천부경』, 화두 순으로 암송을 한다. 백회에서 상단전, 하단전, 중단전 순으로 기운이 인다. 삼황천제님, 선계 스승님과 지도·보호령님, 삼공 선생님과 사모님, 도반님들과 인연자들께 각각 3배씩 감사의 12배를 하고 수련을 시작하는 게 이제 습관이 되었다. 수련 중 백회와 상단전에 강한 기운이 일고, 단전과 척추가 후끈하다.

2020년 12월 2일

오전 수련에 정신이 또렷해지며 의식이 깊고 깊이 내려간다. 있다. 없다, 맞다, 틀리다 관념을 벗어난 곳에 머문다. 수련을 끝내고 나니 화두수련을 마쳤다는 확신이 든다. 마음속 깊이 감사함이 밀려온다. 삼황천제님, 스승님들, 지도·보호령님, 삼공 선생님과 사모님, 도반님들께 감사의 경배를 올린다.

현묘지도 수련 후기

그동안의 삶이 강렬한 에고의 이끌림이었다면 금번 화두수련이 나로 하여금 자성의 빛을 밝히는 생활수행자로 변모하는 터닝 포인트가 되어 주었다. 화두수련을 마치며 유독 『금강경』의 응무소주이생기심(應無所 住而生其心)이 수시로 떠오른다. 자연스레 이 경구가 암송되며 마음속 에 자리를 잡아간다.

그간 "나는 하느님의 분신으로서..." 늘 대각경과 경전을 암송하고, 성 현의 말씀을 찾아 들으면서도 여전히 세상 모든 걸 좋고 나쁨의 이분법 으로 구분 짓고 함부로 평가하며 제나가 주인인 삶을 살아왔다. 너무나 당연한 성현들의 말씀들이 두터운 업장과 겹겹이 쌓인 에고의 껍질에 가려 바로 보이지 않았던 것이다.

이제야 좋은 사람(일), 싫은 사람(일)이라는 분별이 희미해지고, 그저 얼굴 모습이 다르듯 '다르다' 정도로 변하고 있다. 동식물들에게도 같은 마음이 느껴진다. 그리고 모두가 소중하게 느껴지며 이유 없는 환희지심 이 수시로 일어난다. 아직도 벗어 버려야 할 껍질이 그득하고, 빙의굴 속에 힘겨워하지만, 스승님들의 보살핌 속에 성통공완으로 향하는 맑고 시원한 물길을 내었으니 너무나 감사한 마음이다.

이 물길을 따라 마음을 내어 강이 되고, 바다가 될 수 있도록 생활수 행자로서 홍익인간하고 하화중생하는 삶을 살아가고자 한다. 이것이 삼 황천제님과 스승님들, 지도·보호령님, 삼공 선생님, 제자들을 늘 환한 미소를 맞아 주신 사모님, 후배의 수련을 격려해 주고 이끌어 주신 선배 님들의 은혜에 대한 보답이 아닐까 싶다.

【조광의 논평】

현묘지도 화두수련을 통해 고정관념, 편견, 이기심을 놓아 버리고 세상일을, 사람을 있는 그대로 보게 됨으로써 자성에 가깝게 다가가는 과정을 이수했다. 앞으로 더욱 정진하여 5단계 화두수련 시 보였던 드넓고 또 한없는 들판처럼 도를 펼치는 수행자가 되기 바란다. 이에 삼공선도의 선호는 도야(道野).

〈43권〉

채근담(菜根譚)

단기 4331(1998)년 8월 10일 월요일 24～30℃ 구름

지금부터 23년 전 서울 구로동 영화아파트에 살 때였다. 나는 출퇴근 시에 만원 전철칸에서 이리 밀리고 저리 밀리는 속에서도 문고판 『채근담』 읽기에 정신없었던 일이 생각난다. 한문과 우리말 대역판(對譯版)이 었다. 그때도 나는 왜 우리는 한문 고전을 꼭 대역판을 읽어야 하나 하고 의문을 품었다.

왜 우리는 영어나 불어나 독일어 책을 우리말로 옮기듯 한문책을 우리말로 옮기지 못하고 꼭 한문을 곁들여야 하는지 그 처지가 안타까웠다. 혹시 역자가 한문을 우리말로 책임지고 옮길 자신이 없었었기 때문이 아닐까 하는 생각도 했었다. 그래서 애매모호한 부분은 한문을 병기(倂記)함으로써 독자가 적당히 알아서 해석하라는 지극히 무책임한 소치로밖에 보이지 않았다.

아니면, 통일신라 이후 지난 1천 3백 년 동안 우리나라가 한문을 공문서의 기록 수단으로 이용해 온 오랜 관습의 틀에서 벗어나기 어려웠기 때문이 아닌가 하는 생각도 했었다. 때가 되면 반드시 이 귀중한 인생철학서를 순전한 우리말로 옮겨 보리라 작정했었다. 이제 그때가 된 것이다.

『채근담(菜根譚)』이라는 책 제목을 그대로 우리말로 옮기면 '나물 뿌리 이야기'가 된다. 나물 뿌리의 담박한 맛은 씹으면 씹을수록 새록새록 새로운 맛이 더해 가듯이, 고난과 역경의 인생살이에서도 욕심부리지 않고 바르고 착한 마음으로 살아 나가노라면 인생의 참되고 깊은 맛을 볼 수 있으리라는 것이 이 책의 기본 정신이다.

이 책은 명(明)나라 신종(神宗) 연간에 홍자성(洪自誠)이라는 숨은 선비가 지은 것이라고 한다. 유교철학이 기조를 이루고 있으면서도 불교와 도교의 도리가 혼연 하나로 융합된 유불도(儒佛道)의 동양사상의 결정체(結晶體)이다.

이 책은 전집(前集) 225조, 후집 135조 도합 360조로 되어 있다. 『참전계경(參佺戒經)』이 366조로 되어 있는 것과 비교된다. 인생을 바르고 착하고 슬기롭게 살아가는 방법을 제시했다는 점에서 『참전계경』과 『채근담』은 공통점을 갖고 있다. 그래서 『채근담』은 『참전계경』 독자에게는 훌륭한 보충용 읽을거리가 될 것이다.

현재 우리가 사는 지구의 지축(地軸)은 23.5도 기울어져 있는데 후천개벽 때 이것이 바로 서면 1년은 365일이나 366일이 아니라 360일이 된다고 한다. 『채근담』이 총 360조로 되어 있는 것과 묘한 대조가 된다.

게다가 『채근담』은 간결하면서도 명쾌한 문장으로 된 인생 처세법을 담담하게 이야기해 주고 있어서 늘 뜻있는 지식인들의 애독서였다. 이 책이 발간된 지 4백 년 동안 수많은 독자들을 사로잡을 수 있었던 것은 범상치 않은 생명력이 있다는 것을 인정치 않을 수 없게 한다.

'하늘이 내 몸을 괴롭히면 나는 내 마음을 편안히 하여 이에 대처하고,

하늘이 나에게 액운(厄運)을 안겨 주면 나는 나의 도(道)를 높여 이를 뚫고 나가리라'고 저자인 홍자성은 말했다. 그의 도(道)의 깊이를 짐작해 볼 수 있는 뜻깊은 말이다.

이 책은 고난에 찬 속세에 살면서도 그 속세를 초탈함으로써 갖가지 욕망에 물들지 않고 인간 본래의 참된 천성(天性)을 지켜 나갈 것을 권장하고 있다. 저자가 시종일관 강조한 바와 같이 이기심을 초월한 이타정신이야말로 이 책의 가치를 영원히 빛내 줄 것이다.

우리는 이 책을 기회 있을 때마다 읽어 봄으로써 그때마다 새로운 삶의 활력소를 얻고 새로운 처세법을 하나하나 터득해 나갈 수 있게 될 것이다. 우리는 구도자이기에 앞서 참다운 인간이 되어야 하기 때문이다. 이 책은 바로 그 인간이 되는 길을 담담하게 이야기해 주면서도 구도자가 나아갈 길을 꼼꼼하고 자세하게 제시하고 있다.

전집(前集)

1

도덕을 지키면서 살아가는 사람은 때때로 쓸쓸하고 외로운 경우를 당하기는 하겠지만, 권세에 아부하는 사람은 언제나 처량한 신세에서 벗어날 수 없다. 그러므로 인생살이에 달통한 사람은 물욕(物慾) 뒤에 감추어진 삶의 실상을 꿰뚫어 보고 죽은 후의 명예를 생각하여, 차라리 한때의 적막(寂寞)을 겪을지언정 영원히 처량한 신세에 빠지지는 않는다.

〈풀이〉

도덕을 지키고 양심대로 살아가는 사람은 비록 가난에 시달리거나 사악한 자들의 모함을 받아 쓸쓸하고 외로운 일은 겪겠지만 반드시 뜻있는 사람들의 추앙을 받게 되어 있다. 그러나 권세에 아부하고 일신과 가문의 영달에만 혈안이 되어 있는 이기적인 인간들은 일시적으로 물질적인 풍요는 누릴 수 있겠지만 생전이나 사후에 세상 사람들의 지탄을 면할 길 없어 영원히 처량한 신세로 굴러떨어지게 된다. 그러므로 인생의 참진리를 깨달은 사람들은 그러한 어리석은 짓은 결코 하지 않는다.

2

세상 사람들과의 교섭이 적으면 그만큼 세속에 덜 오염될 것이고, 세상 사람들과의 교제가 깊으면 깊을수록 남을 속이는 일에도 세련되고 능수능란해질 것이다. 그러므로 군자는 교활하고 능수능란하기보다는 소박하고 꾸밈없는 것이 낫고, 지나치게 인위적이고 세련된 예의와 겸손보다는 소탈하고 활달한 편이 낫다.

3

군자의 마음은 하늘처럼 푸르고 태양처럼 밝아서 모든 사람들이 빠짐없이 알 수 있게 해야 한다. 그러나 군자의 재능만은 마음속 깊숙이 간직하여 옥이 바위 속에 박혀 있고 구슬이 바다 깊이 잠겨 있듯이 남의 눈에 띄지 않게 해야 한다.

〈풀이〉

요즘은 제아무리 PR시대라고 하지만, 자기가 자기 장점을 일일이 드러내어 남에게 선전하는 것은 아무래도 제가 그린 그림을 제 입으로 칭찬하는 자화자찬(自畵自讚)이 아닐 수 없다. 자화자찬의 시대는 뭐니 뭐니 해도 사기꾼과 협잡꾼이 날뛸 수 있는 소지를 만들어 준다.

그러므로 참된 인격자는 자기 입으로 자기 자랑을 하지 않아도 그 자신도 모르게 그의 말과 행동에서 소리 없이 배어 나오는 인격의 향훈(香薰)과 빛이 스스로 발하게 해야 한다. 호들갑스런 서구인식(西歐人式) 자기 자랑보다는 지긋한 겸손의 덕을 강조하고 있다.

4

권세, 명리(名利), 부귀영화와 가까이 하지 않는 것을 고결하다고 하고, 가까이 하되 거기에 물들지 않는 것을 더욱더 고결하다고 한다. 권모술수를 모르는 것을 고상하다 하고, 권모술수를 알고도 일부러 쓰지 않는 것을 한층 더 고상하다고 한다.

5

귀에 거슬리는 말을 듣고 마음에 들지 않는 말을 들으면 이것이야말로 덕을 닦는 숫돌이 되어 인격 수양에는 더없이 좋은 기회가 된다. 그러나 만약에 말마다 귀를 즐겁게 하고 하는 일마다 마음을 흡족하게 한다면 이는 자기 몸을 짐독(鴆毒) 속에 파묻는 것이 되리라.

〈풀이〉

＊ 짐독(鴆毒) : 짐새의 깃털에 들어 있는 맹독(猛毒)으로 몸에 닿기만 해도 즉사한다고 한다. 짐새가 하늘 높이 떠서 날아갈 때는 그 독이 들어갈까 겁이 나서 간장 독, 된장 독 뚜껑을 닫아야 한다. 위기를 기회로 삼고, 역경을 극복해야 할 시련으로 삼아야 하는 IMF 시대에 알맞은 좌우명으로서 깊이 음미해 볼 만하다.

6

거칠고 성난 비바람에는 새들도 어찌할 바를 모르지만 화창한 날씨는 초목도 즐거워한다. 이것으로 보아 하늘과 땅 사이에는 단 하루인들 화기(和氣)가 없을 수 없고, 사람의 마음속에는 단 하루도 희열(喜悅)이 없어서는 아니 되느니라.

〈풀이〉

가화만사성(家和萬事成)이요, 화기자천하지달도야(和氣者天下之達道也)라는 말이 있다. 집안이 화목해야 만사가 형통하고, 화기(和氣)는 천하가 더불어 번영하는 길이라는 뜻이다.

7

진하고 기름지고 맵고 단것은 참맛이 아니다. 참맛은 다만 담박할 뿐이다. 신기하고 특이한 짓을 한다고 해서 지인(至人)이 아니다. 지인은 다만 평범할 뿐이다.

〈풀이〉

* 지인(至人) : 도가 지극히 높은 사람 또는 도덕이 궁극에 도달한 사람.

노자(老子)는 "군자는 높은 덕을 지니고도 용모는 어리석은 사람 같다"고 말했는가 하면 또 "진리는 평범 속에 있다"고도 말했다. 남의 눈에 돋보이는 특이한 짓을 한다든가, 수련을 한다고 하면서 초능력에만 관심을 기울여 신기한 도술을 부리거나 난치병을 치료하여 돈벌이를 하는 행위는 확실히 사도(邪道)에 빠진 것이다.

그렇기 때문에 참된 구도자는 예로부터 신이(神異)한 도술이나 초능력 따위를 가장 하찮은 짓 즉 말변지사(末邊之事)라고 하여 경원시해 왔다. 초능력을 함부로 구사한 사람은 반드시 인과의 보복을 받게 되어 있기 때문이다. 지인(至人)은 초능력을 과시하려고 텔레비전 쇼 프로 같은 데 출연하지 않는다.

8

천지(天地)는 아무 기척도 없어 움직임이 없는 것 같지만 잠시도 쉬는 일이 없으며, 해와 달은 밤낮으로 바쁘게 달리건만 그 곧고 밝음은 만고 (萬古)에 변함이 없다. 그러므로 군자는 한가로운 때에도 위기에 대처하고 바쁜 때에도 여유 있는 기풍(氣風)을 지녀야 한다.

〈풀이〉

＊ 만고(萬古) : 아주 먼 옛날, 한없는 세월, 영원

군자의 기풍을 묵묵히 그리고 변함없이 자기 할일만 하는 해와 달의 운행에 비유하고 있다.

9

밤이 깊어 인적이 고요할 때 홀로 앉아 내 마음을 살피노라면 어느덧 번뇌망상은 사라지고 진실만이 나타나는데, 이럴 때마다 나는 큰 희열을 느낀다. 그러나 진실은 나타났어도 번뇌망상에서 벗어날 수 없음을 깨닫고는 큰 부끄러움을 느낀다.

10

남의 은총을 받는 동안에는 재앙이 움트게 된다. 그러므로 원하던 일이 이루어졌을 때 재빨리 그 자리를 떠나야 한다. 실패한 뒤에 도리어 성공이 오는 수가 있으므로 일이 뜻대로 되지 않는다고 하여 쉽사리 손을 떼어서는 안 된다.

〈풀이〉

윗사람의 은총을 한 몸에 받고 있을 때는 뭇사람들의 시기와 질투의 대상이 되므로 언제 어떤 위해(危害)를 당할지 모른다. 그러므로 하고자 하는 일이 일단 성취되었으면 추호의 미련도 두지 말고 재빨리 그 자리를 물러나는 것이 현명하다. 공을 이루었으면 미련 없이 몸을 빼야 한다. 이것을 공성신퇴(功成身退)라고 한다.

또 실패는 성공의 어머니라는 말도 있다. 실패를 거울삼아 성공을 이루어야지 마음대로 되지 않는다고 쉽게 포기한다면 어찌 대성(大成)을 바랄 수 있을 것인가? 실패에 좌절하지 말고 그것을 오히려 교훈으로 삼아 인내와 성실로 임해야 목표에 도달할 수 있다.

11

명아주를 먹고 비름으로 창자를 채우는 자는 그 뜻이 얼음과 같이 맑고 옥과 같이 고결하지만, 비단옷을 입고 쌀밥 먹는 자는 어떠한 아첨도 서슴지 않는다. 무릇 지조(志操)는 담박함에서 밝아지고 절개(節槪)는 기름지고 달콤한 맛에서 상실되기 때문이다.

〈풀이〉

* 명아주 : 들에서 흔히 자라는 나물
* 비름 : 역시 들에서 흔히 자라는 식물 이름
청빈(淸貧)한 생활을 주저하지 않는 사람은 그 뜻과 행실이 고결하지

만 호의호식에서 벗어나지 못하는 사람은 어떠한 아부와 아첨도 사양치 않는다. 뜻은 물욕에서 떠나야 맑아진다. 물욕에 집착하는 한 뜻은 흐려진다.

12

사람은 살아 있는 동안에는 자기 마음을 활짝 열어 누구에게나 불평과 원한을 사는 일이 없게 해야 하고, 죽은 뒤에는 그가 생전에 끼친 혜택이 오래도록 사람들의 마음속에 살아 있게 함으로써 결코 부족함이 없어야 한다.

〈풀이〉

공자, 석가, 예수와 같은 성인은 살아서는 만인을 구제하기 위해 천하를 주유하면서 갖은 고생을 다했고 죽은 뒤에는 그들의 가르침이 뭇사람들의 삶의 지표가 되었다.

13

좁은 길에서 행인을 만나면 한 걸음 멈추어 상대가 먼저 지나가게 하고, 맛있는 음식이 있으면 삼분(三分)을 덜어 남에게 양보하라. 이것이 세상 살아가는 안락한 방법이니라.

〈풀이〉

* 삼분(三分) : 십분(十分)의 삼(三)

남을 위하는 것이 나를 위하는 것, 즉 여인방편자기방편(與人方便自己方便)의 이치를 깨닫고 난 후에 저자는 이 글을 쓴 것 같다.

14

사람으로 이 세상에 태어나 고상하고 원대한 일은 못 할지언정, 명리(名利) 추구에만 급급하는 속물근성(俗物根性)에서만 벗어날 수 있어도 명사(名士)의 반열에 들 수 있을 것이다. 또 학문의 길에 들어서서 남에게 큰 도움이 되는 업적은 쌓지는 못한다고 해도 물욕(物慾)으로 인하여 마음이 현혹당하지 않을 수만 있다면 미구에 성인(聖人)의 경지에 오를 수 있을 것이다.

15

벗과 사귀는 데에는 어느 정도의 의협심(義俠心)이 있어야 하고, 사람다운 사람이 되려면 조금이라도 때 묻지 않은 순수함이 있어야 한다.

16

명리(名利)를 좇는 데는 남을 앞지르지 말고, 덕행을 쌓는 데는 남에게 뒤지지 말라. 내가 일한 대가로 남에게서 받는 정당한 보수 이상의 것을 바라지 말고, 수행(修行)에는 분수 이상으로 분발하라.

17

처세에는 한 걸음 양보하는 것이 미덕이다. 그러나 한 걸음 물러섬은 곧 한 걸음 나아가는 원인이 된다. 남을 대접할 때는 다소 너그럽게 대하는 것이 복이 된다. 남을 이롭게 하는 것이 나를 이롭게 하는 근본이다.

18

아무리 크나큰 공로를 세웠다고 해도 그것을 자랑하면 그 공은 없어지고, 제아무리 흉악한 죄를 지었다고 해도 그것을 뉘우치기만 하면 그 죄는 사라진다.

19

온전한 명예와 아름다운 절개는 혼자서만 차지해서는 아니 된다. 남에게 조금이라도 나누어 주어야만이 재앙을 면하고 나 자신의 안전을 도모할 수 있다. 욕된 행실과 오명(汚名)은 절대로 남에게만 미루지 말고 나 자신도 어느 정도 나누어 가져야 한다. 그래야만이 자기 재능도 감추고 덕을 기를 수 있다.

〈풀이〉

임진왜란 때 이순신 장군은 명나라 수군제독(水軍提督) 진린(陳璘)과 연합하여 남해 바다에서 왜 수군과 싸웠는데, 승리를 거둘 때마다 아군이 벤 왜적의 수급(首級)의 일부를 진린에게 나누어 주어 전공을 세우게 했다. 이 일로 인하여 충무공은 진린의 존경을 받게 되었고 두 나라 수군은 화목 단결하여 왜군을 성공적으로 물리칠 수 있었다. 만약에 충무공이 자기가 거둔 전공(戰功)이라 하여 적의 수급을 독차지했더라면 이런 일이 과연 있을 수 있었을까.

수치와 불명예는 누구나 싫어하는 것이므로 흔히들 남에게 떠넘기려 하는데 이것은 재앙의 씨앗이 된다. 그러므로 지혜로운 사람은 실패의 책임은 혼자 떠맡되 남의 불행은 함께 나누어 가짐으로써 자신의 능력을 감추고 덕을 기를 수 있다.

20

무슨 일을 하든지 완전무결을 추구하기보다는 약간 미진한 곳을 남겨 둔다면, 조물주도 나를 시기하지 않을 것이고 귀신도 나를 해치지 않을 것이다. 사업이 완전히 성공하기를 바라고 공로가 가득 차기만을 바란다면 반드시 안에서 변란이 일어나지 않으면 밖에서 우환이 닥쳐올 것이다.

⟨풀이⟩

인간의 욕망은 무한하므로 지나친 욕심은 반드시 화를 부른다. 욕심을 자제할 줄 아는 자가 지혜로운 승리자이다.

21

가정에는 참부처가 있고 일상생활에는 진실한 도리가 있나니, 사람이 이 이치를 깨닫고 능히 정성스러운 마음과 온화한 태도로 안색을 온화하게 하고 말씨를 부드럽게 하여 부모와 형제가 화합하고 뜻이 서로 통하게 된다면 그 효과는 조식(調息)과 관심(觀心)보다 만 배나 나을 것이다.

⟨풀이⟩

* 조식(調息) : 오늘날의 단전호흡
* 관심(觀心) : 수행자가 자기 마음을 관(觀)하는 것
화합과 평안을 추구하는 마음이 어떠한 수행보다도 수승(殊勝)하다는 뜻이다.

22

활동을 좋아하는 자는 구름 사이의 번개와 바람 앞의 등불과 같이 안

정성이 없고, 고요함을 즐기는 자는 식은 재와 마른 나무와 같이 생기가 없다. 사람은 마땅히 멈춰 있는 구름 사이를 솔개가 날고 물속에서 고기가 뛰노는 것 같은 기상이 있어야 한다. 이것이야말로 도를 체득한 사람의 심성이라고 할 수 있다.

〈풀이〉

동(動)이나 정(靜)에 집착해서는 아무것도 안 된다. 정중동(靜中動)이요 동중정(動中靜)의 중용(中庸)을 지켜야 도를 이룰 수 있다.

23

남의 허물을 꾸짖는 데 너무 엄하게 하지 말라. 상대가 그 꾸짖음을 받아들여 소화할 수 있는가를 염두에 두어야 한다. 남에게 선(善)을 가르치되 지나치게 높은 기대는 하지 말고, 상대가 자발적으로 따라올 수 있도록 해야 한다.

24

굼벵이는 매우 더럽지만 탈바꿈하여 매미가 되어 가을바람 속의 이슬을 마시고, 썩은 풀은 빛은 내지 못하지만, 개똥벌레를 품어 여름밤에 반딧불 빛을 내게 한다. 진정으로 깨끗한 것은 언제나 더러운 곳에서 나오고, 밝음은 늘 어둠 속에서 나온다.

〈풀이〉

개천에서 용 나고 시궁창에서 연꽃이 핀다는 말도 있다.

25

잘난 체하고 오만한 것으로 객기(客氣) 아닌 것이 없으니, 객기를 진정시킨 뒤에야 정기(正氣)가 솟아오른다. 온갖 욕망은 모두 망심(妄心)에서 나오는 것이니, 망심을 없애면 비로소 진심(眞心)이 드러나느니라.

〈풀이〉

＊ 객기(客氣) : 잘난 체 뽐내고 자랑하기, 오만무례함 따위
＊ 정기(正氣) : 겸손, 사양, 이타심
＊ 망심(妄心) : 이기심, 욕심
＊ 진심(眞心) : 바르고 착하고 슬기로운 마음

26

배불리 먹은 뒤에 먹은 음식맛을 되새겨 보았자 그 맛의 있고 없고가 분명치 않고, 색욕(色慾)을 채운 뒤에 남녀 간의 즐거움을 돌이켜 보았자 피곤과 후회밖에 남는 것이 없다. 그러므로 우리는 항상 일 끝난 뒤의 뉘우침으로 일 시작하기 전의 어리석음을 깨우치면 성품의 안정을 찾게 되고 바른 행실을 얻게 될 것이다.

27

군자는 고관대작(高官大爵)의 자리에 있다 해도 재야인(在野人)의 기질을 품어야 하고, 비록 초야(草野)에 묻혀 사는 한이 있더라도 나라를 경륜하는 포부는 가질 줄 알아야 한다.

〈풀이〉

수신제가치국평천하(修身齊家治國平天下)가 군자의 도리라는 것을 생각하면 의미가 통할 것이다.

28

세상을 살아가는 데 있어서 반드시 공(功)을 세우려고 하지 말라. 자기에게 허물이 없으면 그것이 바로 공이로다. 남에게 베풀되 상대가 자기가 베푼 덕에 꼭 감동하기를 바라지 말라. 남에게 원망을 사지 않으면 그것이 바로 덕이로다.

〈풀이〉

참고할 만한 격언들에는 다음과 같은 것들이 있다.

남에게 은혜를 베풀되 그것을 마음에 두지 말라. 시인신물념(施人愼勿念)

남에게 베풀되 베푼다는 생각조차 하지 말라. 무주상보시(無住相布施)

오른손이 하는 일을 왼손이 모르게 하라.

29

우근(憂勤)은 미덕(美德)임에 틀림없지만 지나친 걱정은 사람의 본성(本性)을 해친다. 담박(澹泊)함은 고상한 기풍이긴 하지만 지나치면 사람과 물건에 다 같이 이롭지 못하다.

〈풀이〉

＊ 우근(憂勤) : 맡은 일에 대하여 공연한 걱정을 하면서도 부지런하게 일하는 것
＊ 담박(澹泊) : 욕심이 없고 마음이 깨끗한 것

전반부에 해당하는 우리나라 격언으로 "걱정도 팔자"라는 말이 있고, 후반부에 해당하는 격언으로 "지나치게 맑은 물에서는 고기가 놀지 못한다"는 말이 있다.

30

사세불리(事勢不利)하여 궁지에 빠진 사람은 처음 일을 시작했을 때의 의욕을 되살려 좌절하지 말고 잘못을 바로잡아 어떻게 하든지 난관을 뚫고 나가야 하고, 사업에 성공했다고 흡족해하는 사람은 안일과 교만에 빠져 실패의 구렁텅이에 빠지지 않도록 명심해야 한다.

31

부귀한 사람은 남에게 관대하고 후덕해야 하거늘 오히려 남을 시기하고 각박하게 대한다면 이는 몸은 비록 부귀할지언정 마음은 빈천(貧賤)한 자의 소행을 본뜬 것이니 어찌 그 부귀를 오래 누릴 수 있으랴. 총명한 사람은 그 재주를 감추고 삼가야 하거늘 오히려 드러내어 자랑한다면 이는 총명하면서도 우매(愚昧)한 병폐이니 어찌 실패하지 않을 수 있으리오.

〈풀이〉

지혜로운 사람은 자기의 지혜와 재주와 능력을 깊숙이 잘 간수해 두었다가 요긴하게 쓰이게 될 때를 기다려야 한다. 그렇지 않고 자기의 재주와 능력을 함부로 남에게 자랑한다든가, 특히 텔레비전 쇼 프로에 나가서 초능력 시범을 보인다든가 하는 것은 한갓 술사(術士)들이나 하는 짓에 지나지 않는다.

32

낮은 지위에서 살아 본 후에야 높은 자리에 오르는 것이 얼마나 위태롭다는 것을 알게 되고, 어두운 데 있어 본 뒤에야 밝은 데로 나가는 것이 얼마나 눈부시다는 것을 알게 되고, 고요함을 경험해 본 뒤에야 움직임의 부질없음을 알게 되고, 침묵을 수양해 본 뒤에야 말 많음의 시끄러움을 알게 된다.

33

부귀공명(富貴功名)을 놓아 버려야 범속(凡俗)에서 벗어날 수 있고, 인의도덕(仁義道德)을 초월해 보아야 성인(聖人)의 경지에 이를 수 있다.

〈풀이〉

부귀공명이니 인의도덕이니 하는 것도 알고 보면 다 상대세계가 만들어 낸 관념에 지나지 않는다. 우리는 이 모든 관념에 대한 집착에서 벗어날 때 진리를 접할 수 있다.

34

이욕(利慾)이 모든 사람의 마음을 해치는 것은 아니고 이론으로 정립된 사견(邪見)이 사람들의 본성을 해치는 화근이다. 성색(聲色)이 도를 가로막는 것이 아니라 사술(邪術)에 이용당한 총명(聰明)이 도의 접근을 방해하는 장벽이다.

〈풀이〉

＊ 성색(聲色) : 음악과 색욕(色慾)

35

사람의 마음은 아침저녁으로 변하고 인생길은 기구(崎嶇)하다. 가다가 길이 붐비면 한 걸음 양보하는 법을 알아야 하고, 평탄한 길에서라도 삼분(三分)의 공덕을 남에게 사양하기에 힘쓰라.

〈풀이〉

＊ 기구(崎嶇) : 산길이 험함, 팔자가 험악하고 사나움.

이 험난하고 냉혹한 인생살이를 타개하는 유일한 방법은 나보다 남을 먼저 생각하는 것이다. 상대와 이해가 대립되었을 때도 내가 먼저 선뜻 양보하면 일은 쉽게 풀린다. 비록 일이 순조롭게 진행되어 내 노력으로 많은 이득을 얻었다고 해도 그 이득을 혼자서만 독차지할 것이 아니라 협력자들과 나누어 가져야 뒤탈이 없고 크게 발전할 수 있다.

36

소인(小人)을 대하는 데 있어서 엄하게 다루기는 쉬워도 미워하지 않기는 어려우며, 군자(君子)를 대하는 데 있어서 공손하기는 어렵지 않으나 바른 예의를 차리기는 어려우니라.

〈풀이〉

'지나친 공손은 예가 아니라'는 말이 있다. 과공비례(過恭非禮)라고도 한다. 군자에게 공손히 대하는 것은 좋은 일이지만 그것이 정도를 넘으면 아첨이 되는 수가 있다.

37

차라리 우직(愚直)함을 지킬지언정 잔재주를 물리침으로써 다소간의 정기(正氣)를 남겨 사회에 환원하라. 차라리 화려함을 사양할지언정 담박함을 달게 여겨 깨끗한 이름을 후세에 남게 하라.

38

마(魔)를 굴복시키려거든 먼저 자기 마음부터 항복받으라. 마음을 바로잡으면 마(魔)의 무리도 스스로 물러갈 것이다. 망심(妄心)을 제어하려거든 들뜨기 쉬운 객기부터 바로잡으라. 객기를 가라앉히면 밖에서 망심(妄心)이 침입하지 못할 것이다.

〈풀이〉

마(魔)도 객기(客氣)도 망심(妄心)도 번뇌망상도 전부 다 욕심에서 나온 것이다. 따라서 마음속에서 욕심을 비우면 그 빈 공간을 진리가 차지하게 된다. 이때 우리는 진리를 체험한다.

39

자제(子弟)를 가르칠 때는 규중처녀를 양육할 때처럼 출입을 엄하게 단속하고 친구 사귐을 조심하도록 하라. 만약에 자제가 나쁜 친구와 사귀게 되면 좋은 밭에 나쁜 씨를 뿌리는 격이니 평생 좋은 곡식을 거두기는 어려울 것이다.

40

사욕(私慾)을 채우는 일은 당장의 이익 때문에 누구나 유혹당하기 쉬우니 가까이 하지 말라. 한 번 빠져 버리면 만길 깊은 구렁 속으로 굴러 떨어질 것이다. 도리(道理)를 따르기가 어렵다고 하여 추호라도 물러서지 말라. 한 번 물러서기 시작하면 도리와는 한없이 멀어지게 될 것이다.

〈풀이〉

욕심 채우는 길에는 패가망신이라는 재앙이 기다리고 있지만 바르게 사는 길에는 구경각(究竟覺)이 기다리고 있다.

41

마음이 후덕(厚德)한 사람은 자기 자신도 후하게 대하고 남도 후하게 대하므로 가는 곳마다 후덕하지만, 마음이 각박(刻薄)한 사람은 자신도

박하게 대하고 남도 박하게 대하므로 하는 일마다 각박하다. 그러므로 군자는 지나치게 후덕해도 안 되고 그렇다고 지나치게 각박해도 안 된다.

〈풀이〉

요컨대 어느 한쪽에 지나치게 치우치거나 극단으로 흐르지 말고 양쪽을 다 같이 포용하는 중용의 길을 택하는 것이 군자의 도리라는 뜻이다.

42

그에게 부귀(富貴)가 있다면 나에게는 인의(仁義)가 있고, 그에게 작위(爵位)가 있다면 나에게는 의리(義理)가 있다. 군자는 본래 군주나 재상에게 농락당하지 않는다. 사람이 도를 터득하면 하늘의 조화를 극복할 수 있고 그의 뜻을 하나로 모으면 능히 기질(氣質)을 바꿀 수 있나니, 군자는 조물주가 만든 운명의 틀 속에 갇히는 일이 없다.

〈풀이〉

구도자가 지극정성을 다하여 수행 끝에 성통공완(性通功完)하고, 극배상제(克配上帝)하고, 견성해탈(見性解脫)하고, 성령중생(聖靈重生)하면 능히 하늘의 조화를 극복하고 기질을 바꾸고 인과응보의 굴레에서 벗어날 수 있다. 여기서 말하는 군자는 구도자를 말한다.

43

입신출세(立身出世)에서 남보다 더 노력하지 않고 남을 앞서려는 것은 티끌 속에서 옷을 털고 진흙 속에서 발을 씻는 것과 같으니 어찌 남보다 뛰어나기를 바랄 수 있으랴. 세상을 살아가는 데는 언제나 남에게 한발 양보해야 한다. 그렇게 하지 않으면 나방이 촛불에 날아들고, 숫양이 뿔로 울타리를 들이박는 격이니 어찌 안락을 바랄 수 있으랴.

44

공부하는 사람은 정신을 가다듬어 뜻을 한곳으로 모아야 한다. 만약에 덕을 닦으면서 마음은 사업이나 명예에 가 있다면 기필코 수행의 열매를 거둘 수 없을 것이며, 글을 읽으면서 시를 읊조린다면 글의 깊은 뜻을 새길 수 없을 것이다.

45

사람에게는 누구에게나 똑같은 자비심이 있으므로 유마(維摩)나 백정이나 망나니라고 해서 본마음이 다를 수 없다. 자연 속에는 어느 곳에나 그럴듯한 멋이 있어서 대궐이나 초가가 서 있는 땅이라고 해서 근본적으로 다를 게 없다. 다만 사람들이 욕심에 눈이 어두워지고 사사로운 정(情)에 이끌려 도리를 그르친 것이 지척(咫尺)이 천리(千里)라고 큰 차이를 낳게 된 것뿐이다.

〈풀이〉

＊ 유마(維摩) : 인도의 대덕(大德) 유마힐 거사(居士)를 말한다. 불교에서는 도가 높은 사람을 대덕이라고 하고, 출가하지 않고 집에서 수행하는 사람을 거사라고 한다. 유마힐은 출가하지 않고도 성인(聖人)이 되었다. 유가(儒家)에서는 벼슬하지 않고 은거하는 군자를 유마라고 일컫는다.

46

덕을 쌓고 도를 닦는 데는 목석(木石)과 같은 냉정한 의지가 필요하다. 일단 남을 부러워하는 마음이 일게 되면 물욕(物慾)의 수렁에 빠지게 된다. 세상을 구하고 나라를 경륜하는 데는 운수(雲水)와 같은 담박한 심정이 되어야 한다. 만약 한 번 탐욕에 발목이 잡히면 멀지 않아 위기를 맞게 될 것이다.

〈풀이〉

＊ 운수(雲水) : 구름과 물, 즉 구름처럼 욕심 없이 유유자적하고 물처럼 온갖 생물을 살리면서도 공치사 한 마디 없는 경지.

47

착한 사람은 몸가짐이 침착함은 말할 것도 없고 영혼을 위시하여 모든 것이 화기(和氣)롭지 아니한 것이 없지만, 악한 사람은 그 행동이 사나운 것은 말할 것도 없고 목소리와 웃음소리에도 살기가 배어 있느니라.

48

간에 병이 들면 눈이 침침해지고, 신장(腎臟)에 병이 들면 귀가 어두워진다. 병은 사람이 보지 못하는 곳에서 생겨나고 사람들이 보는 곳에서 드러난다. 그러므로 군자가 사람들이 보는 밝은 곳에서 잘못이 드러나지 않으려거든 먼저 보이지 않는 곳에서 죄를 짓지 말아야 한다.

〈풀이〉

"어두운 방안에서 마음은 속일 수 있어도 신(神)의 눈은 번개처럼 빠르게 알아차린다"는 말이 『중용(中庸)』에도 나온다. 남이 보지 않는다고 해서 돈봉투를 받아 챙겨 보았자 미구에 백일하에 들통이 나게 되어 있다는 것을 공직자들은 확실히 알아 두어야 한다. 왜냐하면 이 우주 안에는 눈에 보이지 않는 전지전능한 눈이 있어서 늘 감시를 게을리하지 않기 때문이다.

어떤 업자가 담당 관리를 한적한 곳으로 유인하여 돈봉투를 내밀자 관리가 멈칫했다. 그러자 업자는 "아무도 모르는데 어떻냐"고 하면서 어서 받으라고 했다. 그러자 관리가 말했다. "아무도 모르다니, 하늘이 굽어보고 땅이 치어다보고, 내가 알고 당신이 아는데 어떻게 아무도 모른다고 하시오?" 하면서 끝내 거절했다고 한다. 군자나 도인은 바로 이런 관리를 두고 말하는 것이다.

49

성가신 일이 적은 것보다 더 나은 복이 없고, 마음 쓸 일이 많은 것보다 더 심한 재앙은 없다. 괴로운 일을 겪어 본 사람이라야 성가신 일이 적은 것이 얼마나 복되다는 것을 알고, 마음이 평온한 사람이라야 마음 쓸 일 많은 것이 재앙임을 안다.

〈풀이〉

일에 욕심을 내어 자기가 감당할 수 없는 일까지 도맡아 마음고생하는 일은 삼가는 것이 좋고, 불필요한 일은 만들지 말고 주제넘게 남의 일에 간섭하지 않는 것이 현명하다.

50

태평한 시대에는 품행이 방정한 것이 좋고, 어지러운 시대에는 원만한 것이 좋고, 평범한 시대에는 방정과 원만을 병용하는 것이 좋다. 착한 사람에게는 너그럽게 대하고, 악한 사람에게는 엄하게 대하고, 보통 사람에게는 관용과 엄격을 바꾸어 가며 적절히 구사해야 한다.

51

내가 남에게 베푼 공로는 잊어야 하고, 내가 남에게 저지른 잘못은 잊지 말아야 한다. 남이 나에게 베푼 은혜는 잊지 말아야 하고, 남이 내게 끼친 원한은 속히 잊어야 한다.

52

남에게 은혜를 베풀면서도 내가 누구에게 은혜를 베푼다는 생각조차 하지 않고, 남이 내 은혜를 받는다는 생각마저 잊어버린다면 한 말의 곡식을 주더라도 만 섬의 가치가 있지만, 남에게 은혜를 베풀면서 그 대가를 은근히 바란다면 천 냥(千兩)을 주고도 한 냥(一兩)의 공도 이루기 어려울 것이다.

53

사람은 백인백색이요 천차만별이다. 건강, 부귀, 재능, 명예 등 온갖 것을 다 갖출 수도 있고 갖추지 못할 수도 있다. 어찌 나 혼자만이 모든 것을 다 갖출 수 있단 말인가. 내 감정 상태를 살펴보아도 순조로울 때가 있는가 하면 그렇지 못한 경우도 있거늘 어찌 모든 사람이 다 순조로울 수만 있겠는가. 이것들을 참고삼아 나와 남들을 견주어 균형을 잡아 나간다면 인생살이의 좋은 방편을 터득할 수 있을 것이다.

54

사심(邪心)이 없는 사람이라야 글을 읽어도 지난 역사에서 배울 것이 있다. 그렇지 않고 사심을 품은 채 글을 읽는다면 책에서 한 가지 착한 행실을 보면 이를 훔쳐서 사욕(私慾)을 챙기는 데 이용하고, 한 가지 착한 일을 들으면 그것으로 자신의 단점을 숨기는 데 이용할 것이니, 이는 적에게 무기를 빌려주고 도적에게 양식을 대주는 격이 될 것이다.

55

사치스러운 자는 부유하면서도 늘 부족함을 느낀다. 이것을 어찌 가난할지언정 검소한 사람의 여유로움과 비교할 수 있으랴. 재능 있는 자는 수고하면서도 남의 원망을 사기 쉽다. 이것을 어찌 본성을 지키면서도 마음 편하게 살아가는 우직한 사람과 비교할 수 있으랴.

〈풀이〉

사치스러운 것보다 검소한 것이 낫고, 유능한 것보다 바르고 착하게 살아가는 우직한 사람이 더 지혜롭다는 것을 일깨워 준다.

56

글을 읽으면서도 성현(聖賢)의 도리를 깨우치지 못하면 뜻도 모르면서 판본(板本)에 글자를 새기는 것과 같고, 벼슬자리에 앉아 있으면서도 백성을 사랑할 줄 모르면 의관(衣冠) 입은 도적에 지나지 않고, 학문을 강론하면서도 몸소 실천하지 않으면 구두선(口頭禪)에 지나지 않고, 사업에 성공하고도 베풀 줄 모르면 눈앞에 피어 있는 한때의 꽃에 지나지 않느니라.

〈풀이〉

＊ 구두선(口頭禪) : 경문(經文)의 글귀만 읽고 참된 선리(禪理)는 닦지 않는 엉터리 수도(修道). 실행이 따르지 않는 헛된 말.

57

누구든지 마음속에는 참된 문장을 지니고 있으나 낡은 책 속의 몇 마디 말속에 갇혀 버리고, 누구나 참된 음악적 재능이 있건만 요사스런 가무(歌舞)에 묻혀 버린다. 공부하는 자는 바깥의 유혹을 쓸어버리고 자신 속의 참모습을 찾아내야만 진정한 보람을 느끼게 될 것이다.

〈풀이〉

사람은 누구나 자기 생각을 나타낼 수 있는 표현력을 갖고 태어나건만 기성관념에 사로잡혀 그 능력이 파묻혀 버린다. 또한 사람은 누구나 자기 본래의 음악적 소질을 타고나지만 속되고 사악한 기성 음악에 눌려 그 소질은 억압당한다.

기성관념은 알고 보면 거의 다 진리를 외면한 욕심과 집착의 산물이다. 바깥에서 들어온 이러한 기성관념의 속물들 때문에 내부의 참나가 질식당하고 있음을 깨닫고 이것들을 일소해 버리고 참된 자성(自性)을 찾아야 한다.

58

역경 속에서 허덕일 때 문득 마음속에서 치솟는 희열을 느끼고, 소원 성취(所願成就)했을 때 문득 실의(失意)의 고통이 따르느니라.

〈풀이〉

구도자는 역경을 도리어 발전의 계기로 삼고 극복해야 할 숙제로 여기므로 고통을 넘어 저쪽에서 다가오는 희열을 느끼지만, 원하던 일을 성취한 사람은 흔히 안일과 나태에 빠지기 쉬우므로 미구에 닥쳐올 난관에 절망한다. 그러므로 역경 속이라 해서 실망할 것도 없고 성공했다고 자만할 것도 없다. 성패 간에 항상 깨어서 살펴야 지혜가 움터 온다.

59

내가 갖고 있는 부귀와 명예가 도덕을 수양하여 얻어진 것이라면 들꽃과 같은 자생력으로 스스로 번식할 것이다. 또한 그 부귀공명이 공로(功勞)로 얻어진 것이라면 화분 속의 꽃처럼 이리저리 옮겨져 외부 조건

에 따라 잘 자라기도 하고 시들기도 할 것이다. 가령 그 부귀와 명예가
권력으로부터 얻어진 것이라면 병 속의 꽃 모양 뿌리가 없으니 곧 시들
고 말 것이다.

60

화창한 봄이 오면 대지에는 백화가 만발하여 다투어 그 고운 자태를
뽐내고 새들 또한 이에 질세라 갖은 소리를 내어 새들의 교향악을 펼치
어 제각기 자기소임을 다한다. 하물며 선비가 다행히 세상에 두각을 나
타내어 호의호식하는 윤택한 생활을 하면서도 공익(公益)을 위하여 좋은
의견도 내놓지 못하고 뜻있는 일을 할 생각도 하지 못한다면 이 세상에
서 백 년을 산다 해도 뜻있는 선비가 단 하루를 산 것만도 못할 것이다.

61

학문하는 자는 삼가고 조심하는 마음을 지녀야 하지만 또 한편으로는
활달한 멋도 지닐 줄 알아야 한다. 만약에 몸단속만을 엄하게 하고 청렴
결백만 지키려 한다면 이는 숙살지기(肅殺之氣)만 있을 뿐 봄의 생기는
없는 것이니 무엇으로 만물을 키울 수 있을 것인가.

〈풀이〉

＊ 숙살지기(肅殺之氣) : 가을의 쌀쌀하고 매운 기운

62

진실한 청렴(淸廉)은 청렴이라는 이름이 없나니, 이름을 얻으려는 것은 이름을 탐하기 때문이다. 큰 재주에는 교묘한 재주가 없나니, 재주를 부리는 것은 졸렬하기 때문이다.

〈풀이〉

노자는 말했다. "도라고 일컬어지는 도는 참다운 도가 아니고, 이름으로 불려지는 이름은 진정한 이름이 아니니라." 또 붓다는 말했다. "형상(形相) 뒤에 무상(無相)을 보아야 여래(如來)를 볼 수 있나니라"고 했다.

청렴이니, 이름이니 재주니 하는 것도 알고 보면 모두 다 유상(有相)에 속하는 것이다. 모든 상(相)은 욕망의 산물이므로 구도자는 그 상 너머에서 무상(無相)을 보아야 한다. 그 무상이 바로 진상(眞相)이요 진리다.

63

의기(敧器)는 가득 차면 엎질러지고, 박만(撲滿)은 비어 있을 때 온전하다. 그러므로 군자는 차라리 무(無)의 경지에 살망정 유(有)의 경지에 살지 않으며, 차라리 이지러진 것을 택할지언정 완전무결한 것을 택하지 않는다.

〈풀이〉

* 의기(敧器) : 옛날에 군주가 좌우에 두고 경고로 삼던 그릇인데,

속이 비어 있으면 기울어지고, 물을 반쯤 넣으면 바로 서고, 가득 채우면 쓰러지게 되어 있었다. 불완전과 중용을 택하라는 경고로 이용되었다.

＊ 박만(撲滿) : 흙으로 빚은 저금통으로서, 위에 돈 넣는 구멍이 있어서 돈이 가득 차면 깨뜨려서 돈을 꺼내게 되어 있었다. 그러니까 속이 비어 있을 때에만 온전한 형태를 유지할 수 있게 되어 있다.

달도 차면 기울고 오르막이 있으면 반드시 내리막이 있는 것이 세상 이치다. 부귀공명(富貴功名)도 절정에 이르면 반드시 내리막길이 있게 되어 있다. 이 내리막길을 피하는 방법은 언제나 완전무결이나 최고 절정을 택할 것이 아니라 불완전이나 중용의 길을 택하는 길이 있고, 처음부터 무욕(無慾)을 택하여 항상 마음을 비우는 것이다.

64

명리(名利)를 탐하는 근성을 뿌리 뽑지 못한 자는 그가 비록 천승(千乘)을 가벼이 여기는 큰 포부가 있고 한 표주박의 물을 달게 마시는 겸손이 있다고 해도 결국은 속물(俗物)에 지나지 않고, 아직도 객기를 그대로 지니고 있는 자는 설사 그의 은택(恩澤)이 사해(四海)에 떨치고 그가 끼친 이익이 만세(萬世)까지 지속된다고 해도 끝내 보잘것없는 재주를 가진 것에 지나지 못하다.

〈풀이〉

＊ 천승(千乘) : 주(周)나라 때에는 병거(兵車)의 많고 적음으로 나라
의 크고 작음을 결정했다. 보통 만승(萬乘)은 천자, 천승(千乘)은
제후였다.

＊ 은택(恩澤) : 은혜와 혜택

＊ 사해(四海) : 온 세계

65

마음의 본체가 밝으면 어두운 방안에도 푸른 하늘이 있고, 마음이 어
두우면 대낮에도 도깨비가 나타나느니라.

〈풀이〉

진리를 진정으로 깨달은 사람은 비록 지옥에 앉아서도 극락을 본다는
말이 그대로 통하는 대목이다. 지옥과 극락은 우리의 마음속에 있는 것
이지 마음 밖에 있는 것이 아니기 때문이다.

66

사람들은 명예 있고 지위 있는 것이 즐거운 일인 줄은 알지만, 명예
없고 지위 없는 즐거움이 가장 진실한 즐거움이라는 것은 모른다. 사람
들은 주리고 추운 것이 근심이라는 것은 알지만 주리지 않고 춥지 않은

부자의 근심이 더욱 심하다는 것은 알지 못한다.

〈풀이〉

'벼슬길이 풍파'라는 말이 있듯이 고관대작의 지위에 있는 자는 정치 상황의 변동에 따라 언제 어떻게 될지 모르므로 항상 신경을 곤두세워 전전긍긍해야 하고, 부자는 늘 도둑이나 맞지 않을까 하고 마음을 졸이면서 밤잠을 이루지 못한다는 것을 알면 쉽게 이해할 수 있는 항목이다.

67

악한 일을 저지르고 나서 남이 알까 두려워하는 것은 악(惡) 가운데도 아직 선(善)이 있는 것이고, 선한 일을 하고 나자마자 남이 알아주기를 바란다면 그가 한 선행(善行)은 곧 악(惡)의 뿌리이니라.

68

하늘의 조화는 사람의 힘으로는 헤아릴 수 없다. 쥐었다가는 펴고 폈다가는 쥐는데, 이 모두가 영웅을 농락하고 호걸을 엎어지고 자빠지게 만든다. 그러나 군자는 역경이 닥쳐올 때 도리어 이를 공부의 기회로 삼고 순순히 받아들이고 편안할 때에도 항상 위기를 염두에 두고 유비무환(有備無患)의 자세를 취하므로 하늘도 재주를 부릴 수가 없다.

69

성질이 조급한 자는 타는 불과 같아서 무엇이든 만나기만 하면 태우기 일쑤고, 냉혹한 자는 얼음처럼 차가워 닥치는 대로 반드시 살생을 하며, 융통성이 없고 고집스러운 자는 죽은 물이나 썩은 나무와 같이 생기가 이미 끊어졌으므로 공적(功績)을 세우기도 복을 오래도록 누리기도 어렵다.

70

복은 억지로 바란다고 해서 오는 것이 아니라, 마음을 항상 즐겁고 평화롭게 하는 것이 복을 부르는 근본이다. 닥쳐오는 화(禍) 역시 억지로 피할 수 있는 것이 아니라, 마음속에서 살기(殺氣)를 없애는 것이 화를 멀리하는 바탕이 된다.

〈풀이〉

웃는 집에 만복이 오고 화락(和樂)한 집에 만사가 형통하고 웃는 얼굴에 침 뱉으랴는 말 그대로 웃는 얼굴에 즐거운 마음이 만복을 끌어모으는 거대한 자석 역할을 한다. 그러나 항상 남을 미워하고 골탕 먹이고 해치려는 살기를 품는 것 역시 재앙을 스스로 끌어들이는 거대한 자석이다.

71

열 마디 질문 중에서 아홉 마디를 맞혔다고 해서 꼭 칭찬은 들을 수 없지만, 한 마디를 맞히지 못하면 헐뜯는 소리가 사방에서 모여들고, 열 가지 계교(計巧) 중에서 아홉 가지가 성공해도 반드시 공을 돌리려 하지 않지만, 그에게 단 한 가지 계교라도 맞지 않으면 비방과 공격이 빗발치듯 하는 것이 세태인심(世態人心)이다. 그러므로 군자는 침묵을 지킬지언정 조급해하지 않고 졸렬할지언정 재주를 부리려 하지 않는다.

72

천지의 기운이 따뜻하면 만물이 소생하고 차가우면 만물이 죽는다. 그러므로 성질이 맑고 차가우면 하늘로부터 받는 복도 역시 차갑고 박하다. 오직 화기애애하고 마음이 따뜻한 사람이라야 받아들이는 복도 두텁고 그 혜택도 오래간다.

〈풀이〉

복을 받고 못 받는 것은 어느 종교에서 믿는 것처럼 인간의 생사길흉화복을 관장하는 조물주의 의사에 달려 있는 것이 아니라, 순전히 당사자의 마음가짐 여하에 달려 있다는 것을 강조하고 있다. 『삼일신고』에 나와 있는 그대로 마음이 착하면 복이 오고 악하면 화가 오는 것이다. 즉 선복악화(善福惡禍)인 것이다.

73

천리(天理)의 길은 매우 관대해서 여기에 조금만 마음을 두어도 누구나 가슴이 갑자기 넓어지고 밝아지는 것을 느낀다. 그러나 인욕(人慾)의 길은 아주 비좁아서 여기에 잠시 발을 들여놓기만 해도 눈앞에는 가시덤불과 진흙밭이 전개된다.

74

괴로움도 겪고 즐거움도 겪으면서 고락이 상호작용을 일으키는 연마 끝에 이루어진 복은 오래간다. 그리고 의혹과 신념이 교차하는 가운데 비교 연구를 거듭한 각고 끝에 얻어진 지식이야말로 참된 지식이다.

〈풀이〉

오랜 연마와 수련을 거치지 않고 손쉽게 요행으로 얻어진 복은 오래가지 못하고, 착실한 비교 연구를 통하지 않은 학문은 진실성이 의심스럽다는 뜻이다.

75

마음은 비어 있지 않으면 안 된다. 비어 있으면 정의와 진리가 들어와서 살게 된다. 마음은 진리로 꽉 차 있지 않으면 안 된다. 진리로 꽉 차 있으면 물욕이 들어오지 못한다.

76

땅이 더러운 곳에는 많은 생물이 자라지만 물이 맑은 곳에는 언제나 물고기가 살지 않는다. 그러므로 군자는 때 묻고 더러운 것도 용납하는 아량을 가져야지 깨끗한 것만 좋아하고 독자행동만 고집해서는 안 된다.

77

수레를 뒤엎는 사나운 말도 길들이면 부릴 수 있고, 다루기 힘든 쇳물도 잘 다루면 그릇이 된다. 빈둥빈둥 놀기만 하고 분발하고 노력하지 않으면 평생 아무런 발전도 없다.

백사(白沙)가 말했다.

"사람이 되어 결점과 과실이 많은 것은 부끄럽지 않으나 자신의 결점을 뉘우칠 줄 모르는 것이 진정 걱정스러울 뿐이로다."

참으로 훌륭한 명언이다.

〈풀이〉

＊ 백사(白沙) : 명나라 때 학자 진헌장(陳獻章)을 말한다. 백사(白沙)라는 곳에서 강학(講學)을 했으므로 이런 이름을 얻게 되었다.

78

사람이 탐욕만 생각하게 되면 강직한 기질이 우유부단해지고, 지혜로운 자가 혼미(昏迷)해지고, 착한 사람이 악랄해지고, 청렴결백한 자가 더럽고 추하게 변해 버리니 이로써 일생의 품행을 망쳐 버린다. 그러므로 옛사람은 탐욕을 부리지 않는 것을 인생의 금언(金言)으로 삼았으니, 이것이 한세상을 초월하여 우뚝 서게 된 까닭이다.

79

귀로 듣는 소리와 눈으로 보는 색깔에서 생기는 욕심은 밖에서 들어오는 도적이요, 마음속에서 일어나는 이성(異性)에 대한 욕구나 욕망은 안에 도사린 도적이다. 그러나 이때 주인이 정신 바짝 차리고 자기의 중심만 잡고 있어도 안팎의 도적이 변하여 한집안 식구가 되느니라.

80

새로운 사업을 시작하기보다는 이미 이루어 놓은 사업을 보전(保全)하는 것이 낫고, 지나간 잘못을 뉘우치기보다는 앞으로 있을 수 있는 결점을 예방하는 것이 낫다.

81

기상(氣像)은 고광(高曠)하되 광패(狂悖)해서는 안 되고, 심사(心思)는 치밀하되 쩨쩨해서는 안 되고, 취미는 담박하되 무미건조해서는 안 되고, 지조는 엄정하게 지키되 지나치게 격렬해서는 안 된다.

〈풀이〉

* 고광(高曠) : 높고 넓은 것
* 광패(狂悖) : 미친 사람처럼 도의에 어긋나는 언행을 자행하는 것

82

바람이 성긴 대숲에 불어오지만 스쳐 지나가고 나면 남는 것이 없고, 기러기가 차가운 연못 위를 날아가지만 지나가고 나면 그림자 하나 남지 않는다. 그러므로 군자는 일이 생겨야 비로소 마음이 나타나 대응하지만 일이 지나고 나면 마음 또한 텅 비어 버린다.

〈풀이〉

사람들은 흔히 아직 닥쳐오지도 않은 일을 가지고 미리 걱정을 하는가 하면 이미 다 지나간 일을 두고 온갖 번뇌와 망상에 사로잡혀 고통스러운 나날을 보낸다. 내일 일은 내일 처리해도 될 것을 미리 걱정을 앞당길 필요는 없다. 그리고 지난 일을 가지고 언제까지나 고민하고 후회해 보았자 무슨 소용이 있을 것인가.

가는 사람 잡지 말고 오는 사람 막지 말아야 한다. 그와 마찬가지로 지나간 일을 붙잡지 말고 닥쳐올 일을 막을 필요는 없는 것이다. 바람은 바람이고 대숲은 대숲일 뿐이고 기러기는 기러기고 연못은 연못일 뿐 거기에 이상야릇한 의미를 붙이고 고민할 필요가 있겠는가. 그런데도 왜 사람들은 그런 쓸데없는 고민을 해야 하는가. 사욕(私慾) 때문이다. 사욕만 떠나면 사물의 이해득실의 함정에 빠질 이유가 없는 것이다.

83

심성이 맑으면서도 남을 용납할 줄 알고, 마음이 어질면서도 결단력이 있고, 총명하면서도 지나치게 살피지 않고, 정직하면서도 남을 교정(矯正)하는 데 치우치지 않으면 이를 일러 "꿀 바른 떡도 달지 않고 해산물도 짜지 않다"고 하는 것이니, 이것이야말로 미덕(美德)이니라.

〈풀이〉

＊ 교정(矯正) : 잘못을 바르게 고치는 것

"꿀 바른 떡도 달지 않고 해산물도 짜지 않다"는 도대체 무슨 뜻인가? 사람이 바르고 착하고 지혜로워서 항상 중화(中和)를 지켜나가면 외부의 맛 같은 데 혹하지 않는다. 꿀 바른 떡이 달지 않을 수 없고 해산물이 짜지 않을 수 없겠지만 그렇다고 해서 군자는 그 맛에 혹해서 판단을 그르치는 일은 없다는 말이다.

맛도 중요하고 정의(正義)도 중요하지만, 그보다 더 중요한 미덕은 중용(中庸)과 인화(人和)를 지켜나가는 일이다. 그래서 아들이 아비가 소를 훔쳤다고 관가에 고발하는 것을 우리 조상들은 옳게 보지 않았던 것이다.

84

가난한 집이라도 깨끗이 청소하고, 가난한 집 여자라도 옷을 깨끗이 빨아 입고 머리를 단정하게 빗는다면 그 모습이 비록 화려하지는 못할망정 고상한 기품은 풍길 것이다. 선비가 한때 곤궁하고 실의에 빠졌다고 하여 어찌 자기의 기품까지 잃을 수 있단 말인가?

〈풀이〉

곤궁해도 의(義)를 잃지 않고 영달(榮達)하여도 도(道)를 잃지 않는 것이 군자의 도리이다. 이것을 궁불실의, 달불리도(窮不失義, 達不離道)라고도 한다.

85

한가한 때에 시간을 헛되이 보내지 않고 실력을 기르면 바쁜 때에 유용하게 쓸 수 있고, 고요할 때에 허망한 공상에 빠지지 않고 앞날을 위해 꾸준히 준비해 두면 긴요하게 쓰일 때가 있을 것이고, 남이 보지 않는 어두운 곳에서 남을 속이고 숨기는 일없이 음덕을 쌓으면 밝은 곳에서 유익한 일이 있을 것이다.

86

생각이 떠올랐을 때 비로소 사욕(私慾)의 길로 달리고 있음을 깨달았으면 곧바로 올바른 길로 돌아오도록 이끌라. 생각이 일어나자 곧 깨닫고 그 깨달음이 올바른 길로 돌아오는 계기가 되었다면 이는 곧 전화위복(轉禍爲福)이요 기사회생(起死回生)의 전환점이니 결코 가볍게 놓쳐버리지 말아야 한다.

87

고요한 가운데 생각이 맑으면 마음의 본체를 볼 수 있고, 한가한 가운데 기상(氣像)이 조용하면 마음의 실상(實相)을 알게 될 것이고, 담박한 가운데 의취(意趣)가 평온하면 마음의 참맛을 알게 되나니, 마음을 관찰하여 도를 증험(證驗)하는 데 이 세 가지보다 더 나은 것이 없다.

〈풀이〉
＊ 의취(意趣) : 의지와 취향
＊ 증험(證驗) : 체험하여 증명하는 것

88

고요함 속에서 고요함을 얻는 것은 참다운 고요함이 아니고, 소란 속에서 고요함을 얻을 수 있어야 비로소 본성의 참경지에 이른 것이다. 즐거움 속에서 즐거움을 얻는 것은 참즐거움이 아니고, 괴로움 속에서 즐거움을 얻을 수 있어야 비로소 마음의 실상(實相)을 볼 수 있다.

89

내 몸을 바쳐 일하기로 일단 작정을 했으면 그 일에 의심을 품지 말라. 의심을 품는다면 내 몸을 바치기로 한 의지가 부끄러워질 것이다. 남에게 은혜를 베풀기로 했으면 보답을 바라지 말라. 보답을 바란다면 은혜를 베풀려는 마음이 다 거짓이 될 것이다.

90

하늘이 나에게 복을 박하게 내린다면 나는 내 덕을 두터이 하여 이를 맞아들일 것이고, 하늘이 내 몸을 피곤하게 한다면 나는 내 마음을 편안히 하여 이를 보충할 것이며, 하늘이 나에게 재앙(災殃)을 내린다면 나는 내 수도(修道)의 힘으로 이를 뚫고 나갈 것이니 하늘인들 나를 어찌하랴.

91

곧은 선비는 복을 구하는 마음이 없으므로 하늘이 그 무심한 곳에 가서 그의 마음을 열어 주지만, 음험한 자는 재앙을 피하는 데만 급급하므로 하늘이 그의 마음 쓰는 곳에 가서 재앙을 내려 그의 넋을 빼앗는다. 하늘의 권능이야말로 신묘하구나. 그러니 물욕에 사로잡힌 인간의 지혜나 기교 따위가 무슨 소용이 있으랴.

92

소리하는 기생이라고 해도 만년에 한 남편을 섬기면 왕년의 화류계 생활이 무슨 허물이 될 것인가? 그러나 제아무리 요조숙녀(窈窕淑女)라고 해도 머리털 센 후에 정조를 잃으면 그때까지 지켜온 높은 절개가 무슨 소용이리오. 속담에 "사람을 보려거든 후반생(後半生)만을 보라"고 했으니 참으로 명언이로다.

〈풀이〉

＊ 요조숙녀(窈窕淑女) : 얌전하고 조용한 여자

93

비록 평민이라고 해도 덕을 심고 남에게 은혜 베풀기를 좋아한다면 이는 곧 작위(爵位) 없는 왕공(王公)과 재상(宰相)이요, 아무리 사대부 (士大夫)라고 해도 겨우 권세나 탐하고 매관매직(賣官賣職)을 일삼는다 면 그는 마침내 작위 있는 거지일 뿐이로다.

⟨풀이⟩

＊ 왕공(王公) : 왕과 공(公). 신분이 고귀한 사람

94

누가 조상의 덕택에 대해 묻는다면 그 대답은 지금 내가 누리고 있는 처지가 바로 그것이니 조상들이 그것을 쌓아 올리는 데 얼마나 힘이 들 었을까를 응당 생각해야 하고, 누가 또 자손의 복지에 대하여 묻는다면 그 대답은 내 몸이 남길 것이 바로 그것이니 그것이 무너지기 쉬운 것을 알고 마땅히 그 대비책을 생각해야 할 것이다.

⟨풀이⟩

조상이 나에게 끼친 은덕에 대해서는 늘 감사하고 그것을 보전하는 데 힘써야 할 것이고, 내 자손들은 내가 남긴 것을 누리게 되는데 그것 이 얼마나 무너지기 쉬운가를 생각하고 오래 지속할 수 있는 방안을 강 구해야 할 것이다.

옛글에 "자손에게 천금(千金)을 남기는 것이 경서(經書) 한 권을 가르 치는 것만 못하다"는 말이 있는가 하면 "적선(積善)한 집안에는 반드시

여경(餘慶)이 있다"는 말이 있다.

　＊ 여경(餘慶) : 남에게 착한 일을 많이 한 보답으로 그 자손들이 받
　　 는 경사(慶事)

이 두 명언을 한문으로는 다음과 같이 표현한다.

유자천금불여일경(遺子千金不如一經). 　적선지가필유여경(積善之家必
有餘慶).

두 가지 다 우리가 깊이 새겨들어야 할 금언이다.

95

　군자가 위선자(僞善者)가 되는 것은 소인(小人)이 나쁜 짓을 제멋대로
자행하는 것과 다름이 없으며, 군자가 변절(變節)하는 것은 소인이 스스
로 개과천선(改過遷善)하는 것만도 못하다.

96

　가족 중에 잘못을 저지른 사람이 있으면 너무 성을 내서도 안 되고,
너무 가볍게 넘겨 버려서도 안 된다. 과오를 단도직입적으로 말하기 곤
란하면 비유를 들어 넌지시 타이르되, 오늘 깨닫지 못하면 내일을 기다
려 다시 깨우쳐 주기를 마치 봄바람 해동(解凍)하듯이, 따사로운 기운이
얼음을 녹이듯이 하여야만이 비로소 가정의 모범이 되느니라.

〈풀이〉

필자가 겪은 실화를 한 토막 얘기하겠다. 아들이 중학교에 다닐 때 우리집이 이사를 하게 되었다. 그런데 이사하는 날 공교롭게도 아들은 온데간데없이 사라졌다. 물론 그날이 이사하는 날이라는 것을 아들은 다 알고 있었고, 그날은 일요일이므로 학교에 갈 리도 없었다.

틀림없이 이삿짐 나르기 싫어서 슬그머니 도망친 것이 틀림없었다. 나는 은근히 화가 치밀었다. 이사가 다 끝난 저녁나절에야 아들은 슬그머니 나타났다. 나는 이것저것 가릴 것 없이 우선 몽둥이로 아들을 흠씬 두들겨 패기부터 했다.

물론 아들이 잘못한 것은 사실이지만 그것은 교육적인 방법이 아니었다. 아들의 교육에 초점을 맞춘 것이 아니고 순전히 화풀이에 우선권을 두었던 아주 졸렬한 방법에 지나지 않았던 것이다. 나는 나이 40이 넘어서야 그때 내가 아들에게 취한 행동이 잘못이었음을 깊이 뉘우치게 되었다. 비록 부자지간이라고 해도 그런 난폭한 방법은 취해서는 안 되는 것이었다. 아들은 물론 성인이 되어서도 그때의 앙금이 가시지 않고 있다는 것을 나는 알고 있다. 만약에 그때 내가 『채근담』96조를 새겨읽었더라면 그런 일은 결코 일어나지 않았을 것이다.

97

내 마음이 세상만사를 늘 원만한 눈으로 보면 천하는 절로 결함 없는 세계가 될 것이고, 내 마음이 세상만사를 항상 너그럽게 보면 세상에서는 절로 사악한 인정이 사라질 것이다.

〈풀이〉

이것을 읽고 어떤 사람은 내가 아무리 원만하고 관대해 보았자 남이 사악한 마음을 가지고 있으면 무슨 소용이 있겠느냐고 반문할지도 모른다. 그러나 남이 어떻든 간에 모든 사람들이 다 원만하고 관대한 마음을 가질 수 있다면 세상은 저절로 결함 없는 정의로운 사회가 될 것이 틀림없다.

술꾼의 눈에는 술만 보이고 색골의 눈에는 여색만 보이고, 도둑의 눈에 도둑질할 물건만 보이고 똥개 눈에는 똥만 보이게 마련이다. 마음속에 불평불만이 가득찬 사람의 눈에는 불만스러운 것만 눈에 뜨일 것이고 슬픈 사람의 눈에는 슬픈 일만 보일 것이다.

그러므로 마음이 원만하고 너그러운 사람의 눈에는 원만하고 관대한 일만 눈에 보일 것은 정한 이치가 아니겠는가? 모든 것은 마음먹기에 달려 있고 삼계가 다 마음먹은 대로 나타나는 것이다. 즉 일체유심소조(一切唯心所造)요 삼계유심소현(三界唯心所現)이다.

98

담박한 선비는 탐관오리(貪官汚吏)에게는 요주의(要注意) 대상이 되고, 엄격한 사람은 방종한 자들에게는 기피대상(忌避對象)이 된다. 그러나 군자는 이러한 환경에 처해 있다고 해도 그 지조를 바꾸지 말아야 하고 또 서슬을 너무 드러내서도 안 된다.

〈풀이〉

＊ 서슬 : 칼이나 창의 날카로운 부분

군자는 탐관오리에게 지조를 굽혀서도 안 되고 그들과 정면으로 맞서거나 모난 행동을 해서도 안 되고, 될 수 있는 대로 그들을 포용하는 넓은 아량을 보여야 한다.

99

역경(逆境)에 처해 있으면 몸 둘레의 모든 것이 험악해지지만 그 실은 사람을 살리는 침이고 약이 되어 자신도 모르는 사이에 지조를 닦고 품행을 바르게 하는 데 이바지하게 된다. 그러나 순경(順境)에 처하면 눈앞에 보이는 화려한 모든 것이 유혹의 손짓을 하건만 그 실은 모두가 사람을 잡는 칼과 창인지라 고혈(膏血)을 말리고 뼈를 깎는데도 정작 본인은 그것을 알지 못한다.

〈풀이〉

역경에 처했을 때는 그것을 오히려 전화위복의 계기로 삼아 분발함으로써 진화와 발전을 꾀할 수 있지만, 순경에 처하게 되면 나태와 안일에 빠져 도리어 퇴보하게 된다는 것을 비유적으로 말해 주고 있다.

100

부귀영화를 누리는 집에서 자라난 사람은 주위에서 보고 듣는 것에 영향을 받아서이겠지만 그 욕심이 성난 불길 같고 권세욕 또한 사나운 불꽃과 같으니, 만약 조금이라도 무욕(無慾)의 서늘한 기운을 쐬지 못한 다면 그 불꽃이 다른 사람을 태우는 데까지는 이르지 못한다고 해도 반 드시 자기 자신을 태우고야 말 것이다.

〈풀이〉

부귀공명의 속성은 동서고금이 다르지 않다. 『채근담』의 저자 홍자성 (洪自誠)이 살던 4백 년 전이나 지금이 별반 다른 게 없다. 요즘도 압구 정동에서 돈을 물 쓰듯 하는 고위층 자녀나 재벌 2세들의 행태가 그것을 잘 입증해 주고 있다. 부귀영화를 누리는 사람들은 엽관(獵官)과 치부 (致富)에만 골몰할 것이 아니라 자녀 교육에도 한층 더 깊은 정성을 쏟 아야 할 것이다.

101

사람의 마음이 진리를 꿰뚫게 되면 여름에도 서리를 내리게 하고 성 (城)을 무너뜨리고 쇠와 돌을 뚫을 수 있다. 그러나 허위(虛僞)를 일삼는 자는 겉모양만 갖추었을 뿐 마음의 본체(本體)는 이미 빠져나갔으므로 사람을 대하면 그 얼굴이 추하고, 혼자 있을 때는 그 사람 자신도 자기 의 그림자를 보고 스스로 부끄러워한다.

〈풀이〉

우리 속담에 "한 여자가 원한을 품으면 오뉴월에도 서리가 내린다"는 말이 있다. 즉 일부함원오월비상(一婦含怨五月飛霜)이 그 한문 표현이다. 또 『회남자(淮南子)』라는 책에 보면 다음과 같은 얘기가 나온다.

추연이라는 사람이 연(燕)나라 혜왕을 섬겼는데, 혜왕이 주위의 간신들의 참소에 못 이겨 추연을 옥에 가두었다. 그러자 추연은 하늘을 우러러 통곡했다. 하늘이 그의 충성에 감동하여 5월인데도 서리를 내렸다고 한다.

왕충(王充)이 쓴 『논형(論衡)』이라는 책에 보면 제(齊)나라의 기량(杞梁)이 어느 성(城)을 공격하다가 전사하자 그의 아내가 슬피 울었는데, 하늘이 이에 감동하여 그 성을 무너뜨렸다고 한다.

또 주자(朱子)의 시(詩)에 "양기가 일어나는 곳에서는 쇠와 돌도 꿰뚫네(陽氣發處金石可透)"라는 구절이 있다. 『채근담』의 저자는 이러한 것들을 모두 감안하여 이 글을 쓴 것이다. 『참전계경(參佺戒經)』에도 "지성이면 하늘도 감동한다"는 구절이 있다. 또 "겨자씨만한 믿음이 있으면 산이라도 옮길 수 있다"고 예수는 말했다. 지극정성이 하늘을 감동시키면 이룰 수 없는 일이 없다는 뜻이다.

그러나 위선자(僞善者)는 양심을 속이게 되므로 마음의 중심을 잃게 되어 그 얼굴과 외모가 추하고 스스로도 괴롭고 부끄러움을 감출 수 없다. 다시 말해서 그 사람의 마음이 그 사람의 외모를 결정하는 것이다. 특히 중년 이후의 사람의 외모는 그 사람의 마음을 그대로 반영하고 있다고 해도 과언이 아니다.

102

문장을 공부하여 궁극의 경지에 도달했다고 해서 무슨 신묘한 재주를 발휘하는 것이 아니라 그저 알맞은 표현력을 기를 뿐이며, 인격을 도야하여 궁극의 경지에 도달했다고 해서 특이한 것이 있는 것이 아니라 다만 본연의 자기 자신의 모습을 찾을 뿐이니라.

〈풀이〉

진리는 평상심 그 자체이다. 기이하고 신통하고 극단적이고 과장하고 축소하고 왜곡하는 것은 다 진리와는 거리가 먼 것이다. 구도자가 신이(神異)한 것, 초능력적인 것을 찾을 때 수련은 빗나가게 되어 있다. 그러므로 신통(神通)과 초능력 구사(驅使)는 언제나 하찮은 짓거리 즉 말변지사(末邊之事)에 지나지 않는다는 것을 구도자는 깊이 명심해야 한다.

103

세상만사가 다 덧없고 무상한 환상이라는 것을 안다면 부귀공명은 말할 것도 없고 내 팔다리조차도 하늘이 나에게 잠시 맡긴 것에 지나지 않는다는 것을 알게 된다. 그리고 이 세상 모든 것을 진리의 견지에서 본다면 부모형제는 말할 것도 없고 만물이 나와는 한 몸이 된다.

만물이 나와는 한몸이라는 진리를 깨달은 사람이라야 비로소 천하를 이끌어나갈 사명을 떠맡을 수 있고, 삼라만상이 다 환상이라는 것을 깨달은 사람이라야 세속적인 물욕의 얽매임에서 벗어날 수 있다.

104

입에 맞는 음식은 창자를 녹이고 뼈를 썩게 하는 독약이니 반쯤만 먹고 멈추면 재앙이 없을 것이고, 마음을 유쾌하게 하는 일은 몸을 망치고 덕을 잃게 하는 매체이니 반쯤으로 그치면 후회가 없을 것이니라.

〈풀이〉

요컨대 미식(美食), 술 같은 것은 입에는 달고 여색(女色), 도박 같은 것은 일시적인 흥미나 쾌락은 있을 것이다. 그러나 한 번 유혹에 빠졌다 해도 적당한 선에서 끊어 버려야지 깊이 빠져 버리면 누구나 예외 없이 패가망신하게 된다.

105

남의 작은 허물을 꾸짖지 말고, 남의 사생활의 비밀을 들추지 말며, 남의 지난날의 잘못을 기억하지 말라. 이 세 가지를 지키면 능히 덕을 기를 수 있고, 화(禍)를 물리칠 수 있을 것이다.

〈풀이〉

"내 장점을 자랑하지 말고 남의 단점을 말하지 말라"는 말이 있는데 함께 새겨들을 만한 금언이다.

106

선비는 몸가짐을 가벼이 하지 말아야 한다. 가벼이 하면 마음이 흔들려 여유 있고 신중한 기풍을 없애 버린다. 또한 마음 씀을 무겁게 하지 말라. 마음을 무겁게 쓰면 사물에 집착하게 되어 시원스럽고 활달한 기상을 잃게 된다.

107

천지는 만고불변(萬古不變)이지만 금생의 이 몸은 두 번 다시 얻을 수 없고, 인생 백 년에 오늘 하루를 지내기가 가장 쉽도다. 다행히도 그 사이에 태어난 인생이니 삶을 누리는 즐거움을 몰라서는 아니 되고, 또한 인생을 헛되게 산다는 우려를 품지 않을 수 없느니라.

〈풀이〉

천지는 만고불변(萬古不變)이라고 했는데, 홍자성이 착각을 한 것은 아닐까. 천지와 같은 현상계 중에서 변하지 않은 것은 없기 때문이다. 요컨대 두 번 다시 태어날 수 없는 짧은 인생을 허송세월할 것이 아니라 세상에 무슨 보람 있는 기여를 해야 한다는 강한 메시지를 담고 있다.

108

원한은 덕을 베푸는 데서 나타난다. 내가 덕을 베풀었다는 것을 상대에게 알리기보다는 차라리 덕과 원한 두 가지를 함께 잊는 것이 낫다. 원수는 은혜를 베푸는 데서 생겨난다. 내가 은혜를 베풀었다는 것을 상대에게 알려 주기보다는 차라리 은혜와 원수를 모두 없애는 것이 낫다.

〈풀이〉

남을 진정으로 도와주고 싶으면 상대가 모르게 조용히 해 주어야 상대는 그 도움을 충심으로 고마워한다는 것을 알아야 한다. 남을 도와주고 나서 그 사실을 내외에 알리고 공치사를 하고 생색을 내고 은근히 무슨 대가를 바란다면 반드시 상대방으로부터 반감을 사게 되어 있다. 이것이 바로 덕이 원한이 되고 은인이 원수가 되는 과정이다.

제2차 세계대전 후에 미국은 전쟁으로 피폐해진 많은 나라에 적지 않은 원조를 해 주었건만 진정으로 고마워하는 나라는 별로 없었고 도리어 원망을 더 많이 샀다. 왜 그렇게 되었는지 깊이 생각해 볼 일이다.

그래서 "남을 도우려거든 돕는다는 생각조차 갖지 말아야 한다"고 석가모니는 제자들에게 가르쳤다. 그것을 무주상보시(無住相布施)라고 한다. 예수 역시 "오른손이 하는 일을 왼손이 모르게 하라"고 했다. "남에게 은혜를 베풀려거든 베푼다는 생각조차 하지 말고, 남의 은혜를 받았거든 무슨 일이 있어도 그 은혜를 잊지 않도록 하라"는 옛말은 항상 새겨들어야 할 금언이다.

109

늙어서 생기는 병은 젊었을 때 몸을 함부로 굴린 때문이고, 노쇠한 후의 잇따른 재앙은 인생의 황금 시절에 신중치 못하게 처신한 데 그 원인이 있다. 그러므로 군자는 언제나 인생의 절정기에 언행과 행동거지를 더욱더 조심해야 한다.

110

사사로이 은혜를 베푸는 것보다는 차라리 공명정대(公明正大)한 대중의 여론에 의지하는 것이 낫고, 새 벗을 사귀기보다는 차라리 옛 친구와의 우정을 두터이 하는 것이 낫고, 명예를 드날리기보다는 차라리 숨은 공덕을 심는 것이 낫고, 특이한 지조를 숭상하기보다는 일상적인 행실을 준행하는 것이 훨씬 더 낫느니라.

〈풀이〉

선거 때 국회의원 후보는 돈봉투로 인심을 사려고 할 것이 아니라 대중의 지지를 받도록 국민의 대변자로서의 자질을 향상시키도록 힘써야 할 것이고, 이해득실에 따라 이합집산이 무상한 이기적인 벗을 사귈 것이 아니라 위기 때 생사를 같이할 수 있는 옛 친구와 우정을 돈독히 해야 할 것이다.

세속의 취향에 따라 언제 어떻게 변할지 모르는 인기와 명예에만 연연할 것이 아니라 남모르게 공덕을 쌓아 영적인 진화를 도모해야 할 것이고, 남의 일시적인 호기심이나 끄는 신통(神通)이나 기행(奇行) 따위에 관심을 기울일 것이 아니라 일상적인 선행에 충실해야 한다.

111

공평정론(公平正論)은 범하지 말라. 한 번 범하면 그 수치가 만대(萬代)에 남을 것이다. 권력과 사리(私利)를 탐하는 자들의 소굴에는 발을 들여놓지 말라. 한 번 발을 잘못 들여놓으면 종신토록 오명(汚名)을 뒤집어쓸 것이다.

〈풀이〉

사리(私利)나 사사로운 인정에 이끌리어 대의명분이나 공평정론에 역행하는 짓을 하거나 세속적인 출세를 위해 날뛰는 자들의 소굴에 발을 잘못 들여놓으면 영영 그 오명에서 벗어날 수 없음을 경고하고 있다.

112

바른 뜻을 굽혀 남에게 아첨하는 것보다는 바른 일을 하고도 남의 비난을 사는 것이 차라리 낫고, 착한 일을 하지 않고도 남의 칭찬을 받는 것보다는 악한 일을 하지 않고도 남의 비방을 받는 것이 차라리 낫느니라.

〈풀이〉

사람은 누구나 요행(僥倖)과 일확천금(一攫千金)을 꿈꾸는 사행심(射倖心)이 있다. 그러나 이것 역시 부질없는 욕심의 산물이다. 잘한 일도 없으면서 남에게 칭찬을 받는 것보다는 잘못도 없으면서 남에게서 욕을 먹는 것이 오히려 마음이 편하다는 것을 알아야 한다.

왜냐하면 사필귀정(事必歸正)이라고 언젠가는 그 억울한 누명이 벗겨질 것이라는 것을 알고 있기 때문이다. "나에게 안겨진 명성이 과대평가된 것을 군자는 항상 수치로 여긴다"는 옛말에도 귀를 기울일 만하다.

113

부모형제의 골육(骨肉)이 변고를 당했을 때는 마땅히 당황하거나 감정에 치우치지 말고 침착하게 대응할 것이며, 친구 사이에 잘못이 발견되었을 때는 우유부단하지 말고 사리에 맞게 간곡하게 타일러 주어야 한다.

114

사소한 일이라도 소홀히 하지 않고, 남이 보지 않는다고 해서 속이거나 숨기지 않으며, 일이 실패하여 궁지에 몰려 있을 때에도 게으르거나 자포자기하지 않는 사람이야말로 진정한 영웅이니라.

〈풀이〉

박세리는 이제 겨우 21세밖에 안 된 처녀인데도 언론에서는 "골프 영웅"으로 추켜세워지고 있다. 과거의 관례대로라면 여자에게는 영웅이라는 칭호 대신 여장부(女丈夫)라는 말이 쓰여져 왔는데 박세리 시대에 와서 여자도 영웅으로 추대된 것이다. 앞으로 갈수록 여세(女勢)가 막강해지는 것이 이 시대의 추세인 만큼 어쩔 수 없는 일인지도 모른다.

그러나 박세리는 영웅 소리를 들을 만한 일을 한 것이 틀림없다. 그녀가 친 골프공이 강변 풀숲에 빠졌을 때 그것은 누가 보아도 진퇴유곡(進退維谷)의 궁지임에 틀림없었다. 그러나 박세리는 좌절하지 않고 알다시피 기사회생(起死回生)의 활로를 뚫었던 것이다. 그 경우에 아무도 생각지 못했던 일, 즉 물속에 뛰어들어 공을 걷어냄으로써 마침내 그녀는 영웅 칭호를 들을 만한 일을 해냈다.

위기 때 당황하지 않고 세심하고 정확한 관찰력을 구사한 결과인 것이다. "우환은 소홀한 데서 일고 화(禍)는 미세한 데서 발생한다." 『설원(設苑)』이라는 책에 나오는 말이다. 명심해야 할 대목이 아닐 수 없다.

115

천금(千金)으로도 한때의 환심(歡心)을 사기 어렵고, 한 그릇 밥이 결국은 평생 감격하게 만든다. 무릇 사랑이 지나치면 도리어 원수가 되고, 박대가 지극하면 도리어 기쁨이 되느니라.

〈풀이〉

업자가 특혜를 얻으려고 고위 공직자에게 사과 상자에 담은 수십억 원의 뇌물을 바쳐도 오히려 시큰둥하게 여길 수도 있는데 이것은 천금으로도 환심을 사기 어렵다는 말에 해당한다. 그러나 홍수에 떠내려가는 사람을 보고 행인이 위험을 무릅쓰고 강물에 뛰어들어 건져 주었다면 그것은 한 그릇의 밥으로 평생 감격하게 만든다는 말에 해당하는 선행이 될 것이다.

도벽(盜癖)이 있는 아이를 엄히 꾸짖어 바로잡을 생각은 하지 않고 어미가 무조건 귀여워만 하여 그 아이가 자라나 큰 도둑이 되어 평생 철창 신세를 면할 수 없게 되었다면 사랑이 지나치면 도리어 원수가 된다는 말을 입증하는 것이 된다.

아내가 도박에 미쳐 버린 남편이 돈 구해 오라는 요구를 끝내 무시하고 매를 맞아 가면서도 매정하게 거절하여 마침내 밑천이 떨어진 남편이 어쩔 수 없이 도박을 끊고 개과천선했다면 그것은 박대가 지극하면 도리어 기쁨이 되는 경우가 될 것이다.

116

졸렬한 것 같지만 기교로 꽉 차 있고, 어두운 것 같지만 밝고, 흐린 것 같지만 맑고, 굽히는 것 같으면서도 펼친다면 참으로 세상 고해(苦海)를 건너가는 일호(一壺)가 되고 몸을 숨기는 삼굴(三窟)이 되리라.

〈풀이〉

* 일호(一壺) : 『갈관자(鶡冠子)』라는 책에 보면 "중류에서 배를 잃으면 일호(一壺)가 천금"이라는 말이 있는데, 이것은 호박만한 병 하나가 사람의 목숨을 구한다는 뜻이다.

* 삼굴(三窟) : 『전국책(戰國策)』 제책(齊策)에 "교활한 토끼는 세 개의 굴이 있어야 겨우 죽음을 면한다"는 말이 있는데, 말하자면 생명을 구하는 안전책을 말한다.

진정으로 지혜로운 사람은 겉보기에는 바보 같아 보이는 수가 많다. 노자도 "군자는 굉장한 덕을 간직하고 있으면서도 용모는 어리석은 바보 같다"고 말했다. 호랑이는 결정적인 순간 이외에는 그 사나운 발톱을 겉으로 나타내는 일이 없다. 정말로 위대한 사람은 자신의 능력을 쉽사리 겉으로 드러내지 않는 법이다. 그리고 진정한 도인은 남모르게 가피력(加被力)과 천백억화신(千百億化身)을 구사하여 제자들을 가르친다.

한고조(漢高祖) 유방(劉邦)은 한때 항우를 지극히 섬겨 그의 마음을 교만케 만든 다음 안으로 실력을 길러 끝내 그를 이겼다. 이것은 굽히는 것 같으면서도 편다는 좋은 본보기이다. 위의 네 가지 방책이야말로 이 험난한 고해(苦海)를 건너는 구명정이고 생명의 안전을 도모하는 훌륭한 방편이 될 것이다.

117

쇠락한 모습은 번성한 가운데도 있고, 새롭게 움트는 움직임은 영락

(零落)한 속에도 있다. 그러므로 군자는 편안한 환경 속에서도 마음은 우환에 대비하고, 변화하는 상황 속에서도 의연하게 갖가지 어려움을 참아내어 차후의 성공을 도모한다.

〈풀이〉

긴 밤이 가면 새벽이 오고 엄동설한이 가면 새 움이 트는 봄이 온다. 물러가는 밤 속에 먼동이 트는 새벽이 있고, 사라지는 겨울 속에도 만물이 소생하는 새봄이 숨겨져 있다. 우리는 지금 IMF라는 미증유의 위기 속에 하루에도 수백 개의 기업이 쓰러지고 수만 명의 실업자들이 쏟아져 나오고 있지만 그래도 새로운 벤처 기업들이 움트고 있음을 보게 된다. 낡은 질서는 가고 새 질서가 도래하고 있는 것이다. 우리는 변화와 위기를 기회로 삼아 흔들림 없이 현실을 타개하고 새 질서를 구축하는 일에 앞장서야 할 것이다.

118

신기(神奇)한 것을 경탄하고 이상야릇한 것을 좇는 자는 원대한 식견이 없고, 괴로움 속에서도 굳게 지조를 지키고 혼자서만 수행을 하는 자는 그 지나친 편향성(偏向性) 때문에 영원히 따를 만한 지조를 갖추지 못한다.

〈풀이〉

신기한 것, 초능력 현상 따위에 강한 호기심이 있는 사람은 바로 그 호기심에 눈이 어두워 사물의 본질을 지속적으로 깊숙이 파고드는 열의도 정성도 그리고 원대한 식견도 없는 수가 있다. 그리고 괴로움 속에서도 지조를 지키고 혼자서만 수행을 하는 사람은 자기 고집의 함정에 빠져 중용을 잃게 되어 중심을 잡을 수 없는 단점이 있다.

119

노기가 충천하고 욕망이 끓어오를 때는 그것이 그르다는 것을 알면서도 잘못을 범하게 되니, 이것을 알리고 또 범하는 자는 누구인가. 여기서 크게 한 생각 돌리면 사악한 마귀가 참다운 본성(本性)으로 바뀔 것이니라.

〈풀이〉

제아무리 격분이 화산처럼 폭발하더라도 그것 자체를 관할 수만 있다면 능히 그것을 제압하여 한순간에 그 사악한 분노의 마귀를 진아(眞我)로 바꾸어 버릴 수 있다는 것을 수행을 해 본 사람은 누구나 알고 있다.

120

한쪽 말만 믿고 사기꾼에게 속아 넘어가지 말 것이며, 지나친 자신감으로 객기를 부리지 말고, 내 장점을 예로 들어 남의 단점을 드러내어 비교하지 말 것이며, 내가 남만 못하다고 해서 남의 유능한 것을 시기하지 말아야 한다.

121

남의 단점은 잘 감싸 주어야지 만약 그것을 드러내어 널리 알린다면 자기의 단점으로 남의 단점을 공격하는 것이 된다. 남의 고집은 잘 타일러 감화시켜 고치도록 해야지 만일 성을 내고 이를 미워한다면 자기의 고집으로 남의 고집을 제도하려는 것과 같다.

〈풀이〉
남의 단점은 숨겨 주고 장점은 칭찬해 주어야 단점까지도 고쳐진다.

122

음침하고 말없는 선비를 만나거든 마음을 터놓지 말 것이며, 발끈하고 성내기를 잘하는 사람을 보거든 모름지기 입을 다물고 있는 것이 좋을 것이니라.

〈풀이〉

음침하고 말없는 자는 대부분 음험하고 교활하거나 마음에 깊은 상처를 입은 자이니 조심해야 한다. 또 성을 잘 내는 자는 도량이 좁고 오만 불손한 자이므로 교제를 삼가고 꼭 접근해야 할 일이 있어도 신중을 기해야 한다.

123

미혹에 빠졌을 때는 스스로 자기를 깨우쳐야 하고, 마음이 긴장되어 굳어 버렸을 때는 그것을 풀어서 가라앉혀야 한다. 그렇게 하지 않으면 우울증은 고칠 수 있다고 해도 불안한 증세가 도질 우려가 있다.

〈풀이〉

불안하고 우울하여 마음의 갈피를 잡을 수 없을 때는 바로 그러한 마음의 움직임을 지그시 관해야 한다. 관하는 동안에 모든 혼란은 수습된다. 관(觀)이 정(定)을 부르고 정(定)이 지혜를 부른다.

124

구름 한 점 없는 화창한 날씨가 갑자기 천둥번개로 변하고 거친 바람과 성난 빗줄기도 어느덧 밝은 달과 맑은 하늘로 변하나니, 천기(天氣)의 변화가 어찌 한시인들 멈출 수 있으며 태허(太虛)가 어찌 한 자리에만 머물 수 있으랴. 사람의 마음의 본체 또한 이와 같이 변화무쌍하니라.

〈풀이〉

* 태허(太虛) : 지나 철학의 기초 개념의 하나. 송(宋)나라 장횡거(張橫渠)가 주장한 기(氣)의 본체. 이 태허가 응집(凝集)되어 만물이 되고, 만물이 분해되어 태허가 됨.

천기도 기후도 사람의 마음도 잠시도 한곳에 머무름 없이 변화무쌍하지만 우리는 그 무상한 변화의 형상 속에서 형상 없음을 볼 때 진리를 만날 수 있다. 있으면서도 없고 변화하면서도 변화하지 않는 것이 우주의 실상인 것이다.

125

사욕(私慾)을 누르고 욕망을 제어하는 공부를 놓고 어떤 사람은 "그 실상을 빨리 알지 못하면 억제하기가 쉽지 않다"고 말하는가 하면, 또 어떤 사람은 "이것을 간파한다고 해도 참아내기가 힘들다"고 말한다. 모름지기 이를 인식하는 것은 사마(邪魔)를 비추는 한 알의 밝은 구슬이요, 이를 제압하려는 의지력은 사마를 베는 한 자루의 지혜의 검이니, 이 두 가지는 없어서는 아니 되느니라.

126

남이 나에게 속임수를 쓴다는 것을 알아도 내색을 하지 않고, 남이 나를 모욕한다고 해도 낯빛을 바꾸지 않는다면 그 속에 있는 무궁한 지혜는 평생을 써도 다함이 없을 것이다.

〈풀이〉

나는 젊었을 때 어떤 문단 동료에게 감쪽같이 속임을 당한 일이 있었다. 어떤 비중 있는 출판사 사장이 자기에게 장편을 청탁해 왔는데 그 내용이 자기 취향에는 맞지 않아서 사양하고 내가 알맞은 필자가 될 것 같아서 나를 추천했으니 그 출판사 사장을 만나라는 것이었다. 만날 시간과 장소까지 알려 주었으므로 나는 그곳에 나갔다. 그러나 나타나야할 사람은 끝내 보이지 않았다.

알고 보니 나는 그 동료에게 보기 좋게 속임을 당한 것이다. 나는 몹시 약이 올랐지만 참았다. 시간이 흘러 그 일을 잊을 만할 때 나는 그가 한 것과 똑같은 방법으로 그를 유혹해 냈다. 그런데 묘하게도 그는 내 속임수에 그대로 넘어가는 것이었다.

자기는 나를 속여도 나는 그를 속일 것이라고는 생각지도 못했던 모양이다. 나중에야 그가 나에게 자기가 한 것과 똑같은 방법으로 속은 것을 알고는 의외라는 눈치였다. 자기는 나를 속일 수 있어도 내가 자기를 속일 수 있으리라고는 상상도 못했다는 표정이었다.

그런 일을 겪고 난 뒤 나는 통쾌하기는커녕 대단히 심기가 불편했다. 사기 치는 일은 아무나 함부로 하는 것이 아니라는 것을 깨달은 것이다.

남에게 사기를 당하는 것이 내가 남을 속이는 것보다 훨씬 더 마음이 편하다는 것을 체험으로 깨달았다. 그런 일이 있은 뒤 나는 아직 의식적으로 남을 속이는 짓은 하지 않았다. 왜? 내 마음이 거북하고 괴로우니까.

127

역경(逆境)과 곤궁(困窮)은 호걸을 단련시키는 한 벌의 화로와 망치로다. 그 단련을 능히 이겨내면 몸과 마음에 다 같이 유익할 것이지만 그 단련을 이겨내지 못한다면 마음과 몸에 모두 손해로다.

〈풀이〉

위기 즉 역경과 곤궁은 사람에게 기회를 제공하려는 하늘의 배려이다. 그렇다고 위기 때 마음공부만 해서는 안 된다. 과거의 수행은 오로지 마음공부에만 치중했지만 지금은 마음공부만 가지고는 절름발이 수행밖에는 안 된다. 마음공부 못지않게 반드시 몸공부와 기공부가 따라야만이 전체적으로 조화를 이룬 균형 잡힌 인간이 될 수 있고 이러한 인간이라야 어떠한 난국도 뚫고 나갈 수 있는 것이다.

128

우리의 몸은 하나의 작은 천지 곧 소우주이다. 기쁨과 성냄 속에서 과실을 범하지 말고, 좋아하고 미워하는 것도 법도에 맞게 한다면 이는 곧 천지의 이치에 순응하는 공부이다. 천지는 하나의 거룩한 부모이다. 백성들이 원망을 품지 않게 하고 만물이 병들지 않게 하는 것이 곧 우주의 기상을 화목하게 하는 것이니라.

129

"남을 해치려는 마음은 당연히 갖지 말아야 하지만, 남의 해를 막으려는 마음을 갖지 않아도 안 된다"고 했다. 이것은 생각이 소홀한 것을 경계한 것이다. 그렇다고 너무 과민(過敏)한 것도 탈이다. 그래서 "차라리 남에게 속임을 당할지언정 남이 나를 속일 것이라고 미리 걱정하지 말라"고 했다. 이것은 예측(豫測)이 지나친 것을 경계한 것이다. 이 두 가지 경구(警句)를 늘 염두에 둔다면 사려가 깊어지고 심덕(心德)이 두터워질 것이다.

130

뭇사람이 나를 의심한다고 해도 내 정당한 소신을 굽혀서는 안 되고, 내 고집 때문에 남의 옳은 의견을 무시하지 말고, 사사로운 작은 은혜를 갚기 위해 대의(大義)를 그르쳐서는 안 되고, 공론(公論)을 빌려 개인의 이익을 도모하지 말라.

〈풀이〉

해외여행을 자주 하는 사람들 중에는 여객기 안에서 식사 서비스할 때 제공되는 밥상의 스푼이나 포크 한두 개를 기념으로 가져오는 것을 다반사로 알고, 취침 시에 덮으라고 주는 담요를 자기 짐 속에 슬쩍 집어넣는 것을 아무렇지 않게 생각하는 경우가 있다.

그러나 그것도 엄연히 도둑질이다. 바늘 도둑도 도둑이고 소도둑도 도둑임엔 틀림이 없기 때문이다. 도둑질인 줄 뻔히 알면서도 대세에 휩쓸리는 것은 평소의 올바른 자기 소신을 굽히는 비겁한 행위가 아닐 수 없다. 어떠한 일이 있어도 사욕을 위해 대의를 그르치는 떳떳지 못한 짓은 하지 말아야 한다.

131

착한 사람과 빨리 친해질 수 없거든 미리 칭찬이나 하지 말라. 이 일이 미리 알려지면 그 착한 사람을 시기하는 자들이 중상모략하고 이간질할 우려가 있기 때문이다. 악한 사람을 가볍게 저버릴 수 없거든 미리 발설이나 하지 말라. 이것을 미리 안 그 악인(惡人)에 의해 어떤 재앙이 초래될지 모르기 때문이니라.

〈풀이〉

그래서 어느 기관에서든지 인사(人事) 문제를 담당한 사람들은 발령이 되기 전까지는 절대로 입조심을 해야 한다. 인사비밀이 미리 새어 나갈 경우 어떠한 불행한 사태가 발생할지 모르기 때문이다.

132

푸른 하늘의 해처럼 빛나는 절의(節義)도 남모르는 고민과 산고(産苦) 끝에 이루어진 것이고, 천하를 움직이는 경륜도 수없는 간난신고(艱難辛苦)와 각고(刻苦)의 노력 끝에 얻어진 것이니라.

〈풀이〉

어느 분야에서든지 성공을 거둔 사람들의 속사정은 성공해 본 사람이 아니면 모른다. 우리 사회에서는 한때 성공한 사람 특히 부자라면 무조건 사갈시(蛇蝎視)하는 경향이 있어 왔고 지금까지도 그런 생각을 품고 있는 사람들이 있다.

성공한 사람을 미워하는 한 그 사람은 영원히 성공할 수 없다. 왜냐하면 성공을 위한 각고의 노력보다는 성공한 사람을 미워하는 데 더 익숙해져 있기 때문이다. 성공을 하고 싶으면 성공한 사람을 선배나 스승으로 삼아 성공하기까지의 뼈를 깎는 그의 지극정성과 노력을 배워야지, 그를 미워만 하면 영원한 실패자 이외에 무엇이 되겠는가.

133

어버이는 사랑하고 자식은 효도하며, 형은 우애하고 아우는 공경함으로써 그 경지가 궁극에 도달했다고 해도, 그것은 각자가 마땅히 자기 할 일을 한 것에 지나지 않으므로 피차간에 감격할 일이 아니로다. 만약에 주는 쪽이 덕을 베풀었다고 생색을 낸다든가 받는 쪽이 은혜를 입었다고 감지덕지한다면 이는 마치 길 가는 행인들이 서로 어울려 상거래를 한 것에 지나지 않느니라.

〈풀이〉

만약에 아버지가 말 안 듣는 자녀에게 "발칙한 놈, 넌 이 애비가 키워 준 은혜도 모르느냐" 하고 꾸짖는다면 이담에 다 자란 아들은 "아버지가 저를 키워 주셨는데 이제 늙으셨으니 제가 돌봐드려야죠" 하고 의무적으로 나올 수 있다. 그렇게 된다면 피차가 노상에서 만난 행인들의 상거래와 다를 것이 없지 않겠는가. 부모형제 사이에는 이러한 상거래를 초월한 지극히 자연스럽고도 숭고한 윤리가 있어야 하지 않겠는가.

134

고운 것이 있으면 반드시 추한 것이 있어서 상대(相對)가 된다. 내가 고운 것을 자랑하지 않는다면 누가 나를 추하다고 할 것인가. 깨끗한 것이 있으면 반드시 더러운 것이 있어서 상반되는 짝이 되나니, 내가 깨끗한 것을 좋아하지 않는다면 누가 나를 더럽다 하랴.

〈풀이〉

겸허하게 처세하되 스스로 오만방자하지 않으면 누가 나를 비방하고 중상모략할 것인가. 미(美)를 내세우니까 추(醜)가 떠오르고, 선(善)을 쫓으니까 악(惡)이 따라오게 마련이다. 미추나 선악 중 어느 한쪽에 집착할 때 반드시 그 반대쪽이 등장하여 상대(相對)를 이루게 된다. 이렇게 되면 우리는 영원히 상대세계에서 벗어날 수 없게 된다. 여기에서 탈출하려면 상대적인 양변을 다 같이 수용하는 중화(中和)를 택해야 한다.

생(生)에 지나치게 집착하는 사람은 반드시 죽게 되어 있다. 이것을 생즉필사(生則必死)라고 한다. 그렇다고 해서 죽음에만 집착하는 사람은 어떤가? 그런 사람은 반드시 살게 되어 있다. 이것을 사즉필생(死則必生)이라고 한다.

삶이든 죽음이든 어느 한쪽에 집착하는 한 생사(生死)의 상대세계에서는 결코 벗어날 수 없다. 생사의 윤회에서 벗어나려면 생에도 사에도 집착하지 말고 그 양쪽을 다 같이 수용하는 중도를 택해야 한다. 그것을 일러 불생불멸(不生不滅)의 경지라고 한다. 이것이 바로 진리의 경지요 해탈의 경지이다.

135

염량세태(炎凉世態)에 민감하기는 부귀한 자가 빈천한 자보다 더 심하고, 질투하고 시기하는 마음은 육친이 남보다 더 심하다. 이때에 만약에 냉철한 마음으로 대처하고 화평한 기운으로 중화(中和)를 이루지 못한다면 번뇌와 고통 속에 보내지 않는 날이 드물 것이다.

〈풀이〉

＊ 염량세태(炎凉世態) : 권력과 돈이 있을 때는 온갖 아첨을 다 떨다가도 권력과 돈이 떨어지면 하루아침에 안면을 바꾸는 세상인심을 말한다. "재상집 개가 죽으면 문상객이 문전성시를 이루지만 정작 재상 자신이 죽으면 아무도 들여다보지 않는다"는 속담은 이처럼 사리(私利)를 좇아 금방 달아올랐다가 금방 식어 버리는 글자 그대로 염량세태(炎凉)世態)를 잘 말한 것이다.

"사촌이 논을 사면 배가 아프다"는 속언은 질투와 시기는 남보다 육친이 더 심하다는 말을 대변한 것이다.

136

공로와 과실은 혼동치 말아야 한다. 혼동하면 게을러져서 공을 세우려 하지 않고 잘못을 저지르고도 뉘우칠 줄 모르게 된다. 그러나 은혜와 원한은 너무 밝히지 말아야 한다. 밝히면 누구나 나도 혹시 남에게 은혜를 베풀었는데도 도리어 원한을 산 게 아닌가 하는 자격지심을 품고 고민하다가 떠나 버리게 된다.

137

관직은 너무 높지 말아야 한다. 너무 높으면 질시(嫉視)의 대상이 되어 위해(危害)가 따르게 된다. 능력은 있는 대로 다 쓰지 말아야 한다. 다 쓰고 나면 쇠퇴하게 되니까. 행실은 지나치게 고상하게 하지 말아야 한다. 지나치게 고상하면 비방 속에 상처를 받기 쉽나니라.

138

악(惡)은 그늘을 꺼리고 선(善)은 양지를 꺼린다. 그러므로 악이 나타난 것은 재앙이 얕은 것이고 숨은 것은 재앙이 깊은 것이다. 선이 나타난 것은 공이 적은 것이고 숨은 것은 공이 큰 것이나라.

〈풀이〉

악과 잘못은 겉으로 드러나는 것을 꺼린다. 그러므로 빨리 드러낼수록 재앙도 적게 받는다. 그래서 현명한 사람은 자기 잘못을 숨기지 않고 될수록 신속하게 남 앞에 드러내어 사과와 속죄를 하려고 한다. 그러나 어리석은 사람일수록 잘못을 깊이 감추려고만 한다. 깊이 감추어진 잘못은 점점 더 깊은 뿌리를 내리게 되고 마침내 구제불능 상태에 빠지게 된다.

개인만 그런 것이 아니라 단체나 국가도 마찬가지다. 같은 전쟁 범죄국이면서도 독일은 잘못을 신속하게 반성, 사죄하고 전쟁 피해자들에게 성실한 보상을 했지만, 일본은 전쟁이 끝난 지 53년이 되었건만 아직까지도 범죄 사실을 감추려고만 혈안이 되어 있다. 독일과 일본의 추이를 계속 지켜보자.

139

덕(德)은 재주의 주인이고 재주는 덕의 종이니, 재주는 있어도 덕이 없으면 집에 주인이 없어서 종이 집안일을 주관하는 것과 같다. 그러고 서야 어찌 도깨비가 날뛰지 않으랴.

〈풀이〉

재능은 있어도 덕이 없는 자는 비록 훌륭한 일을 한다고 해도 겸손할 줄 모르고 오만불손하게 날뛰게 되므로 사회에 유익보다는 해악을 더 많이 끼치게 된다.

140

간악한 자를 제거하고 아첨하는 무리들을 없애려면 그들이 물러갈 수 있는 퇴로를 터 주어야 한다. 비유컨대 쥐구멍을 막는 자가 쥐가 도망갈 길을 막아 버리면 좋은 기물을 모조리 물어뜯는 것과 같으니라.

〈풀이〉

적군을 포위할 때도 퇴로를 완전히 차단해 버리면 절망에 빠진 적군 들은 죽으나 사나 이판사판으로 결사적인 반항을 하게 되므로 도리어 초능력이 발휘되어 아군에게 막대한 피해를 입히는 수가 있다.

141

허물은 남과 함께할지언정 공(功)은 남과 함께하지 말라. 공을 함께하면 서로 시기하게 된다. 환난은 남과 함께할지언정 안락은 함께하지 말라. 안락을 남과 함께하면 서로 원수가 되느니라.

〈풀이〉

한(漢)나라를 세우는 데 크게 이바지한 장량은 이것을 알았으므로 공을 세우자마자 몸을 숨겼고, 그의 부하인 한신은 그대로 권좌에 연연하다가 여태후에게 토사구팽을 당했다.

142

선비 된 자로서 가난 때문에 남을 물질적으로 구제하지는 못한다 해도 남이 어리석어 방황하는 것을 보면 한마디 말로 깨우쳐 주고, 남의 위급과 어려움을 보면 한마디 말로써 마음을 깨닫게 하여 해결해 준다면 이것 또한 무량한 공덕이니라.

〈풀이〉

"삼천 대천세계를 가득 채울 만한 칠보로 보시하는 것보다 사구게(四

句偈) 즉 진리의 말 한마디를 설하여 깨닫게 해 주는 것이 훨씬 더 낫다"고 석가모니도 『금강경』에서 말했다. 물질적 보시는 아무리 많이 해 보았자 유한한 것이지만 진리를 깨닫게 해 주는 것은 무한을 선물하는 것이기 때문이다.

143

굶주리면 남에게 달라붙고 배부르면 떠나 버린다. 돈 있는 사람에겐 달려가고 돈 없는 사람에게는 떠나는 것이 인정(人情)의 공통된 병폐니라.

〈풀이〉

달면 삼키고 쓰면 뱉는 염량세태를 잘 알고 있으면 비록 남에게서 돈이 없다고 해서 모멸을 당한다고 해도 원망하거나 괘씸해하지 않게 되므로 마음이 흔들리지 않게 된다. 마음이 흔들리지 않으므로 늘 마음이 편안하다. 성통공완한 사람, 견성해탈한 사람, 그리고 성령으로 거듭난 사람이란 다른 사람이 아니고 바로 이런 사람을 말한다.

유원지에서 홍수로 떠내려가는 아이를 본 젊은이가 무조건 물에 뛰어들어 그 아이를 건져놓고 자기는 힘이 부쳐 익사하고 말았다. 그런데 그 청년이 살려 준 아이의 부모는, 아들의 시신을 보고 비통해하는 젊은이의 부모에게 미안하다는 인사 한마디 없이 꽁지가 빠지게 사라져 버렸다.

생때같은 아들을 잃은 부모는 해도 너무하다고 허탈해했다고 매스컴은 일제히 보도하고 있다. 그러나 그 부모가 염량세태란 으레 그렇다는 것을 알면 새삼 누구를 원망하거나 섭섭해할 것도 없는 일이다. 요컨대 마음을 어떻게 먹느냐에 따라 지옥과 극락이 왔다갔다하는 것이다.

144

군자는 냉철한 눈으로 사물을 관찰하되 부디 경거망동하지 말지니라.

〈풀이〉

특히 위기 때 냉정하지 못하고 어쩔 줄 모르고 콩 튀듯 팥 튀듯 경솔하게 행동하면 엉뚱한 원한이나 재앙을 자초하는 수가 있다.

145

덕은 도량에 따라 발전하고, 도량은 식견으로 인하여 커진다. 그러므로 덕을 두텁게 하려거든 도량을 넓히지 않을 수 없고, 도량을 넓히려거든 견식을 키우지 않을 수 없다.

146

등잔불이 깜빡거리고 만뢰(萬籟)가 고요한 밤은 우리가 편히 잠들 때이다. 꿈에서 막 깨어났으나 만물이 아직 일어나지 않은 새벽은 우리가 비로소 혼돈에서 벗어날 때이다. 이때를 이용하여 한 줄기 마음의 빛을 돌려 자기 자신을 환하게 비추어 보면 귀, 눈, 입, 코가 모두 마음을 구속하는 질곡(桎梏)이요, 욕정과 기호(嗜好) 역시 마음을 묶어 매는 기계임을 알게 되리라.

〈풀이〉

＊ 만뢰(萬籟) : 만물이 내는 소리

＊ 질곡(桎梏) : 차꼬와 수갑

취침 전은 편안한 잠자리에 들기 직전이므로 누구나 현실적인 구속에서 잠시라도 벗어날 때이고, 기상(起床) 직후는 머리가 가장 맑은 때이므로 명상이나 관법 수행을 하기에 가장 알맞은 때이다. 희구애노탐염(喜懼哀怒貪厭), 안이비설신의(眼耳鼻舌身意)가 모두 다 마음을 부려먹는 것이 아니라 거꾸로 마음의 통제를 받는 하인이 되게 하는 것이 마음공부이다. 희구애노탐염과 안이비설신의가 인간의 욕심을 충족시키는 도구가 아니라 진리를 구현하는 기계로 활용되도록 해야 한다.

147

스스로 반성하여 모든 것을 내 탓으로 돌리는 사람에게는 부딪치는 모든 것이 약석(藥石)이 되고, 모든 것을 남의 탓으로만 돌리는 사람에게는 생각하는 모든 것이 자기 자신을 해치는 흉기가 된다. 전자는 그렇게 함으로써 모든 선행(善行)의 길을 열고, 후자는 그렇게 함으로써 모

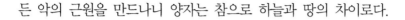

든 악의 근원을 만드나니 양자는 참으로 하늘과 땅의 차이로다.

〈풀이〉

＊ 약석(藥石) : 약과 침. 침은 석기 시대부터 쓰여져 왔는데, 그때는 침을 돌로 만들었다.

148

사업과 문장은 몸이 죽으면 사라지지만 정신은 영원히 새로워지고, 공명과 부귀는 시대에 따라 변천하지만 기개나 지조는 영원히 변하지 않는다. 군자는 마땅히 사업과 문장을 정신과 바꾸지 않고 공명과 부귀를 기개나 지조와 바꾸지 않도록 해야 할 것이다.

149

물고기를 잡으려고 쳐 놓은 어망에 기러기가 걸리고, 먹이를 탐하는 사마귀를 참새가 노린다. 기회 속에 기회가 있고 이변(異變) 밖에 이변이 생기나니 어찌 사람의 지혜와 재주를 전적으로 믿을 수 있으리오.

〈풀이〉

『장자(莊子)』의 산목편(山木篇)에 다음과 같은 얘기가 나온다.

"매미가 높은 나뭇가지에 앉아 흥겹게 노래를 부르는데 뒤에서 사마귀가 노리고 있고, 사마귀 또한 매미를 잡는 데 열중하여 뒤에서 참새가 노리고 있는 것을 모르고 있다."

걷는 놈 위에 뛰는 놈 있고 뛰는 놈 위에 나는 놈 있게 마련이다. 이기심에 사로잡히지 않고 항상 정신 차린 사람들만이 이러한 위기의 악순환의 고리에서 벗어날 수 있다.

150

사람에게 한 점의 성의가 없다면 곧 거지와 진배없으니 하는 일마다 허망하게 끝날 것이고, 세상을 살아 나가는 데 있어서 임기응변의 융통성이 없으면 이는 곧 장승이니 가는 곳마다 장애에 부딪칠 것이니라.

151

물결만 일지 않으면 물은 저절로 고요해지고, 먼지만 앉지 않으면 거울은 저절로 맑다. 그러므로 마음은 일부러 맑게 할 필요가 없으며 흐려지지만 않게 하면 저절로 맑아진다. 즐거움도 꼭 찾으려고 애쓸 필요 없이 괴롭게 하는 것을 버리면 저절로 즐거워질 것이니라.

〈풀이〉

사람의 마음은 본래 맑고 깨끗하다. 단지 번뇌망상이 그 청정(淸淨)을 흐려 놓을 뿐이다. 따라서 번뇌망상만 제거하면 본래의 청정한 마음은 절로 나타나게 되어 있다. 번뇌망상이 문제다. 번뇌망상은 그럼 어디에서 온 것일까? 욕심에서 온 것이다. 욕심만 끊어 버리면 번뇌망상도 저절로 사라지게 되어 있다.

152

하나의 생각으로 하늘의 계율을 범하고, 한마디 말로 천지의 조화를 깨뜨리고, 한 가지 일로 자손에게 재앙을 끼칠 수 있으니 가장 절실하게 경계할 일이로다.

〈풀이〉

무심코 아무 생각 없이 던져 버리는 한마디 말이 천파만파의 원인이 되는 것을 우리는 흔히 보아 온다. 알고 보면 우리가 하는 한마디 한마디는 전부 긍정적이든 부정적이든 씨앗을 품고 있다는 것을 알아야 한다. 말은 생각의 표현이고 생각은 마음에서 나온다.

긍정적인 마음을 품고 있는 사람에게는 항상 긍정적인 말이 나올 것이고 부정적인 생각을 품고 있는 사람에게서는 언제나 부정적인 말만 나온다. 어느 사회에서든지 불평 많은 사람은 늘 국외자(局外者)로 겉돌게 되어 있다. 그리고 늘 건설적이고 긍정적인 사람은 그 사회의 주류를 형성하게 된다.

우리가 마음을 어떻게 먹느냐에 따라서 한 치의 오차도 없이 만들어지는 존재가 우리 자신임을 알아야 한다. 자기가 늘 불행하다고 생각되는 사람은 자기 마음을 살펴야 한다. 혹시 불행한 생각을 늘 품고 있는 게 아닌가 냉정하게 관찰해 보아야 한다.

153

급하게 서두를 때는 밝혀지지 않던 일도 너그럽게 풀어 주면 스스로 밝혀지는 수가 있다. 그러므로 조급하게 서둘러 상대의 정서적 불안만을 가중시키지 말라. 남의 통제를 받을 때는 잘 따르지 않던 사람도 통제를 풀어 놓으면 잘 따르는 수가 있으니, 심한 통제로 오히려 반항심을 기르지 않도록 하라.

〈풀이〉

자녀가 공부하지 않는다고 심한 잔소리와 엄격한 구속만을 가한다면 반항심만 길러 성적은 악화일로를 걷는 수가 있다. 그럴 것이 아니라 자녀 스스로가 공부해야겠다는 의욕을 갖게 하여 스스로 일어서도록 하는 것이 훨씬 더 능률적이다.

그렇게 했는데도 끝내 공부를 열심히 하여 대학에 진학하려 하지 않는다면 어떻게 해야 할까? 끝끝내 대학 진학을 하려 하지 않는다면 자녀 스스로 자기 진로를 택하게 해야 한다. 부모가 강제로 대학에 진학시킨다고 해서 자녀가 반드시 훌륭한 사람이 되는 것은 아니다.

학교 공부 많이 했다고 해서 반드시 훌륭한 사람이 되는 것이 아니라 무슨 직업을 갖든지 간에 바르고 착하고 지혜롭게 살 줄 아는 사람이 훌륭한 사람이라는 것을 알아야 한다. 자녀에게 그 이상을 바라는 것은 부모의 부질없는 욕심이다.

154

절의(節義)가 청운(靑雲)을 굽어보고 문장이 백설(白雪)을 능가할지라도, 그 절의와 문장이 덕성(德性)으로 도야(陶冶)된 것이 아니라면 한갓 이기적인 혈기의 비약이요 비천한 잔재주의 용트림에 지나지 않느니라.

〈풀이〉

* 절의(節義) : 절개(節槪)와 의기(義氣)
* 청운(靑雲) : 높은 벼슬
* 백설(白雪) : 품격 높은 글이나 시어(詩語)
* 도야(陶冶) : 심신을 갈고 닦아 수양하는 것, 공공의 이익을 위하는 이타정신(利他精神)이 깃들지 않은 어떠한 행위도 결국은 무가치한 것이다.

155

하던 일에서 물러나려거든 그 일이 한창 무르익은 때를 택하여 결행해야 하며, 몸 둘 곳은 남들과의 다툼이 없는 한적한 곳이어야 한다.

〈풀이〉

임진왜란 때 망우당 곽재우 의병장은 왜적을 물리치고 전쟁이 끝나자 선조가 제수한 벼슬을 사양하고 초야에 묻혀 버렸으며, 월(越)나라 범려(范蠡)는 왕 구천(句踐)을 도와 오(吳)나라를 멸망시킨 뒤에 미련 없이 숨어 버렸고, 장량(張良)도 유방(劉邦)을 보좌하여 천하를 얻게 한 다음에 산속으로 잠적해 버렸다. 공을 세웠으니 물러난다는 공성신퇴(功成身退)를 실천한 것이다. 이렇게 알맞을 때에 물러나면 절대로 욕이 돌아오는 일이 없다. 알맞을 때란 언제일까? 남들이 그가 떠나는 것을 몹시 아쉬워할 때이다.

156

도는 지극히 사소한 과실을 범하지 않는 것에서부터 실천해야 하고, 은혜는 보답하지 못할 사람에게 베풀어야 한다.

〈풀이〉

도는 무슨 거창한 일을 실천하는 것이 아니고 아주 사소한 잘못을 범하지 않는 일에서부터 시작해야 하고, 남에게 은혜를 베풀 때 보답을 할 만한 사람을 택한다면 그것은 은혜를 베푸는 것이 아니라 상행위를 하는 것에 지나지 않는다.

157

이해타산에 밝은 시정(市井) 사람들을 사귀기보다는 차라리 산촌의 늙은이와 벗하는 것이 낫고, 권문세가(權門勢家)에 출입하기보다는 초가에 사는 가난한 선비와 친한 것이 낫고, 거리와 동네의 뜬소문을 듣기보다는 나무꾼과 목동의 노래에 귀 기울이는 것이 낫고, 주변 사람들의 실덕과 과실을 논하기보다는 옛 선인들의 말씀과 선행을 얘기하는 것이 낫느니라.

〈풀이〉

요컨대 현실적인 사리(私利)를 추구하기보다는 마음의 평화와 구원의 진리를 좇는 것이 낫다는 얘기다.

158

덕은 무슨 일을 하든지 그 기초가 된다. 기초가 든든하지 못한 집이 오래가는 법은 없느니라.

〈풀이〉

옛 성현들이 그렇게도 열심히 추구했던 덕이란 무엇인가? 덕이란 나보다 남을 먼저 생각하는 마음이다. 공공의 이익과 이타행이 바로 덕이다. 우리가 무슨 일을 하든지 남의 이익보다는 내 이익부터 먼저 챙긴다면 그의 인생은 사상누각(沙上樓閣)에 지나지 않게 된다.

159

착한 마음이야말로 후손의 뿌리이다. 착한 뿌리가 잘 심어지지 않고서야 어찌 가지와 잎이 무성하기를 바랄 수 있겠는가?

⟨풀이⟩

착한 일을 많이 한 집안에는 반드시 경사가 있다. 적선지가필유여경(積善之家必有餘慶)이 바로 그 소리다.

160

옛사람이 말했다. "제집의 무진장한 보물을 버리고 남의 문전에서 구걸하지 말라." 이것은 자기가 가진 것을 소홀히 하지 말라는 훈계이다. 고인(古人)이 또 말했다. "졸부(猝富)가 된 거지야. 남에게 자기가 가진 것을 과시하지 말라. 남이 가진 것이 그대가 가진 모든 것보다 결코 적지 않느니라." 이것은 자기가 가진 것을 남에게 뽐내지 말라는 경고이다. 두 가지 다 학문하는 사람으로서 마땅히 경계해야 할 사항이다.

⟨풀이⟩

삼라만상은 그 어떤 것이든 각기 자기 나름대로의 독특한 장점과 단점을 갖고 있으므로 너무 남과 비교하려고 애쓸 필요가 없다. 각자 나름대로의 존재 이유와 가치가 따로 있으므로 자기 자신을 너무 축소할 필요도 너무 과장할 필요도 없는 것이다.

161

도는 어느 특정인의 전유물이 아니므로 먼저 터득한 사람이 그 개인의 특성에 따라 남을 인도해 주어야 한다. 그러나 학문은 마치 밥 먹는 일처럼 늘 겪는 일이므로 일상사에서 깨우치도록 힘써야 한다.

〈풀이〉

도란 천하의 공유물이므로 우리가 늘 마시는 공기처럼 어디서나 도심(道心)만 있으면 접할 수 있다. 학문 또한 누구의 전유물도 아닌, 학구심을 가진 만 사람의 공유물이므로 먼저 깨친 사람의 것임을 유의해야 한다.

162

내가 남을 믿는 것은 남이 반드시 모두 성실한 것은 아니지만 나만은 홀로 성실하기 때문이고, 내가 남을 의심하는 것은 남이 반드시 모두 속이는 것은 아니지만 내가 먼저 속이는 마음이 있기 때문이다.

〈풀이〉

인간은 언제나 자기 본위로 남을 판단하게 마련이다. 매사에 성실한 사람은 자기 마음에 비추어 남도 성실할 것이라고 생각하게 될 것이고, 남을 속이는 데 이골이 난 사람은 자기 마음이 그러니까 남도 응당 그럴 것이라고 생각하게 된다. 따라서 성실한 사람은 남을 믿고, 남을 속이는 사람은 남을 의심한다.

163

후덕(厚德)한 사람은 봄바람이 포근하게 뭇 생물을 보듬어 주는 것 같아서 만물이 그를 만나면 생기가 돋고, 각박(刻薄)한 사람은 북녘 땅 응달의 얼어붙은 눈덩이 같아서 만물이 그를 만나면 생기를 잃느니라.

164

선(善)을 행하고도 당장 이익을 보지 못하는 것은 풀 속의 동과(冬瓜)와도 같아서 모르는 사이에 절로 이익이 자라나는 것이고, 악(惡)을 행하고도 당장 손해를 보지 않는 것은 뜰 앞의 봄눈과도 같아서 반드시 남모르게 쇠운(衰運)이 다가오는 징후이다.

〈풀이〉

＊ 동과(冬瓜) : 동아. 큰 호박처럼 생긴 식용 열매

착한 사람에게는 복이 오고 악한 사람에게는 화가 온다는 인과응보의 이치는 누구에게나 공평무사하다. 단지 빨리 오고 늦게 오고의 차이가 있을 뿐이다.

165

옛 친구를 만나면 우정을 더욱 새롭게 할 것이며, 비밀스런 일을 처리

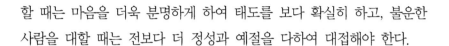

할 때는 마음을 더욱 분명하게 하여 태도를 보다 확실히 하고, 불운한
사람을 대할 때는 전보다 더 정성과 예절을 다하여 대접해야 한다.

〈풀이〉

우리는 흔히 아무리 다정했던 옛 친구라도 그의 현재의 사회적 지위
에 따라 대우하고, 불운한 사람을 만나면 귀찮아하고 냉대하는 버릇이
있는데 이것은 사람다운 사람이 할 짓이 아님을 경고하고 있다.

166

근면(勤勉)은 덕과 의리를 실천하는 데 이용해야 하는데도, 세상 사람
들은 이것을 사사로운 축재(蓄財)에 이용하고, 검소(儉素)는 사리(私利)
에 무관심한데도, 세상 사람들은 이것을 자신의 인색(吝嗇)을 위장하는
데 이용한다. 군자의 처세의 도리가 도리어 소인배의 사욕을 채우는 데
이용되니 애석하도다.

167

즉흥적으로 착수한 일은 시작과 동시에 곧 멈춰 버린다. 이것이 어찌
앞으로 나아가기만 하고 뒤로 물러날 줄 모르는 수레가 될 수 있으랴.
일시적 감정으로 얻은 깨달음은 금방 미망(迷妄)에 사로잡히게 되나니
결국 영원히 밝혀진 등불과 같은 지혜는 되지 못한다.

〈풀이〉

구도(求道)는 결코 일시적인 흥미나 취미로 시작하는 그러한 호기심 추구와 같은 성질의 것이 아니다. 평생을 건 생사대사(生死大事)인 것이다. 신명(身命)을 온통 다 바치는 지극정성과 함께 천리 길도 한 걸음부터 시작한다는 꾸준한 인내력과 지구력의 싸움인 것이다. 전진은 있으되 후퇴란 있을 수 없는 불퇴전륜(不退轉輪)이어야 한다. 그렇지 않으면 영원히 꺼지지 않는 지혜를 얻을 수 없는 것이다.

168

남에게 잘못이 있을 때는 당연히 용서해 주어야 하지만 나에게 허물이 있을 때는 용서하지 말라. 나에게 닥친 곤경은 마땅히 참아내야 하지만 남이 곤경에 처해 있는 것을 보면 참지 말고 도와주어야 하느니라.

〈풀이〉

나 자신에게 한없이 엄격하되 남에겐 무한히 관대한 것이 참사람의 이타정신이다.

169

세속을 초월할 수 있으면 곧 기인(奇人)이다. 그러나 일부러 기이한 짓을 하는 자는 기인이 아니고 괴인(怪人)이다. 세속에 오염되지 않으면 청렴(淸廉)한 자이다. 그러나 세속 인연을 끊으면서까지 청렴결백을 구하는 자는 청렴한 사람이 아니라 미친 사람이다.

170

은혜는 마땅히 박(薄)한 쪽에서 후(厚)한 쪽으로 옮겨가야 한다. 그렇게 하지 않고 후한 쪽에서 박한 쪽으로 옮겨가면 사람들이 그 은혜를 잊어버린다. 위엄은 당연히 엄격함 쪽에서 너그러움 쪽으로 바꾸어 가야 한다. 먼저 너그럽고 뒤에 엄격하면 사람들이 혹독하다고 하여 원망한다.

171

마음을 비우면 본성이 나타난다. 번뇌망상을 가라앉히지 못한 채 본성을 구하는 것은 물결을 헤치면서도 물위에 비친 달을 찾는 것과 같다. 뜻이 깨끗하면 마음이 맑아진다. 뜻을 깨끗하게 하지 못한 채 마음이 밝아지기를 바라는 것은 거울을 찾으면서 그 위에 먼지를 뿌리는 것과 같다.

172

내가 귀한 몸이 되어 사람들이 나를 받드는 것은 이 높은 관(冠)과 넓은 띠를 받드는 것이며, 내가 천한 몸이 되어 사람들이 나를 업신여기는 것은 이 해어진 베옷과 짚신을 업신여기는 것이다. 그렇다면 본래의 나를 받드는 것이 아닌데 어찌 기뻐할 것이며, 본래의 나를 업신여기는 것이 아닌데 어찌 노여워하리오.

173

"쥐가 굶주릴까 봐 먹던 밥을 남기고, 나방이 불에 탈까 봐 등잔불을 밝히지 않는다"고 했다. 옛사람들의 이런 자비심이야말로 만물을 살리는 원동력이다. 이것이 없다면 사람은 한갓 목석(木石)에 지나지 않을 것이다.

174

사람의 본체(本體)는 곧 우주의 본체다. 한 가닥 기쁨은 반짝이는 별이며 상서로운 구름이고, 일념(一念)의 노여움은 진동하는 우레이며 쏟아지는 폭우이고, 한 가닥 자비심은 따스한 바람이며 단 이슬이고, 일념의 엄숙함은 뜨거운 햇볕이며 가을 서리이니 그 어느 것인들 없어서야 되겠는가. 다만 때에 알맞게 일어나고 사라져도 전연 거리낌이 없어야만 이 태허(太虛)와 더불어 한몸이 될 수 있느니라.

〈풀이〉
＊ 태허(太虛) : 텅 비어 있는 하늘

175

평소에 일이 없을 때는 마음이 어두워지기 쉬우므로 마땅히 평정(平靜)을 회복하여 밝은 지혜로 마음을 비추어 관할 것이며, 유사시(有事時)에는 마음이 흐트러지기 쉬우므로 응당 밝은 지혜로 일깨워 주고 안정(安定)을 찾도록 해야 할 것이니라.

176

일의 시비를 논하는 자는 객관적인 입장에서 그 일의 이해득실(利害得失)을 정확하게 파악해야 하지만, 그 일의 진행을 맡은 자는 비록 일 속에 파묻혀 있다 해도 그 일의 이해득실을 따지지 말아야 한다. 일을 집행하는 자가 그 일의 이해득실에 지나치게 관심을 두면 그것이 장애가 되어 일을 제대로 추진할 수 없기 때문이다.

177

선비가 권력의 중요한 지위를 차지하고 있을 때는 몸가짐을 엄정하고 명백하게 하여 한 점의 의혹도 사는 일이 없게 하고 심기(心氣)를 화평하게 해야 한다. 추호라도 뇌물을 탐하는 비린내 나는 무리들과 어울리지 말아야 할 것이다. 그러나 그렇다고 해서 너무 모나게 굴어서 소인배들의 독침에 찔리는 일이 없도록 해야 하느니라.

178

절의(節義)를 내세우는 자는 반드시 절의로 인해 비난을 받고, 도학(道學)을 표방하는 자는 언제나 도학으로 인하여 과실을 초래한다. 그러므로 군자는 나쁜 일에 가까이 하지 않고 공명을 세우려 하지도 않는다. 오로지 온후한 기질만을 처세의 보배로 삼느니라.

179

사기꾼을 만나거든 성심성의껏 타일러 그를 감동시키고, 포악한 자를 만나거든 화기(和氣)로 그를 감화시키고, 사리(私利)에 눈이 어두워 사악한 짓만 하는 자를 만나거든 대의명분과 기개와 지조로 그를 격려한다면 천하에 내 가르침으로 바른길을 찾지 못하는 사람이 없을 것이다.

180

한 가닥의 자비심은 천지간에 화기(和氣)를 빚을 것이고, 한 치의 결백한 마음은 그 향기로운 이름을 백대에 드리우리라.

181

음모, 괴상한 버릇, 이상한 행동, 기이한 재주는 이 사회의 화근(禍根)

이 될 뿐이다. 오로지 평범한 덕행만이 천지의 도와 합치하여 화평을 부르느니라.

182

"산에 오를 때는 비탈길을 견디어내야 하고, 눈을 밟을 때는 위태로운 다리에서 헛딛지 않도록 잘 견디어내야 한다"는 말이 있다. 여기서 견디어내는 데에는 큰 의미가 있다. 그토록 음험한 세태와 험난한 인생길에서 인내력으로 버티지 못한다면 어찌 가시덤불로 뒤덮인 구렁텅이에 빠지지 않을 수 있으리오.

183

공적(功積)을 뽐내고 글재주를 자랑하는 것은 그들이 외물(外物)에 기대어 성공한 사람들이기 때문이다. 마음의 본체(本體)가 밝아져 자기의 본래면목을 잃지 않는다면 한 치의 공적이나 한 푼의 글재주가 없다고 해도 스스로 정정당당한 사람이 될 수 있을 것이니라.

184

바쁜 중에도 한가로운 여유를 가지려면 무엇보다도 여유 있을 때에 미리 마음의 준비를 해 두어야 하고, 시끄러운 중에도 고요함을 얻고 싶으면 우선 고요할 때에 일찍이 대책을 세워놔야 한다. 그렇게 하지 않으면 환경이 변화하고 사태가 진전함에 따라 일어나는 마음의 동요를 막을 수 없을 것이니라.

185

내 양심을 파는 짓을 하지 않고, 인정을 끊어 버리지 않고, 재력(財力)을 고갈시키지 말아야 한다. 이 세 가지는 천지를 위하여 참마음을 바로 세우고 만백성의 삶을 편안하게 하고 자손을 행복하게 하는 지름길이니라.

186

공직자에 대한 두 마디 격언이 있으니 "오직 공정무사(公正無私)하면 밝은 지혜가 열리고, 오로지 청렴결백하면 위엄이 생긴다"가 그것이다.

집안을 다스리는 데 두 가지 금언이 있으니 "오직 용서하고 감싸 주면 불평이 생기지 않고, 오로지 근검절약하면 재용(財用)이 넉넉해질 것이니라"가 그것이다.

187

부귀할 때에는 가난의 괴로움을 알아야 하고, 젊을 적에는 노후의 고달픔을 알아야 하느니라.

〈풀이〉

유비무환(有備無患)의 정신을 강조하고 있다. 멀리 앞을 내다보지 않으면 근심이 소리 없이 다가오게 마련이다. 부유할 때는 가난을, 평시에는 전시를, 젊을 때는 노후를 늘 생각하고 늘 대비를 게을리하지 말아야 한다.

188

몸가짐에는 지나치게 결백만을 고집하지 말라. 때 묻고 더러운 것도 모두 다 용납해야 하느니라. 남과 사귈 때는 너무 시비곡직(是非曲直)을 분명하게 따지지 말라. 착함, 모짐, 슬기로움, 어리석음 모두 다 포용해야 하느니라.

189

소인(小人)과 원수를 맺지 말라. 소인은 그 나름의 상대가 있나니라. 군자(君子)에게 아첨하지 말라. 군자는 본래 사사로운 은혜 따위는 베풀지 않느니라.

〈풀이〉
누구에게 하든지 간에 아첨은 수치는 될지언정 소득은 없다.

190

욕정에 사로잡힌 병은 그런대로 고칠 수 있으나 이론을 고집하는 편견은 고치기 어렵고, 사물(事物)로 인한 장애는 없앨 수 있지만 의리(義理)로 뭉쳐진 장애는 제거하기 어렵다.

〈풀이〉
실례로 주색잡기 따위는 고칠 수 있지만 사이비 종교나 공산주의 이론으로 무장한 허황된 고집은 고치기 어렵고, 물욕(物慾)으로 빚어진 장애는 쉽사리 없앨 수 있지만 사이비 종교 광신자들이나 공산주의자들 사이에 그들 나름의 의리로 뭉쳐진 병폐는 그야말로 구제불능이다.

191

심신을 수련하는 것은 마땅히 쇠를 백 번 단련하듯 해야 한다. 조급하게 서두르는 것은 깊은 수양이 되지 못한다. 일을 성취하는 것은 응당 천균(千鈞)의 쇠뇌를 다루듯 신중을 기해야 할지니 가볍게 격발(擊發)하는 것은 별 효과가 없나니라.

〈풀이〉

＊ 천균(千鈞) : 1균은 30근이므로 천균은 3만 근이다. 여기서는 극히
무거운 것을 가리킨다.

＊ 쇠뇌 : 여러 개의 화살을 한꺼번에 쏠 수 있는 활의 일종

192

차라리 소인배가 꺼리고 비방하는 사람은 될지언정 소인배가 아첨하
고 좋아하는 사람은 되지 말라. 차라리 군자가 꾸짖고 바로잡아 주는 사
람이 될지언정 군자에게 포용당하는 인간이 되지는 말라.

〈풀이〉

스승이 나를 꾸짖어 내 잘못을 바로잡아 준다면 나는 희망을 가질 수
있지만, 그렇게 하지 않고 그냥 포용만 해 준다면 그것은 내 보잘것없음
을 관용해 주는 것밖에는 되지 않는다.

193

이욕(利慾)을 좇는 자는 도의(道義) 밖에 벗어나 있으므로 그 해독의
뿌리가 겉으로 드러나기는 하지만 얕게 박혀 있고, 명예를 좋아하는 자

는 도의 속으로 숨어들었으므로 그 해독이 겉으로 보이지는 않지만 속으로는 깊게 박혀 있느니라.

194

남에게서 많은 은혜를 받고도 갚을 생각은 하지 않으면서도 남이 나에게 끼친 사소한 원한은 금방 갚아 버리고, 남의 허물을 들으면 별로 대단한 것이 아닌데도 그대로 믿고 남의 선행을 들으면 그것이 분명한 것인데도 의심한다. 이것은 그 각박(刻薄)함이 극에 달한 것이니 마땅히 경계해야 할 것이니라.

〈풀이〉

은혜는 반드시 갚아야 하고 원한은 어떤 일이 있어도 잊어야 한다. 원한을 속에 품고 있는 것은 독을 품고 있는 것이기 때문이다. 허물은 덮어 주고 선행은 널리 선양해야 악인도 선인의 대열에 끼어들게 된다.

195

남을 참소하고 비방하는 자는 마치 조각구름이 햇빛을 가린 것 같아서 멀지 않아 그 진상이 밝혀질 것이지만, 나에게 아양 떨고 아첨하는 자는 문틈으로 들어오는 바람이 살갗에 스며드는 것처럼 그 해독을 깨닫지 못하느니라.

196

높고 험한 산에는 나무가 자랄 수 없지만 골짜기 둘레에는 초목이 빽빽이 들어차 있고, 물살이 급한 곳에는 고기가 없지만 물이 고여 있는 연못에는 고기와 자라가 모여든다. 그러므로 너무 고상한 행실과 성급한 마음씨는 군자로서 경계해야 한다.

197

공을 세우고 업적을 이룬 사람은 대체로 허심탄회하고, 일을 그르치고 기회를 놓친 사람은 반드시 고집불통이다.

198

세상을 살아 나가는 데 있어서 일반 사람들과 같아지지도 말고 달라지지도 말아야 한다. 무슨 일을 하든지 남의 미움을 사지도 말고 남을 기쁘게 하지도 말아야 하느니라.

〈풀이〉

어느 한쪽에 치우치면 반드시 해를 입게 되어 있다. 그러므로 군자는 마땅히 중용지도(中庸之道)를 택할 것을 권하고 있다.

199

하루해가 이미 저물었어도 오히려 서쪽 노을이 아름답고, 한 해가 저물려 하는데도 등자(橙子)와 귤이 향기롭다. 그러므로 인생의 말년에 군자는 마땅히 정신을 가다듬어 공익(公益)을 위해 보람 있는 일을 해야 한다.

〈풀이〉

✻ 등자(橙子) : 오렌지

200

매가 서 있는 모습은 조는 것 같고 호랑이가 걸어가는 모양은 병든 것 같지만 이것이 바로 사냥감을 잡아먹는 수법인 것이다. 그러므로 군자는 총명을 드러내지 않고 출중한 재주를 과시하지 말아야만 중대한 임무를 맡아서 수행할 수 있는 역량을 갖게 될 것이니라.

201

검약은 미덕이긴 하지만 지나치면 도리어 인색하고 비루해져서 정도(正道)를 해친다. 겸양은 아름다운 행실이긴 하지만 지나치면 과공(過恭)과 곡근(曲謹)이 되는데, 이것은 대체로 이기심이 그 동기가 된다.

〈풀이〉
* 과공(過恭) : 지나치게 공손한 것, 아첨
* 곡근(曲勤) : 지나치게 삼가는 것

202

일이 뜻대로 되지 않는다고 해서 근심하지 말고, 일시적으로 순조롭다 해서 기뻐하지 말며, 오랫동안 무사하다 해서 방심하지 말고, 처음이 어렵다고 해서 위축되지 말라.

203

주연(酒宴)의 즐거움에 싸인 집은 훌륭한 집이 아니고, 명예를 지나치게 좋아하는 버릇이 있는 사람은 훌륭한 선비가 아니며, 명성과 지위를 과도하게 중시하는 사람은 어진 신하가 아니다.

204

세상 사람들은 욕정을 만족시키는 것을 즐거움으로 삼다가 그 즐거움에 이끌리어 마침내 고통의 나락으로 떨어지지만, 마음을 통달한 사람은 역경을 오히려 시련을 이기는 즐거움으로 삼다가 결국은 괴로움이 즐거움으로 바뀌게 된다.

205

꽉 찬 곳에 있는 자는 물이 곧 넘치려 하나 아직은 넘치기 직전에 있는 것과 같아서 한 방울의 물도 더해지는 것을 두려워하고, 위급한 처지에 있는 자는 나무가 꺾어질 것 같으면서도 아직은 꺾이기 직전에 있는 것과 같아서 추호의 압력이라도 지극히 꺼린다.

〈풀이〉

부귀와 권력 그리고 나태와 무능이 극도에 이르면 곧 파멸이 온다는 것을 암시하고 있다. 우리는 사태가 그렇게까지 되기 전에 앞을 내다보고 충분히 대책을 세워야 한다. 외환이 극도로 고갈되어 국가 파산 직전까지 몰고 간 김영삼 정부와 같은 잘못은 다시는 저지르지 말아야 한다.

206

냉철한 눈으로 사람을 관찰하고, 냉철한 귀로 말을 들으며, 냉철한 감정으로 사물에 대한 느낌에 대처하며, 냉철한 마음으로 도리를 생각하라.

〈풀이〉
일시적인 충동이나 감정, 이기적인 동기를 떠나야 냉철한 관찰과 판단능력을 구사할 수 있다.

207

어진 사람은 마음이 너그럽고 여유가 있으므로 복이 두텁고 경사가 오래가며 하는 일마다 여유만만한 기상이로다. 그러나 비루한 자는 마음이 각박하고 여유가 없으므로 복록(福祿)이 엷고 은택(恩澤)도 짧고 하는 일마다 옹색하고 규모도 보잘것없느니라.

208

남의 악행(惡行)을 들어도 그 당사자를 그 자리에서 미워하지 말라. 소인이 고의로 험담을 하여 분풀이를 하는지도 모르기 때문이다. 어떤 사람이 남의 선행(善行)을 찬양하는 소리를 들어도 그 당사자와 금방 친하지 말라. 소인이 간사한 자의 출세를 위해 선전을 해 주는 것인지도 모르기 때문이다.

209

성질이 조급하고 거친 자는 무슨 일을 해도 성공하는 법이 없고, 마음이 온화하고 평온한 사람에게는 백 가지 복이 스스로 모여든다.

210

사람을 쓸 때에는 너무 각박하게 굴지 말아야 한다. 각박하면 성실하게 일하려던 사람이 떠나 버린다. 친구를 사귈 때는 아무하고나 경솔하게 어울리지 말아야 한다. 경솔하게 아무나 사귀면 아첨꾼이 모여든다.

211

위기에 처할 때는 굳센 의지로 꿋꿋하게 이겨 나가야 하고, 상대가 미인계(美人計)를 쓸 때에는 눈을 높은 곳에 두어야 하고, 길이 위태롭고 험할 때는 재빨리 단념하고 안전한 길을 찾아야 한다.

212

절의(節義) 있는 사람은 온화한 마음으로 조화로운 길을 찾아야 분쟁의 소지를 없앨 수 있고, 공명(功名)이 있는 사람은 겸허한 미덕을 지켜야 질투의 수렁을 피해 갈 수 있다.

213

사대부가 관직에 있을 때는 서신왕래를 무절제하게 해서는 안 되며, 아무나 쉽게 만나 줌으로써 남들이 요행을 얻는 단서가 되지 말아야 한다. 관직에서 물러나 시골에 있을 때는 너무 고고하게 굴지 말고 사람들과 자주 만나서 옛 정의를 두텁게 해야 한다.

214

대인(大人)은 경외(敬畏)하지 않으면 안 된다. 대인을 경외하면 방종한 마음이 사라진다. 백성 역시 경외하지 않으면 안 된다. 백성을 경외하면 횡포를 부린다는 악명은 얻지 않게 될 것이다.

〈풀이〉

＊ 경외(敬畏) : 존경하고 두려워함

215

일이 뜻대로 되지 않을 때는 나보다 못한 사람을 생각하라. 그렇게 하면 남을 원망하는 마음이 저절로 사라질 것이다. 마음이 게으르고 거칠어지면 나보다 나은 사람을 생각하라. 그렇게 하면 스스로 마음이 새로워져서 분발하게 될 것이다.

216

충동적인 기쁨으로 경솔하게 승낙하지 말고, 취기를 빌려 함부로 성내지 말며, 기분이 유쾌하다고 하여 많은 일에 되는 대로 손대지 말며, 피곤하다 하여 일의 끝맺음을 소홀히 하지 말라.

217

글을 잘 읽는 사람은 글을 읽는 동안에 손발이 춤을 출 정도로 심신이 일치되는 경지에 이르러야 비로소 통발이나 덫과 같은 위험에 빠지지 않고, 사물을 잘 관찰하는 사람은 관찰하는 중에 마음과 정신이 하나로 융합하는 단계에 이르러야 바깥에 나타난 형상에 얽매이지 않느니라.

218

하늘은 한 사람을 현명케 하여 뭇사람의 어리석음을 깨우치고자 하건만, 세상 사람들은 도리어 자기 자신의 장점을 뽐냄으로써 남의 단점을 들추어낸다. 하늘은 한 사람을 부유케 하여 뭇사람들의 가난을 구제하려 하건만, 세상 사람들은 오히려 제 가진 것을 믿고 남의 가난을 업신여기니 진실로 천벌을 받을 자들이로다.

〈풀이〉

또 하늘은 한 사람을 부유케 하여 그를 본받아 뭇사람들을 가난에서 구제하려 하건만, 도리어 가난한 자들을 충동하여 부자의 재산을 빼앗아 공평하게 나누어 갖자는 공산주의 사상을 고취하여 부자를 미워하고 폭동을 일으키어 정부를 전복시키고 공산 국가를 만들기도 한다. 그러나 누구나 다 알다시피 그러한 공산주의도 모두가 실패하고 말았다.

219

지인(至人)이야 무엇을 걱정하고 무엇을 근심하리오. 우인(愚人)은 지식도 지혜도 없으므로 양자는 더불어 학문을 논할 수도 있고 공적(功績)을 세울 수도 있다. 다만 중재(中才)는 사려와 지식이 어중간하므로 억측과 의심이 많아서 어떠한 일도 함께하기 어려우니라.

〈풀이〉

* 지인(至人) : 도(道)가 극치에 이른 사람

* 우인(愚人) : 어리석은 사람

* 중재(中才) : 재주가 지인(至人)과 우인(愚人)의 중간 정도인 사람

220

입은 마음의 문이니 입을 엄밀하게 단속하지 않으면 심중의 비밀이 새어 나간다. 의욕은 곧 마음의 발이니 엄격하게 다스리지 못하면 나쁜 길로 달려가게 되느니라.

〈풀이〉

행동보다 말이 앞서거나 본심보다 의욕만 앞서는 사람은 그 경솔함 때문에 언제나 성공보다 실패가 많다.

221

남을 꾸짖는 자는 허물 있음 속에서 허물없음을 발견한다면 마음이 평온해질 것이고, 자기 자신을 꾸짖는 자는 허물없음 속에서 허물 있음을 알아낸다면 덕이 두터워질 것이니라.

〈풀이〉

남을 꾸짖는 목적은 그가 다시는 꾸짖음을 당할 짓을 하지 않게 하기 위해서이다. 그러자면 꾸짖음을 위한 꾸짖음이 되어서는 안 된다. 꾸짖음을 위한 꾸짖음은 남의 단점을 끄집어냄으로써 신나게 질타하는 일시적인 쾌감은 맛볼 수 있을지 모르지만 당사자로부터 원한을 사게 된다.

그렇게 해서는 안 된다. 아무리 과실이 많은 사람이라도 반드시 장점은 있으므로 그 장점을 북돋우어 주면서 단점을 지적해 주면 꾸짖는 사람에게 오히려 고마움을 느끼게 되어 자신의 단점을 고치려고 스스로 애쓰게 될 것이다. 이와는 반대로 자기 자신을 자책할 때에는 엄격하고 혹독하지 않으면 자위(自慰)와 자만(自慢)에 빠져 자기 향상은 없게 된다.

222

어린이는 어른의 싹이요 수재는 스승의 싹이다. 이때에 만약에 화력(火力)이 모자라 충분히 단련을 하지 못한다면 훗날 세상에 나아가 조정(朝廷)에서 큰 그릇이 되기 어려울 것이니라.

223

군자는 환난에 처해서는 근심하지 않으며 잔치 자리에서는 오히려 두려워하고 근심하고, 권세 있는 자 앞에서는 두려움을 느끼지 아니하나 외롭고 의지할 데 없는 사람에게는 동정심을 금하지 못하느니라.

224

복사꽃과 오얏꽃이 제아무리 요염하다 해도 어찌 저 푸른 송백(松柏)의 굳은 정절만 할 것인가? 배와 살구가 제아무리 달다고 해도 어찌 저 노란 등자(오렌지)와 푸른 귤의 맑은 향기만 할 것인가? 참으로 믿음직스럽구나! 농염하고 빨리 지는 것은 담박하고 오래가는 것만 못하고, 일찍 익는 것이 늦게 익는 것만 못하구나!

225

바람 자고 물결 고요한 가운데서 인생의 실상(實相)을 보고, 담박한 맛과 소리 없는 곳에서 마음의 본체(本體)를 알아낼 수 있느니라.

후집(後集)

226

세속을 등진 숲속의 은거생활이 좋다고 말하는 자 쳐놓고 숲속 은거의 참맛을 제대로 아는 자는 없고, 명리(名利)를 싫어한다고 노상 뇌까리는 자 쳐놓고 진정으로 명리를 떠난 자는 아직 없느니라.

〈풀이〉

* 명리(名利) : 명예와 이익

세속을 등진 숲속 은거생활을 진정으로 즐길 줄 아는 사람은 그 생활의 좋고 나쁨을 초월해 있으므로 그에 대해 더이상 언급을 하지 않고, 명리(名利)를 참으로 떠난 사람 역시 그것을 이미 초월해 있으므로 더이상 관심의 대상이 될 수 없다.

227

낚시질이라는 것이 본래 한적한 생활을 즐기는 것이지만 물고기에 대한 생사여탈권(生死與奪權)을 갖고 있고, 바둑 또한 깨끗한 놀이이지만 승패를 가리는 투쟁 심리를 불러일으킨다. 이것으로 보아 일거리를 좋아하는 것이 일 없는 편안함만 못하고, 다재다능(多才多能)이 무재무능(無才無能)보다 참다운 자성(自性)을 지키지 못하는도다.

〈풀이〉

＊ 생사여탈권(生死與奪權) : 죽이고 살리는 권한

"최고의 낙(樂)은 낙이 없는 것이다"라고 장자는 말했다. 노장(老莊)의 무위자연(無爲自然)의 영향을 받은 것 같다.

228

꾀꼬리 지저귀고 꽃이 활짝 피어 산과 계곡이 아름답게 단장한 것은 천지가 빚어낸 환상이다. 물 마르고 낙엽 져서 바위와 벼랑이 앙상하게 드러나는 겨울철이라야 천지의 참모습을 대할 수 있을 것이다.

〈풀이〉

부귀영화의 무상함을 자연에 빗대어 묘사한 것이다. 부귀, 권세, 명예가 다 떨어져 나간 뒤에라야 그 사람의 진면목이 드러나게 되어 있다.

229

세월은 본래 유구하건만 마음이 바쁜 자가 세월이 스스로 촉박하다하고, 천지는 본래 광활하건만 마음이 좁은 자가 스스로 천지를 비좁게만들고, 바람, 꽃, 눈, 달은 본래 한가롭건만 일에 시달리는 자가 스스로이들을 번거롭게 만든다.

〈풀이〉

물욕에 사로잡혀 항상 분주하게 돌아가는 사람은 자연의 진면목을 감상할 여유를 가질 수 없다.

230

우리에게 즐거움을 주는 것은 굉장한 것이 아니다. 대야만한 연못, 작은 돌멩이에도 산수(山水)의 정취는 깃들어 있다. 경치를 구경하려고 멀리 나갈 필요는 없다. 초가삼간 들창 아래에도 청풍명월(淸風明月)은 얼마든지 있는 법이다.

〈풀이〉

마음이 트인 사람은 꽃잎 하나에서도 하나의 우주를 보고, 잎새 하나에서도 만고의 진리를 본다. 행복의 파랑새는 먼 곳에 있는 것이 아니라 바로 자기 마음속에 있는 것이다.

231

고요한 밤 그윽한 종소리를 듣고 허황된 꿈속에서 깨어나고, 맑은 못에 비추어진 달그림자를 보고 내 육신 너머의 참나를 본다.

232

새소리, 벌레 소리는 모두 다 마음의 조화를 깨닫게 해 주는 비결이요, 아름다운 꽃과 풀빛은 우리에게 참다운 도(道)를 알게 해 주는 문장 아닌 것이 없다. 배우는 자는 마땅히 마음을 비우고 가슴을 활짝 열어 부딪치는 만물 속에서 진리를 깨닫도록 해야 하느니라.

233

사람들은 글자 있는 책만 읽고 글자 없는 책은 읽지 않고, 줄 있는 가야금은 탈 줄 알아도 줄 없는 가야금은 탈 줄 모르더라. 형체 있는 책이나 가야금만 좇을 뿐 형체 없는 신(神)의 소리는 들을 줄 모르니, 어찌 글자 없는 책을 읽고 줄 없는 가야금을 타는 즐거움을 만끽할 수 있으랴.

234

마음속에 물욕이 없으면 마음은 자연 가을 하늘 모양 맑아지고 푸른 바다처럼 드넓어질 것이고, 거문고와 책이 가까이에 있으면 곧 유유자적한 선경(仙境)을 이루리라.

235

손님과 벗이 구름처럼 모여들어 실컷 마시고 질탕하게 노는 것은 즐거운 일이지만, 이미 시간이 다하여 촛불은 가물거리고 향로는 꺼지고 차(茶)는 식고 나면, 어느 사이에 즐거움은 흐느낌으로 변하고 사람들은 쓸쓸하고 무미건조해진다. 세상일이 모두 이와 같거늘 사람들은 어찌하여 재빨리 머리를 돌리려 하지 않는가?

〈풀이〉

* 머리를 돌리려 하지 않는가 : 극으로 달리는 마음을 돌려 평상심으로 돌아가지 않는가.

극즉반(極則返)이요 권불십년(權不十年)이요 화무십일홍(花無十日紅)이라고 했다. 부귀영화도 절정에 달하면 반드시 내리막을 걷게 마련인 것이 자연의 이치다. 따라서 극과 절정을 선호하는 것은 불을 향해 달려드는 부나비와 같은 어리석은 자들의 소행일 뿐이다. 절정에 이르기 전에 마음을 돌려 자제할 줄 아는 것이 슬기로움이다. 중용, 중화, 중도를 강조하는 이유가 여기에 있다.

236

자연 속에 깃들어 있는 사소한 것에서도 참다운 정취(情趣)를 느낄 수 있으면 오호(五湖)의 연월(煙月)이 마음속에 들어오게 되고, 눈앞에 전개되는 사물의 이치를 꿰뚫게 되면 천고(千古)의 영웅들이 모두 내 손아귀에 들어오게 되느니라.

〈풀이〉

* 정취(情趣) : 정조(情調)와 흥취(興趣)
* 오호(五湖) : 중원에 있는 다섯 개의 호수, 즉 파양호(鄱陽湖), 단양호(丹陽湖), 청초호(靑草湖), 동정호(洞庭湖), 태호(太湖)
* 연월(煙月) : 경치

＊ 천고(千古) : 아주 먼 옛날, 영구한 세월, 영원

돌멩이 하나, 모래 한 알, 풀 한 포기, 새소리, 벌레 소리 하나하나가 다 자연의 진리, 우주의 조화를 깨닫게 해 주는 열쇠이다. 지금 당장 이곳에서 눈앞에 전개되는 사물의 이치를 꿰뚫는다면 어떠한 난관이라도 장애가 될 수 없다.

모래 한 알의 모양새든 금강산 경치이든 물질의 기흥쇠망(起興衰亡)의 이치는 다를 게 없다. 먼지 한 알갱이 속에도 삼천 대천세계의 이치가 깃들어 있는 것이다. 그래서 나 자신의 심리의 움직임을 파악하고 나면 남의 심기를 간파할 수 있고 천고 이래의 영웅호걸들의 심리 역시 손금처럼 환하게 꿰뚫어 볼 수 있는 것이다.

237

산하대지(山河大地)도 우주 속의 한 알의 티끌에 지나지 않거늘, 하물며 그 티끌 속의 티끌에 지나지 않는 세상만물이겠는가. 피와 살로 된 몸뚱이도 한갓 물거품이요 그림자에 지나지 않거늘, 그림자 밖의 그림자에 지나지 않는 부귀영화겠는가. 이러한 도리를 꿰뚫는 최상의 지혜를 터득한 사람이 아니고는 세속의 욕망을 떠난 밝은 마음을 터득할 수 없느니라.

238

전광석화(電光石火)처럼 짧은 인생살이에서 길고 짧음을 다투어 본들 얼마만큼의 광음(光陰)을 얻을 수 있을 것이며, 달팽이 뿔 위에서 자웅(雌雄)을 겨루어 본들 얼마나 더 큰 세계를 차지할 수 있단 말인가?

〈풀이〉

＊ 광음(光陰) : 세월, 때, 시간

239

식어 버린 등잔에는 불꽃이 없고 다 떨어진 갖옷에는 온기가 없으니 이 모두가 삭막한 풍경이로다. 몸은 마른 나무와 같고 마음은 식은 재와 같으니 완공(頑空)에 빠져든 것이 틀림없도다.

〈풀이〉

＊ 갖옷 : 모피로 안을 댄 옷

＊ 완공(頑空) : 색(色)은 공(空)이라는 것만 알고 공은 색이라는 것, 즉 진공묘유(眞空妙有)를 터득하지 못한 순전한 공허(空虛)다. 구도의 바탕은 마땅히 이타심(利他心)이어야 하는데, 남이야 어떻게 되든 상관없이 나 혼자만 깨닫고 보자는 순전한 이기심이 동기가 되어 수련을 할 때 빠지기 쉬운 함정이다.

240

수행(修行)을 하기로 했으면 당장에 실천하라. 만약 수행할 생각이 있으면서도 세상에 대한 미련을 버리지 못한다면 결혼식 뒤에도 할 일이 줄 잇는 것과 같이 해야 할 일은 끝이 없다. 승려나 도인이 되는 것이 비록 좋다고 해도 마음속에 세속의 욕망이 그대로 남아 있으니까 이런 일이 벌어지는 것이다.

옛사람이 말했다. "지금 수행을 시작하려거든 당장 시작하라. 만약에 세상 욕심이 없어질 때를 기다린다면 그러한 때는 영원히 오지 않으리라." 참으로 정곡을 찌른 탁견(卓見)이로다.

〈풀이〉

＊ 탁견(卓見) : 탁월한 견해, 훌륭한 의견

241

냉정한 마음으로 열광했던 때를 살펴본 뒤에야 정열에 이끌려 날뛰었던 것이 무익한 일이었음을 알게 되고, 번거로움 속에서 한가로움 속으로 들어가 본 뒤에야 한중(閒中)의 즐거움이 유장(悠長)함을 깨닫느니라.

〈풀이〉

＊ 한중(閒中) : 한가한 가운데
＊ 유장(悠長) : 길고 오램, 침착하여 성미가 느릿함, 서두르지 않음

242

부귀를 뜬구름으로 보는 고고한 기풍을 지녔다면 구태여 깊은 산속의 바위굴 속에서 은둔생활을 할 필요는 없고, 산수(山水)를 즐기는 고벽(痼癖)이 없더라도 늘 술과 시를 즐길 수 있는 멋이 있으면 되리라.

〈풀이〉

도를 깨달아 어떠한 경우에도 마음이 흔들리지 않을 수 있는 경지에 든 사람이라면 구태여 깊은 산 토굴 속에서 구차하게 살기보다는 중생들과 어울려 살면서 하화중생(下化衆生)하는 것이 마땅하다.

＊ 고벽(痼癖) : 고질적인 버릇

243

명리(名利)를 다투는 일일랑 남에게 맡겨두고 그들이 명리에 취한다 해도 혐오하지 않으리라. 고요하고 담박함은 내 적성에 알맞으니 나 홀로 깨어 있음을 자랑하지 않으리라. 이것은 석가모니의 이른바 "법에 얽매이지 않고 공에 얽매이지 않으니 몸과 마음이 자재(自在)하도다"라는 것이다.

〈풀이〉

＊ 자재(自在) : 저절로 있음, 속박과 통제를 받지 않는 자유로움

244

길고 짧은 것은 한 생각에 달려 있고, 넓고 좁은 것은 한 치의 마음먹기에 달려 있다. 그러므로 마음이 한가로운 사람에게는 하루가 천년처럼 아득하고, 뜻이 드넓은 사람에게는 콧구멍만한 방도 천지와 같이 넓으니라.

245

물욕을 줄이고 줄여 매일 꽃과 대나무를 가꾸며 살아가다 보면 일체의 번뇌망상에서 깨끗이 벗어나리라. 잊을 수 없는 시비까지 다 잊고, 향 피우고 차 달이노라면 세상일 아득히 멀어지고 무아의 경지에 들리라.

246

눈앞에 닥쳐오는 모든 사태에 만족할 줄을 알면 선경(仙境)이요 만족한 줄을 모르면 범경(凡境)이로다. 세상에 일어나는 모든 사건의 실마리를 잘 활용하면 만물을 살리는 기틀이 되지만, 잘 활용하지 못하면 만물을 죽이는 계기가 될 것이니라.

〈풀이〉
* 범경(凡境) : 보통 장소, 속계(俗界)
* 기틀 : 기회, 계기

247

권력에 대한 아부로 야기되는 앙화(殃禍)는 매우 참담하고 신속하지만, 마음을 비우고 평상심을 지키는 삶은 담박하면서도 영원할 것이니라.

248

소나무 우거진 시냇가를 지팡이 짚고 혼자 오르다 멈춰 서니 구름이 내 옷자락 속으로 파고들었구나. 대나무 창 밑에 책을 베개 삼아 비스듬히 누웠다가 깨어 보니 어느덧 찬 달이 담요 속에 스며들었도다.

249

색욕(色慾)이 불길처럼 치밀다가도 과색(過色)으로 병들었을 때를 생각하면 흥분은 식은 재처럼 식어 버리고, 명리(名利)가 꿀처럼 달다가도 이것이 원인이 되어 죽음의 재앙이 이를 것을 생각하면 입맛이 백랍(白蠟)을 씹는 것 같으니라. 그러므로 사람은 항상 죽음을 걱정하고 병을 근심하면서 색욕과 명리의 환상에서 깨어나 도심을 키우게 되느니라.

250

명리(名利)를 위해 앞을 다투는 길은 비좁으니 한 걸음 물러서면 길은 그만큼 넓어지고, 진하고 맛있는 음식은 금방 싫증이 나지만 그 맛을 조금 담박하게 한다면 그만큼 오래 싫증을 내지 않게 되리라.

251

바쁠 때 성정(性情)을 어지럽히지 않으려면 마땅히 한가할 때에 맑은 심신을 기를 것이요, 죽을 때에 공포심에 시달리지 않으려면 살아 있을 때에 사물의 진상을 꿰뚫었어야 하느니라.

252

숲속에 숨어 사는 사람에겐 영욕(榮辱)이 있을 리 없고, 도의(道義)를 존중하는 사람에게는 달면 삼키고 쓰면 뱉는 염량세태(炎凉世態) 같은 것이 있을 리가 없느니라.

253

더위는 없앨 수 없다 해도 더위로 인한 번뇌를 없앨 수 있다면 그 사람은 항상 서늘한 정자(亭子)에 있을 것이고, 가난은 쫓을 수 없다고 해도 가난에서 오는 근심을 쫓을 수 있다면 그는 언제나 편안한 집안에서 살리라.

254

일이 순조롭게 잘 나아갈 때에 한 걸음 물러설 것을 생각하면 양이 뿔로 울타리를 들이받아 오도 가도 못하는 궁지에서 벗어날 수 있고, 무슨 일에 손을 댈 때 먼저 손을 뗄 것을 생각하면 엉겁결에 호랑이 등에 올라탔을 때 내리자니 호랑이에게 잡아먹힐 것 같고 그대로 있자니 위험하기 짝이 없는 진퇴양난의 재앙을 피할 수 있으리라.

255

이득을 탐하는 자는 금(金)을 받으면 옥(玉)을 더 받지 못한 것을 한탄하고 공작(公爵)에 봉해지면 후작(侯爵)을 더 받지 못한 것을 원망하나니, 이것은 권문호족(權門豪族)들이 스스로 거지 노릇을 자청한 격이 아닐 수 없다. 만족함을 아는 자는 비록 명아주국도 쌀밥에 고깃국보다 더 맛있어하고, 베옷도 여우와 담비 털옷보다 더 따뜻하게 여기니 평민일망정 왕공(王公) 부럽지 않느니라.

256

이름을 자랑하는 것이 어찌 이름을 숨기는 취미만 하겠으며, 일에 능숙하여 분주한 것이 어찌 한가한 여유에 비할 수 있으리오.

〈풀이〉

명예와 재능이 온 세상에 알려진 사람은 항상 예정된 시간표에 쫓겨서 분초를 다투는 분주한 생활 속에 부대끼다가 한평생을 마치게 된다. 언제 수행을 하고 구도를 할 틈이 있겠는가? 스스로 이룩한 명예와 재능에 쫓기기만 할 것이 아니라 이를 스스로 관장하여 구도의 방편으로 삼을 수 있을 때 이것들은 비로소 빛을 낼 수 있다.

257

정적(靜寂)을 좋아하는 자는 흰구름, 그윽한 바위를 보고 현묘한 도리에 통하며, 영리(營利)를 추구하는 자는 청아한 노래, 기묘한 춤사위를 보고 피곤을 잊는다. 오직 진리인 하나를 깨달은 자만이 시끄러움과 고요함을 따지지 않으며, 영고성쇠(榮枯盛衰)를 가리지 않고 천지 공간 어디를 가더라도 유유자적(悠悠自適)할 수 있느니라.

258

외로운 한 조각구름 산골짜기에 피어나,
가고 머무름에 걸림이 없고,
밝은 달은 하늘에 높이 걸려,
고요함과 시끄러움 양쪽 다 상관 않는구나.

259

유장(悠長)한 맛은 향기로운 술에서 얻는 것이 아니고 콩 씹고 물 마시는 검소한 생활에서 얻으며, 그리운 회포는 메마르고 적막한 데서 생기는 것이 아니라 퉁소를 만지고 거문고 고르는 음악에서 생기나니, 진실로 짙은 맛은 항시 그때뿐이고 담박한 취미만이 홀로 참됨을 알리로다.

260

선종(禪宗)에 이런 말이 있다.
"배고프면 밥 먹고 피곤하면 잠잔다."
시(詩)를 해설한 글에 다음과 같은 것이 있다.
"눈앞의 경치는 얘기하듯 쉽게 표현하라."
그러므로 지극히 높은 것은 지극히 낮은 것 속에 감춰져 있고, 지극히 어려운 것은 지극히 쉬운 데서 나온다. 일부러 도를 구하려 하면 오히려 도에서 멀어지고, 무심(無心)으로 도를 구하는 자에겐 도리어 도 쪽에서 가까이 다가오느니라.

261

걸리는 것이 없으면 물은 흘러도 소리가 없는 것처럼, 우리도 시끄러운 곳에 있어도 마음에 걸림이 없으면 평온을 유지할 수 있다. 산이 높아도 구름은 거리낌 없듯이 우리는 유(有)에서 무(無)를 깨닫는 계기를 잡아 유무(有無)에 걸림이 없어야 하느니라.

262

숲이 비록 좋은 경승지(景勝地)라고 해도 한번 영리에 이용당하면 곧 시장 바닥이 되고, 서화(書畵)가 비록 고아(高雅)하다 해도 한번 탐욕스런 손을 타면 비천한 상품으로 전락된다. 마음이 세속에 물들지 않고 집착에서 떠나면 욕계(欲界)도 선계(仙界)가 될 것이고, 마음에 집착이 있으면 낙경(樂境)도 고해(苦海)가 될 것이니라.

〈풀이〉

정토(淨土)를 얻으려거든 마음을 정(淨)하게 하라. 정(淨)한 마음이 곧 불정토(佛淨土)이다. 마음이 깨끗하면 어디에 가든지 극락 아닌 곳이 없다.

263

시끄럽고 번잡한 때에는 평소에 기억했던 것도 멍청하게 잊어버리고, 맑고 고요한 곳에 있으면 지난날에 잊어버렸던 것도 뚜렷하게 기억에 떠오른다. 고요함과 시끄러움이 조금만 달라도 정신의 맑음과 흐림에 큰 차이가 있음을 알 수 있느니라.

264

갈대꽃 날리는 속에 눈밭에 누워 구름을 이불 삼고 잠들지라도, 방 하
나 가득 맑고 깨끗한 본심을 보전할 수 있고, 죽엽(竹葉) 술잔 기울이며
음풍농월(吟風弄月)하노라면 만장홍진(萬丈紅塵)을 떠날 수 있으리라.

〈풀이〉
* 음풍농월(吟風弄月) : 맑은 바람과 밝은 달에 대하여 시를 짓고 즐
  겁게 놂
* 만장홍진(萬丈紅塵) : 만길이나 되도록 하늘 높이 뻗쳐 오른 먼지
  로 뒤덮인 속세(俗世)

265

고관(高官)들의 행렬 속에 대나무 지팡이 짚은 한 선인(仙人)이 끼어
든다면 한결 고아(高雅)한 풍미(風味)를 더해 주련만, 어부와 나무꾼이
다니는 길목에 관복 입은 벼슬아치가 서 있다면 오히려 상당한 속기(俗
氣)를 더하리니, 농밀(濃密)함이 담박함을 이길 수 없고 속됨이 청아(淸
雅)함만 못함을 알리로다.

266

속세를 벗어나는 길은 세상을 살아가는 가운데에 있는 것이지 반드시 남과 인연을 끊고 세상을 등질 필요까지는 없으며, 마음을 깨닫는 공부는 성심을 다하는 과정 속에 있는 것이지 꼭 욕심을 끊어 마음을 식은 재처럼 만들 필요는 없느니라.

〈풀이〉

무슨 일이든지 지나친 것은 모자라는 것과 같다. 즉 과유불급(過猶不及)인 것이다. 그러므로 수행도 과부족의 양단을 동시에 수용하는 중도(中道)를 지켜야 한다.

267

내 몸이 유유자적할 수 있다면 누가 감히 나를 영욕(榮辱)과 득실(得失) 따위로 부려먹을 수 있을 것이며, 내 마음이 늘 고요하고 평안하다면 누가 감히 나를 시비(是非)와 이해(利害)로 속여먹을 수 있단 말인가?

268

대나무 울타리 밑에서 홀연 개 짖고 닭 우는 소리 듣노라면 마치 구름속의 선경(仙境) 같고, 서창(書窓)에서 늘 매미 우는 소리, 까치 우짖는 소리 들으면 평온 속의 별천지 속임을 알겠도다.

〈풀이〉
＊ 서창(書窓) : 서재의 창

269

내가 부귀영화를 바라지 않거늘 어찌 명리(名利)의 향기로운 미끼에
걸릴 걱정을 하며, 내가 진급(進級)을 다투지 않거늘 어찌 벼슬자리의
위기(危機)를 두려워하랴.

270

산림(山林)과 산수(山水) 사이를 거니노라면 세속의 때는 점점 벗겨지
고, 시서(詩書)와 도화(圖畵)를 감상하다가 보면 속기(俗氣) 역시 시나브
로 빠져나간다. 그러므로 군자는 비록 진기한 물건에 미혹당하지 않는다
해도 수시로 부딪치는 경우를 선용(善用)하여 마음을 가다듬어야 하느
니라.

271

봄날의 기상은 화창하여 마음을 즐겁게 하지만 가을의 흰구름, 맑은 바람, 난(蘭)과 계수나무 향기, 물과 하늘이 한 빛이 되어 심신을 다 같이 맑고 상쾌하게 해 주는 것만 같지 못하니라.

〈풀이〉

"속인은 봄을 즐기지만 철인(哲人)은 가을을 즐긴다"는 말을 연상케 하는 대목이다.

272

일자무식(一字無識)의 문맹자라고 해도 시심(詩心)이 있는 사람은 시인(詩人)의 참멋을 터득할 것이고, 한 구절의 화두(話頭)를 참구(參究)하지 않았다고 해도 선심(禪心)이 있는 사람은 선종(禪宗)의 현묘한 기틀을 깨닫게 될 것이니라.

〈풀이〉

도를 깨닫는 것은 어렵고 복잡한 지식이나 미사여구(美辭麗句) 속에 있는 것이 아니고 욕심을 비우고 이타심으로 마음을 채운 사람의 의식 속에 있는 것이다. 불립문자(不立文字), 교외별전(敎外別傳), 직지인심(直指人心), 견성성불(見性成佛)은 이것을 말하는 것이다.

273

마음이 흐트러진 사람에게는 활 그림자도 뱀으로 보이고 누운 바위는 엎드린 호랑이로 보이나니, 모두가 살기(殺氣)에 차 있을 뿐이로다. 그러나 마음이 평온한 사람에게는 흉악무도한 악인도 그지없이 선량한 사람으로 보이고 개구리 울음소리도 즐거운 음악이 되니, 부딪치는 모든 것에서 진리를 깨닫는 기틀을 보느니라.

274

몸은 매이지 않는 배와 같아야 자유자재하게 물 흐르는 대로 가기도 하고 멈추기도 한다. 마음은 이미 재로 변한 나무와 같아야 칼로 쪼개는 고통을 당하든 향을 바르는 칭찬을 듣든 아무런 동요도 일으키지 않느니라.

275

꾀꼬리 소리를 들으면 즐거워하고 개구리 소리를 들으면 시큰둥하고, 꽃을 보면 가꾸고 싶고 풀을 보면 뽑고 싶은 것이 인지상정(人之常情)이다. 그러나 이것은 단지 사물을 겉만 보고 내린 경솔한 판단에 지나지 않는다. 하늘이 내려 준 본성으로 사물을 본다면 어느 것인들 각자의 맡겨진 하늘의 사명을 보여 주지 않는 것이 어디 있으며, 삶의 본뜻을 펴지 않는 것이 어디 있겠는가.

276

머리카락 빠지고 이가 성기는 것은 허깨비 같은 몸뚱이의 노쇠 현상에 지나지 않으니 그대로 내버려 두라. 그리고 새 울고 꽃 피는 끊임없는 자연의 순환 속에서 자성(自性)은 영구불멸의 진리임을 알아야 하느니라.

277

마음속에 욕심이 가득찬 사람은 차가운 연못 속에서도 들끓는 파도 속에 있는 것 같고, 고요한 숲속에서도 안절부절이다. 그러나 마음을 비운 사람은 한여름 더위 속에서도 서늘한 기운을 느끼고, 시장 바닥에서도 시끄러움을 모르느니라.

278

재산이 많은 사람일수록 재산을 잃을까 근심 걱정이 많다. 이것으로 보아 부자가 반드시 가난한 자의 무사태평을 따를 수 없다. 높은 곳에 올라간 사람일수록 떨어질 위험이 많다. 그러므로 고귀한 자가 반드시

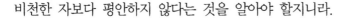

비천한 자보다 평안하지 않다는 것을 알아야 할지니라.

279

새벽 창가에서 주역(周易)을 읽고 솔숲의 이슬로 주묵(朱墨)을 간다. 한낮에 책상 앞에 앉아 불경을 읽노라면 대숲에서 불어온 바람이 풍경을 흔드는구나.

280

화분에 심어진 꽃은 결국은 생기를 잃고 새가 새장 안에 갇히면 발랄한 생명력이 줄어드나니, 이는 산속의 꽃들이 어울려 현란한 꽃무늬를 이루고 새들이 자유자재로 날면서 유연한 생의 묘미를 느끼게 하는 것만 같지 못하니라.

281

세상 사람들은 그저 모든 것을 자기 본위로만 생각하여 "나"만이 제일이라고 여기므로 갖가지 기호(嗜好)와 번뇌가 싹튼다. 옛사람은 말하기를 "내가 존재하여 무엇이든 소유해야 한다는 것을 알지 못한다면 어찌 재물이 귀하다는 것을 알겠는가" 하고 말했다. 또 이르기를 "이 몸이 참나가 아니라는 것을 알면 어찌 번뇌가 침입할 수 있겠는가" 했다. 참으로 정곡을 찌른 올바른 말이로다.

282

노인의 처지에서 젊은이를 보면 서로 아귀다툼하는 이기심을 없앨 수 있고, 쇠락(衰落)한 자의 입장에서 부귀영화에 들뜬 자를 바라보면 사치와 낭비를 끊을 수 있을 것이다.

283

인정세태(人情世態)란 언제 어떻게 변할지 알 수 없는 것이므로 너무 한곳에 집착할 필요가 없느니라. 요부(堯夫)는 말했다. "지난날 내 것이 었던 것이 오늘날 저 사람 것이 되었으니 모를 일이로다. 오늘의 내 것이 뒷날 또 누구의 것이 될 것인가." 사람이 항상 이러한 생각을 하게 되면 가슴속에 맺힌 온갖 속박에서 벗어날 수 있으리로다.

〈풀이〉

＊ 요부(堯夫) : 송나라의 유학자 소강절

284

복잡한 속에서도 조금만 냉철한 눈으로 사물을 관찰해도 수많은 고민이 사라질 것이며, 냉혹한 환경 속에서도 약간의 열심(熱心)만 낸다면 허다한 진실을 깨닫게 될 것이니라.

285

한쪽에 즐거운 경지가 있으면 다른 한쪽에는 즐겁지 않은 경지가 있어서 서로 대조를 이루고, 하나의 좋은 광경이 있으면 또 하나의 좋지 않은 광경이 있어서 서로 상쇄(相殺)가 된다. 그러므로 오로지 평범한 식사와 벼슬 안 하는 생활이라야 비로소 안락한 경지니라.

286

난간에 쳐진 발을 높이 걷어 올리고 푸른 산과 파란 물이 구름과 안개를 삼켰다가 토해 내는 것을 바라보고, 천지가 자재(自在)하고 대나무 우거진 곳에 제비가 새끼 치고, 비둘기 울어 세월을 보내고 맞음을 알게 되면 사물과 나를 다 같이 잊게 됨을 알겠도다.

287

성공이 있으면 반드시 실패가 있다는 것을 알면 성공에 지나치게 집착하지 않을 것이고, 태어남이 있으면 반드시 죽음이 있다는 것을 알면 너무 삶에 매달리려고 기를 쓰는 일이 없게 될 것이니라.

288

옛 고승(高僧)이 말했다. "대 그림자가 섬돌을 쓸어도 먼지가 일어나지 않고, 달빛이 못 속을 뚫어도 물에는 아무 흔적이 없다"고 했다. 또 어떤 유자(儒者)는 말했다. "흐름이 빨라도 주위는 항상 고요하고, 꽃이 비록 자주 떨어져도 꽃의 본뜻은 한가롭기만 하구나." 사람이 항상 이러한 이치를 지니고 산다면 사물에 대처하는 데 얼마나 몸과 마음이 자유로울 것인가?

289

숲 사이의 솔바람 소리, 바위에 떨어지는 샘물 소리를 고요한 가운데 듣고 있노라면 그것이 천지자연의 음악임을 알게 되고, 풀숲 위의 아지랑이와 물속에 비친 구름 그림자를 한가로이 살피고 있노라면 그것이 건곤(乾坤) 최상의 문장임을 알겠노라.

〈풀이〉

＊ 건곤(乾坤) : 천지, 우주

290

눈으로 서진(西晉)의 폐허를 보고도 모자라 칼날의 푸른 서슬을 자랑하며, 몸은 북망(北邙)의 여우나 토끼의 밥이 될 것인데도 아직도 황금을 아까워하는구나. 옛말에 "사나운 짐승은 길들이기 쉬워도 사람의 마음은 항복받기 어렵고, 골짜기는 메우기 쉬우나 사람의 마음은 채우기 어렵다"고 한 것은 참말이로다.

〈풀이〉

＊ 서진(西晉) : 사마염(司馬炎)이 위(魏)를 멸망하고 세운 왕조
＊ 북망(北邙) : 낙양(洛陽) 북쪽 10리쯤에 있는 대규모 공동묘지

291

마음속에 풍파가 없으면 이르는 곳마다 청산녹수(靑山綠樹)요, 천성(天性) 속에 화육지심(化育之心)이 있으면 어디에 가든지 물고기가 뛰놀고 소리개가 날아오를 것이니라.

〈풀이〉

＊ 청산녹수(靑山綠樹) : 푸른 산에 파란 나무가 우거진 청정(淸淨)하
 고 고요하고 아늑한 곳

＊ 화육지심(化育之心) : 만물을 기르는 마음, 즉 자비심

292

고위 관직에 있는 사람이라도 도롱이에 삿갓 쓴 백성들의 걱정 근심
없는 생활 모습을 보면 부러워하지 않을 수 없을 것이며, 고대광실(高臺
廣室)에서 떵떵거리며 잘사는 부자라도 성긴 발 드리우고 깨끗한 책상
앞에 앉아 있는 선비의 유연(悠然)한 고요함과 맞닥뜨리면 반드시 그리
운 회포를 품지 않을 수 없을 것이다. 사람들은 어찌 화우(火牛)로 쫓고
풍마(風馬)로 꾀어낼 줄만 알았지 본성에 맞게 유유자적할 줄 모르는가.

〈풀이〉

전두환 전 대통령이 추운 겨울날 백담사로 유배를 떠나면서 얼마나
노심초사했던지 "오손도손 그날그날의 일상을 큰 근심 걱정 없이 살아가
는 서민들의 삶이 한없이 부럽다"고 한 말이 생각나는 대목이다.

＊ 화우(火牛) : 전국(戰國) 시대에 제(齊)나라의 장수 전단(田單)이
 꼬리에 불을 댕겨서 연(燕)나라 군대를 공격할 때 이용한 소를 일
 컫는다.

＊ 풍마(風馬) : 암내 난 말

293

물고기는 물속에서 헤엄을 치건만 물을 잊고, 새는 바람을 타고 날건만 바람을 모른다. 우리도 이러한 이치를 알면 사물의 얽매임에서 벗어나 대자연의 기틀을 마음껏 즐길 수 있으리라.

294

여우는 무너진 섬돌 위에 잠들고 토끼는 황폐한 전각(殿閣) 속을 달린다. 왕년에 미희가 노래하고 춤추던 곳이었건만 지금은 국화(菊花)에 찬이슬 내리고 안개는 시든 풀 위에 감돌고 있구나. 이 모두가 한때 천하를 다투던 피투성이의 싸움터였다. 성쇠(盛衰)와 강약(强弱)이 어찌 한 자리에 머물러 있을 수 있겠는가? 이것을 생각하면 마음은 불 꺼진 재처럼 싸늘하게 식는구나.

295

영욕(榮辱)을 떠나 한가롭게 뜰 앞에 피고 지는 꽃을 보고, 떠나고 머무름에 무심한 채 우연히 하늘 밖의 구름 걷히고 피어오름을 본다.

〈풀이〉

칭찬과 비난, 영예와 굴욕, 승진과 해고, 부귀와 가난 따위가 마치 꽃이 피고 지는 것 같기도 하고, 구름이 걷히고 피어오르는 것처럼 무상한 것으로 보고 이에 개의치 않는 유유자적한 도인의 생활을 읊고 있다.

296

맑은 하늘에 달 밝은 밤인데 어디인들 날아가지 못하랴만은 부나비는 제 홀로 촛불에 몸을 던지고, 맑은 샘, 파란 풀, 무엇인들 마시고 먹지 못하랴만은 올빼미는 유독 썩은 쥐를 탐하나니. 아아, 세상에 부나비나 올빼미 아닌 자 그 몇이나 되랴.

297

뗏목에 오르자마자 뗏목 버릴 것을 생각하면 이 사람은 틀림없이 마음에 얽매임 없는 도인이로다. 그러나 나귀를 타고도 또 다른 나귀를 찾는다면 이 사람은 영락없는 엉터리 선사(禪師)로다.

298

권세와 부귀를 지닌 자들이 용처럼 날뛰고 영웅들이 범처럼 다투는 것을 냉철한 눈으로 바라보면, 개미가 비린 음식에 꼬여 들고 파리가 다투어 피를 빨아먹는 것 같구나. 시비가 벌떼처럼 일어나고 이해득실에 신경을 고슴도치 바늘 세우듯 하는 것을 냉정하게 판단해 보면, 풀무질로 쇠를 녹이고 끓는 물로 눈을 녹이듯 온갖 인생고(人生苦)를 속 시원하게 해결할 수 있느니라.

299

물욕에 얽매이면 내 삶의 비애를 느끼게 되고 진정으로 본성을 따르는 생활을 하게 되면 삶의 즐거움을 터득하게 되리라. 삶의 애달픔을 알면 세속의 욕망이 사라질 것이며 삶의 즐거움을 알면 성인(聖人)의 경지에 저절로 이르게 될 것이니라.

300

가슴속에 추호의 물욕도 없다면 온갖 번뇌는 화롯불에 눈 녹고 햇볕에 얼음 녹듯이 사라질 것이며, 눈앞에 스스로 한 점 진리의 밝은 빛을 볼 수 있다면 푸른 하늘에 떠 있는 달과 그 그림자가 파도 위에 떠 있는 것과 같은 청정한 경지를 맛볼 수 있으리라.

301

시(詩)의 영감(靈感)은 파능교(灞陵橋) 위에 있나니, 시흥(詩興)이 일었다 하면 숲과 바위와 계곡이 모두 다 훌륭한 소재 아닌 것이 없도다. 대자연의 흥취(興趣)가 경호(鏡湖)의 굽은 호숫가에도 있나니, 홀로 이곳을 오가노라면 산천이 서로 비춰주는 영상(映像)을 절로 얻게 되느니라.

〈풀이〉

* 파능교(灞陵橋) : 장안(長安) 동쪽 칠십 리에 있는 파수(灞水) 위에 놓여진 다리. 당나라 재상이며 시인인 정계(鄭綮)에게 어떤 사람이 요즘 새로 지은 시가 있는가 물었더니 "시상(詩想)은 파능교 풍설(風雪) 속의 나귀 등에 있다"고 했다 한다. 다시 말해서 속세를 떠나 마음을 툭 털어놓고 대자연을 있는 그대로 받아들이는 것 자체가 시(詩)라는 뜻이다.

* 경호(鏡湖) : 절강성(浙江省) 소흥현에 있는 호수

302

오래 엎드릴 수 있는 새가 높이 날아오르고 먼저 핀 꽃이 일찍 지나니, 이 이치를 알면 가히 실족(失足)을 면할 것이고 조급증에서 벗어날 수 있으리라.

〈풀이〉

오랜 준비 기간에 걸쳐 충분한 실력을 쌓은 사람은 크게 성공하여 오랫동안 그 명성을 유지할 수 있고, 아무 실력도 없이 일찍 두각을 나타

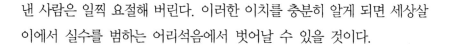

낸 사람은 일찍 요절해 버린다. 이러한 이치를 충분히 알게 되면 세상살이에서 실수를 범하는 어리석음에서 벗어날 수 있을 것이다.

303

나무는 잎이 져서 앙상한 가지와 뿌리만 남은 뒤에야 비로소 꽃과 꽃받침과 잎사귀가 다 헛된 영화(榮華)임을 알게 되고, 사람은 죽어서 관뚜껑을 덮은 뒤에라야 자녀와 재산이 모두 다 헛것임을 알게 되느니라.

304

참다운 공(空)은 공(空)이 아니고, 형상(形相)에 집착하는 것도 진실이 아니며, 형상을 깨트리는 것도 진실이 아니니라. 그렇다면 세존(世尊)은 뭐라고 말했는지 알아보자.

"속세에 살되 속세를 벗어나라. 욕정을 따르는 것도 고통이요, 욕정을 끊는 것도 고통이니라" 하고 그는 말했다. 그런즉 우리는 이러한 이치를 터득하여 속세에 살면서도 속세를 벗어나는 공부를 제대로 해야 할 것이다.

305

열사(烈士)는 천승(千乘)의 나라도 마다하고 욕심쟁이는 돈 한 푼을 놓고 다투는 데서 인품(人品)은 하늘과 땅의 차이가 나지만, 명예를 탐하는 것과 이익을 챙기는 것은 근본적으로 다를 것이 없느니라. 천자(天子)는 국가를 다스리고 거지는 아침저녁 끼니를 구걸하는데 그 신분은 하늘과 땅의 차이가 나지만, 나라 다스림의 애타는 심사와 끼니 구걸하는 초조한 목소리와 다른 것이 무엇이란 말인가.

306

세상일을 모조리 다 맛본 사람은 변화무쌍한 인정세태에 모든 것을 다 맡겨 버리고 애써 따지려 들지 않는다. 인정(人情)의 기미(機微)를 꿰뚫어 본 사람은 어떤 칭찬이나 비난에도 아랑곳하지 않는다.

307

요즘 사람들은 오직 무념(無念)을 구하지만 결국은 누구에게나 생각이 없을 수는 없다. 다만 지나간 일에 집착하지 않고 앞으로 닥쳐올 일에 연연하지 않으면서, 단지 현재에 일어난 인연을 그때그때 해결해 나간다면 점점 무념의 경지에 들어갈 수 있으리라.

308

우연히 깨달음을 얻게 되었을 때 사람은 무한한 희열을 느끼게 되고, 사물은 자연스런 상태에서 나와야만 참다운 조화의 묘미를 보여 준다. 추호라도 인위(人爲)를 가하면 진미(眞味)는 크게 떨어진다. 백낙천(白樂天)은 말했다. "뜻은 무위자연(無爲自然)에 맡겨야만 편안하고, 바람은 저절로 불어야만 상쾌한 맛을 준다." 참으로 그럴듯하지 않은가.

〈풀이〉

＊ 백낙천(白樂天) : 당나라의 시인

309

천성(天性)이 맑은 사람은 배고프면 밥 먹고 목마르면 물 마셔도 심신(心身)이 건강해지지 않을 수 없지만, 마음이 물욕에 사로잡힌 사람은 제아무리 선(禪)을 논하고 게(偈)를 강연한다 해도 정신과 영혼을 희롱하여 피곤케 할 뿐이니라.

〈풀이〉

＊ 선(禪) : 참선(參禪)
＊ 게(偈) : 부처의 진리를 읊은 시구(詩句)

310

사람의 마음속에 진리의 맑은 경지가 자리잡으면 거문고와 피리가 아니더라도 스스로 고요하고 즐거울 수 있으며, 향 피우고 차 끓이지 않아도 그의 몸에서 저절로 맑은 향기가 배어 나온다. 모름지기 생각을 맑게 하고 근심 걱정에서 벗어나 온갖 집착을 다 비워 버리면 비로소 그 가운데서 소요(逍遙)할 수 있느니라.

〈풀이〉

＊ 소요(逍遙) : 진리의 경지 속에서 유유자적하는 것

311

황금은 광석에서 캐낸 것이고 옥은 돌에서 나온 것처럼, 광석이나 돌과 같은 몽환(夢幻)의 현실 세계를 거치지 않고는 진리를 구할 수 없다. 술 마시는 곳에서도 도인을 만날 수 있고 가무(歌舞) 속에서도 신선을 만날 수 있는 것은, 그것이 비록 고아(高雅)한 것 같지만 속세를 떠나서는 있을 수 없는 것이다.

〈풀이〉

진리를 구한답시고 세속을 깡그리 외면해 버리면 도리어 편벽(偏僻)으로 흘러 진리와는 멀어진다. 세속에 살면서도 세속에 빠져들지 않고 세속을 극복하는 것, 다시 말해서 온갖 인심세태를 거치면서 단련되는

동안에 여기서 벗어나는 것이 참된 구도(求道)이다.

312

천지 사이의 모든 것, 인간 상호 간의 온갖 감정, 세계 곳곳에서 일어나는 모든 사건들은 속인의 눈으로 보면 여러 가지가 뒤섞여서 서로 다르게 보이지만, 도인의 눈으로 보면 온갖 것들이 다 한결같다. 그런데 수고스럽게 무슨 분별이 필요하고 취사선택이 있을 수 있단 말인가?

313

명리(名利)를 떠나 진기(眞氣)가 발동하면 베 이불 속에서도 천지를 안정시키는 중화(中和)의 기운을 얻을 수 있고, 맛을 초월할 수 있으면 명아주국과 보리밥을 먹고도 인생의 담박한 참맛을 알 수 있으리라.

314

얽매임도 해탈도 오직 마음 하나에 달려 있나니 마음을 깨달으면 푸주간과 술집도 어느덧 극락정토가 될 것이고, 그렇지 않으면 거문고, 학, 기화요초와 벗 삼아 비록 그 취미가 청아(淸雅)하다고 해도 끝내 마장(魔障)에서 벗어나지 못하리라. 옛말에 "마음을 안정시킬 수 있으면 마경(魔境)도 진경(眞境)이 되고, 깨닫지 못하면 승가(僧家)도 속가(俗家)가 된다"고 하였으니, 이 어찌 믿을 만한 말이 아닐 수 있겠는가.

〈풀이〉

* 승가(僧家) : 절, 사찰

315

콧구멍만한 방안에 살지라도 만 가지 근심 걱정을 다 버릴 수 있다면, 단청(丹靑) 올린 들보에 구슬발 드리운 고대광실에서 비 내리는 바깥 광경을 내다보는 호사 따위가 무슨 소용이 있겠는가? 술 석 잔에 참마음을 터득할 수 있다면 오직 달빛 아래 거문고 타고 피리 불어 바람에 실어 보낸들 부러울 것이 무엇이겠는가.

316

만뢰(萬籟)가 고요한 가운데 어디선가 문득 새소리 들려오면 불현듯 그윽한 운치가 느껴져 흥이 저절로 솟아나고, 온갖 초목이 시들어 떨어진 뒤에도 홀연 빼어난 꽃 한 송이 매달려 있는 것을 보면 무한한 생기를 느끼게 된다. 이것으로 보아 타고난 인간의 본성은 언제나 마르는 법이 없고, 그 신령스러운 기운은 외계의 사물에 접하면 언제나 일촉즉발(一觸卽發)의 생기를 발할 수 있음을 알 수 있다.

317

백낙천(白樂天)은 "인생이란 자기의 심신을 놓아 버려 천지조화에 맡기는 것이 차라리 낫다"고 했고, 조보지(晁補之)는 "인생이란 자기의 마음을 단속하여 적정(寂靜)에 드는 것이 제일이다"라고 했다.

그러나 지나치게 놓아 버리기만 하면 방종에 흐르기 쉽고, 과도하게 단속만 하면 고적(孤寂)으로 흐르기 쉽다. 오직 심신을 잘 조절하여 한쪽으로 치우치지 않는 것만이 방임과 단속을 자기의 마음대로 할 수 있는 칼자루의 주인이 될 수 있느니라.

〈풀이〉

＊ 조보지(晁補之) : 송나라 사람

318

눈 내리는 포근한 밤이나 교교한 달밤을 대하면 마음이 그지없이 맑아지고, 온화한 봄바람을 만나면 심정이 한없이 부드러워지나니, 대자연의 조화(造化)와 인심은 한데 어울려 빈틈이 없느니라.

〈풀이〉

마음을 비운 사람, 명리(名利)를 떠난 사람은 언제나 대자연과 혼연일체가 될 수 있다. 사람의 마음은 본래 우주와 한 몸이라는 것을 이것만 보아도 알 수 있다.

319

문장은 졸(拙)함으로써 발전하고 도(道)는 졸함으로써 이루어진다. 따라서 이 "졸(拙)" 자에는 무한한 의미가 담겨 있다. "도원(桃源)에서 개가 짖고 뽕나무 밭에서 닭이 운다"는 묘사는 얼마나 순박한가. 또한 "연못에 차가운 달이 떠 있고 고목에서 까마귀 운다"는 묘사는 교(巧)한 흔적은 보이나 쓸쓸하고 처량한 느낌을 준다.

〈풀이〉

＊ 졸(拙) : 졸렬하면서도 성실하고 순박함을 뜻한다.

＊ 교(巧) : 냉철한 기교(技巧)를 의미한다.

여기서는 교(巧)가 졸(拙)보다는 못하다는 것을 말해 주고 있다.

320

나 자신이 중심을 잡고 사물(事物)을 움직이는 사람은 얻어도 기뻐하지 않고 잃어도 근심하지 않는다. 이 땅 모두가 내가 유유자적을 할 수 있는 곳이기 때문이다. 그러나 사물에 의해 부림을 당하는 자는 역경에서는 증오심을 품고 순경에서는 애착을 갖는다. 그 이유는 터럭 끝만한 일에도 구속을 당하기 때문이다.

321

사리(事理)가 고요하면 사물(事物)도 고요하다. 사물을 버리고 사리에만 집착하는 것은 그림자를 버리고 형체에만 매달리는 것과 같다. 마음을 비우면 경계(境界)도 비워지게 된다. 경계를 버리고 마음에만 집착하는 것은 고양이에게 생선을 맡겨 놓고 먹지 않기를 바라는 것과 같이 불가능한 일이다.

〈풀이〉

＊ 경계(境界) : 감각기관이 인식하는 대상. 예컨대 눈으로 보게 되는 빛이 경계가 된다. 또는 자기의 힘이 미칠 수 있는 범위.

마음속에 음욕이 없는 사람은 비록 사창굴에 앉아 있어도 그 자리가 바로 정토(淨土)가 된다. 문수보살이 주사청루(酒肆靑樓)에 드나들었지만 마음은 오염되지 않았다는 것은 이것을 두고 한 말이다. 결국 마음이 모든 것을 결정한다는 말이다.

물건이 있으면 반드시 그림자가 있는 법. 물건과 그림자를 따로 떼어놓으려 할 것이 아니라 물건에 해당하는 마음을 비우면 그 마음이 인식하는 대상인 경계도 비워지게 된다. 그러니까 마음과 경계를 따로 떼어놓고 생각한다는 것은 물건과 그림자를 떼어놓으려는 것처럼 어리석은 일이다.

322

세속을 떠난 사람의 맑은 흥취는 유유자적함에서 나온다. 그러므로 술은 권하지 않고 마시는 것이 기쁨이고, 바둑은 다투지 않고 두는 것이 이기는 것이고, 퉁소는 구멍이 없는 것이 적합하고, 거문고는 줄 없는 것이 고상하고, 모임은 기약하지 않는 것이 진솔한 것이고, 손은 마중하고 배웅하지 않는 것이 가장 편안하다. 만약 번거로운 절차에 얽매이면 세속의 고해(苦海) 속에 떨어지게 된다.

323

태어나기 전에는 어떤 모습이었는지 그리고 죽은 후에는 어떤 모습이 될 것인지를 생각하면 일체의 상념이 재처럼 싸늘해지고 본성만이 고요히 남아서, 바깥 사물에 초연하여 삼라만상이 생겨나기 이전의 절대의 경지에서 노닐 수 있을 것이다.

324

병에 걸린 뒤에야 건강의 소중함을 알고 난리를 겪어 본 뒤에야 평화가 얼마나 귀중한가를 아는 것은 선견지명(先見之明)이 아니다. 복을 구하기 전에 그것이 앙화(殃禍)의 근본이며 생(生)을 탐하기 전에 그것이 죽음의 근본 원인임을 아는 것이야말로 진정한 지혜요 선견지명이 아니겠는가?

325

배우들이 분 바르고 연지 찍어 분장술로 서로 미추(美醜)를 겨루지만, 연극이 끝나고 관객들이 떠나고 나면 곱고 미운 것이 어디에 있는가? 기사(棋士)들이 앞을 다투어 자웅을 겨루지만 판을 거두고 나면 승패가 어디에 있단 말인가?

〈풀이〉
명리(名利)를 구하고 허상만을 쫓을 것이 아니라 자기 자신의 마음을 깨달아 영원한 진리를 자기 것으로 하라는 뜻이다.

326

바람과 꽃의 깨끗함과, 눈과 달의 맑고 환함은 오로지 마음을 고요히 가라앉힌 자만이 그 주인이 될 수 있으며, 물과 나무 그리고 대나무와 돌의 영고성쇠(榮枯盛衰)는 오직 마음이 편안한 사람만이 그것을 거느릴 권리가 있다.

327

농부는 닭고기, 막걸리 얘기를 하면 좋아하지만 고급 요리에 대해 물으면 아무것도 모른다. 솜옷과 잠방이를 얘기하면 유난히 즐거워하지만 화려한 비단옷에 대해 물으면 아무것도 모른다. 이것은 그들의 본성이 온전하고 그들의 욕망은 담박하기 때문이니 이는 인생의 제일 높은 경지이니라.

328

사심(邪心)이 없으면 자성(自省)할 필요가 어디 있으랴. 석가가 "마음을 관하라"고 한 것은 오히려 장애를 더할 뿐이다. 만물은 본래 하나인데 어찌 차별이 있을 수 있단 말인가? 그러므로 "가지런히 하라"는 장자(莊子)의 말은 같은 것을 쪼개어 차별을 둔 것이다.

329

피리와 노래가 한창 무르익었을 때 옷자락 떨치고 일어나 멀리 떠나버리는 것은 마치 달인(達人)이 벼랑 끝에서 발길을 돌리는 것과 같아서 부러운 일이다. 깊은 밤인데도 오히려 밤길을 쉬지 않는 속인은 고해에 빠져 들어가는 것 같아 우습구나.

330

아직도 마음을 뜻대로 다스릴 수 없으면 속세와 멀리 떠나 물질의 유혹을 받아 미혹에 빠지지 않게 하여 맑은 본체를 깨닫게 해야 한다. 그러나 마음을 확고하게 다스릴 수 있는 경지에 도달했다면 속인들과 뒤섞여 살면서도 마음이 욕심의 유혹에 빠지지 않게 하여 원만한 심성을 기르도록 단련해야 할 것이니라.

331

고요한 것을 좋아하고 시끄러운 것을 싫어하는 자는 흔히 세속을 피하여 안정을 구하지만, 사람을 피하는 것은 아상(我相)을 갖게 하고 조용한 것에 집착하는 것은 오히려 그것이 동요의 근원임을 모르기 때문이다. 이러고서야 어찌 남과 내가 하나이고, 움직임과 고요함을 다 함께 잊어야 하는 도의 경지에 도달할 수 있겠는가?

332

속세를 벗어나 산속에 살다 보면 가슴은 맑고 시원하게 트이고, 접촉하는 사물마다 아름다운 생각이 들게 한다. 외롭게 떠도는 구름과 야생(野生)의 학을 보면 속세를 벗어난 듯하고, 바위틈을 흐르는 샘물을 만나면 때묻은 마음이 깨끗이 씻겨 나가는 것 같고, 늙은 전나무와 차가운

매화를 어루만지다 보면 어느덧 굳센 절개가 치솟고, 모래밭의 갈매기와 고라니, 사슴과 벗하다 보면 온갖 사심(邪心)들이 씻은 듯이 사라진다.

그러나 진세(塵世)에 한번 뛰어 들어가면 비록 외물(外物)과 상관하지 않는다 해도 명리(名利)에 사로잡히게 되어 어느덧 그 자신은 한갓 무용지물(無用之物)에 지나지 않게 될 것이니라.

333

문득 흥이 일어 향긋한 풀밭 사이를 맨발로 거니노라면 들새도 사람의 흑심을 잊고 동무가 되어 준다. 대자연의 경치가 내 마음과 하나로 합쳐지는 듯하여 낙화(落花)하는 나무 아래 옷깃 헤치고 우두커니 앉아 있으면 흰구름이 말없이 다가와 나와 함께 머물러 주네.

334

인생의 화복(禍福)은 모두 마음이 만드는 것이다. 그러므로 석가모니는 말하기를 "이욕(利慾)이 치열하면 그것이 바로 불구덩이요, 탐애(貪愛)에 빠져 버리면 그것이 바로 고해(苦海)이고, 한 생각이 청정(淸淨)하면 뜨거운 불꽃도 시원한 연못으로 바뀌고, 마음 하나를 깨치면 도의 경지에 도달하게 될 것이니라"고 하였다. 요컨대 근소한 생각의 차이로 경계가 크게 달라지나니 어찌 근신하지 않을 수 있을 것인가?

335

새끼줄 톱으로도 통나무가 잘리고 물방울이 바위를 뚫나니, 도를 구하는 자는 힘써 탐구하라. 물이 모여 도랑을 이루고 참외가 익으면 꼭지가 떨어지나니, 도를 얻으려는 자는 이러한 자연의 이치에 순응해야 할 것이니라.

〈풀이〉

구도(求道)의 성패는 초지일관(初志一貫)한 인내력과 지구력에 달려 있다는 것을 말해 준다.

336

명리(名利)를 떠나면 언제 어느 곳에 있든지 마음은 항상 달빛처럼 밝고 바람처럼 맑아지므로 인간 세상을 반드시 고해(苦海)로만 생각할 필요는 없고, 마음이 욕심에서 멀어지면 탐욕에서 멀리 떠나 더러워질 리가 없으므로 구태여 산속 외진 곳만을 고집하지 않아도 되느니라.

337

초목이 시들어 잎이 떨어지고 나면 어느덧 뿌리에서 새싹이 돋아나고, 비록 엄동설한(嚴冬雪寒)이라고 해도 따뜻한 봄기운이 서린다. 만물이 시드는 숙살지기(肅殺之氣) 속에서도 생생한 기운이 대자연의 주인이 되나니, 가히 우주의 본심(本心)이 무엇인지를 엿볼 수 있느니라.

338

비 갠 뒤에 산 경치를 바라보면 그 경치가 더욱더 산뜻하고, 고요한 한밤에 들려오는 종소리는 그 음향이 한층 더 맑고 그윽하다.

〈풀이〉

욕심을 버리고 마음을 깨끗이 비운 사람의 새로워진 심경을 비 온 뒤의 산 경치와 한밤의 종소리에 비유해서 묘사하고 있다.

339

높은 곳에 오르면 마음이 넓어지고, 흐르는 물을 굽어보면 뜻이 원대(遠大)해지고, 비나 눈 내리는 밤에 글을 읽으면 정신이 맑아지고, 언덕 위에 올라가 고함을 지르면 가슴이 시원해진다.

〈풀이〉

대자연 속에 감추어진 유형무형의 자원은 무궁무진하다. 우리가 만약 사심을 버리고 마음만 활짝 열어 놓을 수 있다면 그 속에서 무엇이든지 받아들일 수 있다. 산, 계곡, 강, 숲, 바다, 그중에서도 이 땅에 사는 우리는 마음만 먹으면 언제든지 산을 대할 수 있는 남다른 혜택을 입고 있다.

산속의 바위, 계곡, 개울, 갖가지 동식물이야말로 수시로 우리에게 진리를 일깨워 주는 스승의 역할을 대행하고 있는 것이다. 선도(仙道)가 산속에서 생겨난 이유가 여기에 있다. 또한 구도자가 산을 늘 가까이 하는 이유도 여기에 있는 것이다.

340

마음을 활짝 열면 만금의 재산도 흔한 질그릇처럼 하찮게 보이고, 마음이 비좁으면 한 오라기의 머리카락도 수레바퀴처럼 커 보인다.

〈풀이〉

마음을 비운 사람은 황금을 돌 보듯 하지만 마음이 욕심으로 꽉 찬 사람은 눈앞의 이익에 눈이 어두워 사소한 물건을 놓고도 아귀다툼을 벌이게 되므로 한 오라기의 머리카락도 수레바퀴처럼 커 보인다는 뜻이다.

341

풍월(風月)과 화류(花柳)가 없으면 조화를 이루지 못하고, 욕정(欲情)과 기호(嗜好)가 없으면 마음의 본체(本體)를 이루지 못하나니, 내가 사물을 다스리되 사물이 나를 부리지 못한다면 기호(嗜好)와 욕구(欲求)는 천기(天機) 아닌 것이 없고, 세속적 인정이 곧 도리(道理)의 경지니라.

〈풀이〉

* 풍월(風月) : 청풍(淸風)과 명월(明月), 바람과 달에 부쳐 시가(詩歌)를 지음, 음풍농월(吟風弄月)의 약어 즉 맑은 바람과 밝은 달에 대하여 시를 짓고 즐겁게 노는 것.
* 화류(花柳) : 꽃과 버들, 화가류항(花街柳巷) 즉 기생 또는 유곽에 대하여 시를 짓고 즐겁게 노는 것.
* 천기(天機) : 모든 조화를 꾸미는 하늘의 기밀, 천지(天地)의 비밀, 자연의 신비.

342

내 한 몸으로 내 한 몸의 실체를 깨달은 자는 만물을 만물의 흐름에 맡겨 버릴 수 있고, 천하를 천하의 흐름에 돌릴 수 있는 자는 능히 세속에 살면서 세속을 초월할 수 있느니라.

〈풀이〉

내 한 몸이 삼라만상의 한 부분이라는 것을 깨달은 자는 우주가 존재하는 한 내 한 몸은 죽어도 죽지 않고, 비록 내 한 몸이 사라져도 형태만 바뀔 뿐 내 마음은 영원히 사라지는 법은 있을 수 없다는 것을 알게 된다. 그래서 비록 세상에 살아 있어도 세상을 초월할 수 있고, 삼라만상 속에 살아도 삼라만상의 속박에서 벗어나 유유자적할 수 있는 것이다.

343

생활이 지나치게 한가하면 엉뚱한 망상이 슬며시 싹트기 쉽고, 지나치게 바쁘다 보면 삶의 참즐거움을 잃기 쉽다. 그러므로 사군자(士君子)는 몸과 마음의 근심을 어느 정도 품지 않을 수 없고, 풍월의 취미 역시 즐기지 않을 수 없느니라.

〈풀이〉

＊ 사군자(士君子) : 사회적 지위가 있고 덕행(德行)이 높고 학문에 통달한 사람

자기 마음과 몸을 스스로 다스릴 수 있는 사람은 지나치게 한가한 것도 과도하게 피곤한 것도 피할 줄 알아야 한다. 그래야 그 어느 쪽에도 기울어지지 않는 중용의 도를 자유자재로 지켜 나갈 수 있는 것이다. 이렇게 함으로써 명리(名利) 속에 살되 명리에 사로잡히지 않고 능히 명리를 벗어나 도에 접근할 수 있는 것이다.

344

사람의 마음은 평안을 잃고 흔들리는 데서 진실을 잃기 쉽다. 만약에 한 가지 망상도 일으키지 않고 맑은 마음으로 정좌하고 있으면, 구름이 일어나면 구름과 함께 유유히 사라져 가고, 빗방울이 떨어지면 그와 함께 시원한 느낌으로 기분이 맑아지고, 새가 울면 흔쾌한 느낌과 만나며, 꽃이 떨어지면 산뜻한 느낌을 갖게 되나니, 참경지 아닌 곳이 어디 있으

며 진리의 묘미 아닌 것이 어디 있으랴.

345

자식을 낳으면 모체(母體)가 위태롭고 재물이 쌓이면 도둑의 눈초리가 따르니, 어느 기쁨인들 근심 아닌 것이 있으랴. 가난은 절약을 낳게 하고 질병은 건강 유지법을 강구케 하나니, 어느 근심인들 기쁨 아닌 것이 있으랴. 그러므로 삶에 통달한 사람은 순경(順境)과 역경(逆境)을 다르게 보지 않고 기쁨과 슬픔을 하나로 보느니라.

346

귀는 세찬 바람이 불어와 메아리치는 산골짜기와 같아서 바람이 불어간 뒤에 메아리가 머물지 않으면 시비(是非)도 함께 사라지고, 마음은 밝은 달이 비치는 연못과 같아서 공(空)하여 붙을 데가 없으면 사물과 내가 다 같이 사라져 무아의 경지에 이르게 되느니라.

〈풀이〉

누가 나를 헐뜯건 칭찬을 하건 산골짜기에 불어치는 바람과 같이 귀에 남겨 주지 않으면 시비가 일어날 이유가 없으며, 누가 나에게 주먹질을 하든 칭찬의 몸짓을 보이든 보면 보는 대로 물 흘려보내듯 흘려보내면 어떤 말썽거리도 일어나지 않게 된다.

유언비어를 흘려보냄으로써 누가 나를 중상모략을 하든 출판물로 명예를 훼손시키든 일절 응답을 보내지 않고 바위처럼 무심하게 처신하면 일시적으로는 내 인격에 손상을 입을지 몰라도 장기적으로 그것이 도리어 이득이 된다. 사필귀정이기 때문이다. 달걀에 얻어맞은 바위는 그 당장에는 보기 흉하겠지만 곧 비바람이 깨끗이 씻어줄 것이고, 바위는 제 본래의 모습 그대로 의연히 서 있을 것이 아니겠는가.

347

세상 사람들은 영리(營利)에 얽매어 입만 열었다 하면 진세(塵世)니 고해(苦海)니 하지만, 구름은 희고 산은 푸르고, 내는 흐르고 바위는 솟아 있고, 꽃은 새의 지저귐을 반가워하고 골짜기는 나무꾼의 노래에 화답하지 않는가. 어찌 이것을 티끌세상이요 괴로움의 바다라 할 수 있단 말인가? 알고 보면 진세(塵世)도 고해(苦海)도 없는 것이다. 단지 사람들이 자기네 마음을 티끌과 괴로움으로 채우고 있을 뿐인 것이다.

〈풀이〉

＊ 진세(塵世) : 티끌로 뒤덮인 세상

＊ 고해(苦海) : 석가가 말한 괴로운 이 세상

348

꽃은 반만 핀 것을 보고 술은 반쯤 취하도록 마시면 그중에 무한한 즐거움이 있다. 만약 꽃이 활짝 피고 술이 만취되면 곧 역경(逆境)에 빠지게 된다. 그러므로 인생의 최절정기 즉 황금기를 맞은 사람들은 응당 심사숙고해야 할 것이다.

349

산나물은 세상 사람들이 물 주며 가꾸지 않고, 들새는 세상 사람들이 먹여 기르지 않건만 그 맛이 모두 향기롭고 담박하다. 우리도 세속에 물들지 않는다면 그 품격이 얼마나 고매할 것인가?

350

꽃을 가꾸고 대나무를 심으며 학과 물고기를 완상(玩賞)하면서도 무엇인가 얻는 것이 있어야 한다. 만약 한낱 구경에 탐닉하는 데 그친다면 유학(儒學)의 구이지학(口耳之學)과 불교의 완공(頑空)에 그칠 뿐이니 무슨 유익이 있으리오.

〈풀이〉

＊ 완상(玩賞) : 좋아서 구경함, 취미로 관찰함

* 구이지학(口耳之學) : 배움을 마음에 새겨서 실행하는 것이 아니고, 말로 하고 귀로 듣는 것만으로 그치는 것
* 완공(頑空) : 일체의 만물을 공(空)으로만 보는 소승불교(小乘佛敎)의 이론.

351

산림 속에 사는 선비는 청빈(淸貧)하기는 할망정 세속을 벗어난 고매한 멋은 풍족하고, 시골 농부는 누추한 곳에 살기는 할망정 순진한 천성은 완전히 갖추었다. 만약에 선비가 자칫 실수하여 시정의 한낱 불량배로 낙착이 되어 버린다면 청백한 정신으로 깊은 나락에 떨어져 죽는 것만 같지 못할 것이다.

352

분수에 맞지 않는 복과 까닭 없는 소득은 하늘이 마련한 낚싯밥이 아니면 인간이 만든 함정이다. 이때 눈을 높이 들어 먼 곳을 살피지 아니하면 그 덫에 걸리지 않는 자가 드물 것이니라.

⟨풀이⟩
무고이득천금(無故而得千金) 불유대복(不有大福) 필유대화(必有大禍)
- 소동파(蘇東坡) -

이유 없이 큰돈을 얻었다면 큰 복이 들어온 것이 아니라 큰 화가 들어온 것이다.

353

인생은 본래 꼭두각시놀음과 같아서 그저 줄만 잘 잡고 일사분란(一絲紛亂)하게 당기고 늦춤을 자유자재로 한다면, 꼭두각시가 움직이고 머무는 것이 완전히 내 손 안에서 놀아나 남의 간섭을 조금도 받지 않게된다. 이렇게 함으로써 놀이마당에 얽매는 법 없이 그곳을 벗어날 수 있는 것이다.

354

한 가지 이득이 있으면 한 가지 손해가 생기나니, 천하는 항상 평안무사를 복으로 여긴다. 옛사람의 시에 이르되 "그대에게 권하노니 봉후(封侯)의 일은 논하지 말라. 한 장수가 공을 이루기 위해서는 수많은 장병이 싸움터에 뼈를 묻어야 하거늘, 한 사람이 전공을 세워 제후에 봉해지려면 얼마나 많은 희생이 따르겠는가" 했다. 또 이르되 "천하가 만사를 평화롭게 하기만 한다면 내 비록 갑(匣) 속에 들어가 천 년을 썩어도 애석해하지 않으리라" 했다. 이런 시를 읽으면 비록 하늘을 찌르는 용맹한 기상이 있을지라도 자기도 모르게 가슴이 써늘하게 얼어붙지 않을 수 없을 것이니라.

<풀이>

＊ 옛사람의 시 : 여기서는 당나라 때의 조송(曹松)의 시를 말한다.

355

음란한 여인이 극단(極端)으로 흘러 비구니가 되고, 명리(名利)에 혈안(血眼)이던 자가 일시적 충동으로 갑자기 비구가 되니, 청정(淸淨)해야 할 도문(道門)이 항상 음사(淫邪)의 소굴이 되는 연유(緣由)니라.

<풀이>

＊ 음사(淫邪) : 음란하고 사악한 것

356

물결이 심해서 하늘에 닿아도 배 안에 탄 사람들은 두려움을 모르나 배 밖의 사람들은 간담이 서늘해진다. 미치광이가 욕을 해도 같은 자리에 있는 사람들은 얼른 알아차리지 못하지만 자리 밖에 있는 사람들은 혀를 찬다. 그러므로 군자는 몸은 비록 명리(名利) 안에 있다 해도 마음은 명리에서 벗어나야 하느니라.

<풀이>

배 안에 있는 사람들은 배 안 생활에 익숙해져서 높은 파도가 쳐도 금

방 알아차리지 못하지만 배 밖에 있는 사람은 그 진상을 파악할 수 있고, 미치광이와 함께 있는 사람들은 미치광이가 욕을 해도 그와의 생활에 친숙해져서 무엇이 잘못되어 있는지 얼른 알아차리지 못하지만 미치광이와 한자리에 있지 않는 사람들은 객관적인 시각을 잃지 않고 있으므로 사태의 진상을 객관적으로 꿰뚫어 볼 수 있다. 이와 마찬가지로 우리도 비록 세속에 살지만 세속에 중독되지 말고 세속에서 벗어나 항상 냉정한 시각을 가져야만이 세속에서 벗어날 수 있는 것이다.

357

인생이란 세속적인 일을 어느 정도 줄이면 그만큼 세속에서 벗어날 수 있다. 예컨대 남과의 교제를 줄이면 그만큼 쓸데없는 분란을 줄일 수 있고, 부질없는 말수를 줄이면 그만큼 허물이 줄어들고, 생각을 털면 그만큼 정신적인 소모를 줄일 수 있고, 잔꾀를 줄이면 그만큼 천진한 본성을 보존할 수 있다. 그러므로 날마다 줄이려고는 하지 않고 불리려고만 하는 자는 자기의 삶을 세속에 속박하는 것이니라.

358

하늘이 운행하는 추위와 더위는 피하기 쉬워도 인간 세상의 염량세태(炎涼世態)는 피하기 어렵다. 인간 세상의 염량세태는 차라리 없애기 쉬워도 우리 마음속의 차갑고 뜨거운 변덕은 없애기 어렵다. 이 마음속의

변덕을 버릴 수 있다면 온 가슴속이 온화한 기운으로 가득차 저절로 따
스한 봄바람이 일게 되리라.

359

차를 마시는데 굳이 차 맛을 따지지 않는다면 차 단지가 바닥나는 일
이 없을 것이며, 술을 드는데 구태여 술맛을 개의치 않는다면 술통이 비
는 일이 없을 것이고, 거문고 줄 없이도 마음의 거문고의 줄을 뜻대로
고를 수 있고, 구멍 없는 마음의 단소를 뜻대로 불 수 있으면 비록 복희
씨(伏羲氏)는 뛰어넘기 어렵다고 해도 혜강(嵇康)과 완적(阮籍)과는 벗
할 수 있으리라.

〈풀이〉

＊ 복희씨(伏羲氏) : 지나에서는 고대의 이상적인 군주라고 하지만 실
　　은 서토(西土)에 건너가 한문화의 씨를 심은 배달국 제5대 태우의
　　(太虞義) 환웅천황의 막내아들이다.

＊ 혜강(嵇康), 완적(阮籍) : 두 사람 다 진(晉)나라 때의 죽림칠현(竹
　　林七賢)

360

불가(佛家)에서 말하는 "수연(隨緣)", 유가(儒家)에서 말하는 "소위(素

位)", 이 넉 자는 고해(苦海)를 건너는 부낭(浮囊)이다. 인생길은 망망하기 그지없으므로 분에 넘치게 완전무결을 고집하면 도리어 위기에 빠지는 수가 있다. 그러므로 그때그때 일어나는 경우에 따라 어느 한쪽에 치우치지 않고 현명하게 처신해 나간다면 무슨 일을 당하더라도 막히는 일이 없을 것이니라.

〈풀이〉

＊ 수연(隨緣) : 세상 모든 일은 인연에 따라 일어난다고 보는 불교의 연기론(緣起論)

＊ 소위(素位) : 자기 본분을 지켜 나가라는 유가(儒家)의 가르침

＊ 부낭(浮囊) : 구명대(救命帶)

『채근담(菜根譚)』 번역을 마치고

지난 1998년 8월 10일부터 시작하여 43일 만인 9월 22일인 오늘 마침내 『채근담』 360조를 전부 다 한글로 옮겨 놓았다. 물론 나는 이 작업을 시작하기 전에 이미 국내 학자들에 의해 책으로 발간된 두 개의 번역서를 참고로 하였다. 만약에 이 번역서들을 읽어 보고 한 눈에 무슨 뜻인지 금방 알아차릴 수 있었다면 구태여 남이 먼저 시작해 놓은 일을 되풀이하는 번거로운 짓은 하지 않았을 것이다.

그러나 읽어 보아도 무슨 뜻인지 알 수 없는 대목들이 있어서 원전(原典)을 아무리 훑어보아도 왜 그렇게 번역해 놓았는지 아리송한 것들이 적지 않아서 나도 용기를 내어 이 일에 한 번 도전하고 싶은 충동을 느끼게 되었던 것이다.

기술자는 기술자가 알아보고 학자는 학자가 알아보고 교수는 동료 교수나 제자들이 제일 잘 알아볼 수 있는 것과 같이, 구도(求道)에 관한 책은 역시 학자보다는 직접 구도를 체험해 보고 구도에 전념해 본 사람들이 누구보다도 잘 알 수 있는 것이다.

『채근담』을 쓴 홍자성(洪自誠)은 내가 보기에는 학자라기보다는 구도자에 더 가까운 사람이다. 구도의 세계를 학문의 힘만으로 해석하려는 데는 아무래도 무리와 한계가 있다는 것을 나는 『채근담』을 옮기면서 절실히 깨달았다.

『채근담』은 학문적인 저서가 아니라 저자가 실생활 속에서 터득한 구도의 체험들을 그의 기발하고 발랄한 문장력으로 적절하게 묘사해 놓은 짧은 문장들이다. 따라서 그의 문장 속에는 구도를 경험해 본 사람들이 아니면 도저히 이해할 수 없는 대목들이 많다. 이것을 순전히 자구(字句)에만 의존하여 해석하려 하니까 무리가 따르고 엉뚱한 오해를 불러일으키게 된다.

아마도 이미 다른 사람들의 번역본을 읽어 보고 무슨 뜻인지 몰라 고개를 가우뚱했던 독자들도 이 책을 읽어 본 뒤에는 과연 그런 뜻이었구나 하고 대뜸 의문이 풀리는 대목들이 적지 않을 것임을 확신하는 바이다. 그렇다고 해서 나는 내가 번역해 놓은 것이 완전무결하다고 자만하자는 것은 결코 아니다.

다만 번역하는 과정에서 이전 번역자들이 무슨 뜻인지 몰라 엉뚱한 착각을 했거나 미해결로 유보해 두었거나 어물어물 넘겨 버렸던 대목들을 숱하게 보아 왔기에 하는 말이다. 만약에 나의 후배들 중에 내 책을 참고로 하다가 잘못을 발견했다면 나는 얼마든지 달게 받아들일 용의가 있음을 밝혀 두는 바이다.

나는 『채근담』을 옮기는 데 있어서 한문 원전의 문장에만 구애하지 않고 저자의 뜻을 충분히 살려 표현은 우리말을 그 생리에 맞게 자유자재로 구사했음을 밝혀 두는 바이다. 이렇게 하지 않고는 원전의 뜻을 유감없이 옮길 수 없다는 것을 알았기 때문이다. 인도인인 구마라습이 산스크리트어 불경을 한문으로 옮길 때 대담하게 구사했던 방법에서 나는 많은 힌트를 받았음을 솔직히 인정하는 바이다.

『채근담』을 번역하면서 또 한 가지 느낀 것이 있다. 그것은 내가 지난 8년 동안 『선도체험기』를 43권이나 써 오면서 독자 여러분들에게 알리고 싶었던 핵심을 『채근담』의 저자도 역시 4백 년 전에 시도했다는 것이다. 어찌 『채근담』의 저자뿐이겠는가. 이 지구라는 행성이 생겨난 이래 이곳을 다녀간 단군, 석가, 공자, 노자, 장자, 예수 같은 수많은 선배 구도자들이 한결같이 우리 지구인들에게 전하고자 했던 메시지를 『채근담』 역시 예외 없이 담고 있다는 것이다.

더구나 이 책이 유달리 돋보이는 것은 저자가 생존했던 명나라 말엽에 유행했던 유교, 불교, 도교 어느 한쪽에도 치우치지 않고 이 세 가지 가르침을 공평하게 채택했다는 것이다. 이것은 그의 학문 연구의 성과에서 나온 것이 아니라 순전히 구도의 체험에서 우러나온 성과였다. 만약에 홍자성이 지금 살아 있었다면 기독교의 교리까지도 과감하게 채택했을 것이다. 구도자인 그의 관심은 어느 특정 종교에 있었던 것이 아니라 그 경전들이 얼마나 진리를 내포하고 있느냐에 있었기 때문이다.

우리는 세속에 살면서도 세속적인 명리(名利)에서 벗어나 인간이 갖고 있는 본래의 천성을 회복하자는 것이 그의 일관된 주장이다. 그러기 위해서는 어느 한쪽에 치우치는 법 없이 중화(中和)를 견지해야 된다는 것이다.

다시 말해서 구도의 핵심은 명리와 세속에서 벗어나 산림 속에서 산수와 풍월을 벗 삼아 유유자적하자는 것이 그의 일관된 주장인 것 같다. 따라서 보시(布施), 지계(持戒), 인욕(忍辱), 정진(精進), 선정(禪定), 지혜(知慧), 관법(觀法), 마음공부, 기공부, 몸공부 같은 체계적이고 조직적인 수행 방법은 나와 있지 않다.

다시 말해서 이타행을 출발점으로 하는 보편적인 진리 추구 방법에 비해서는 구도서(求道書)로서 다소 소극적인 감이 없지 않다. 요컨대 『채근담』에는 명리와 세속을 떠난 산림의 은둔생활은 있어도 애인여기(愛人如己), 역지사지방하착(易地思之放下着), 여인방편자기방편(與人方

便自己方便)과 같은 적극적인 이타행(利他行)은 언급되어 있지 않다는 것이다. 바꾸어 말해서 상구보리(上求菩提)는 있어도 하화중생(下化衆生)은 없는 것이다. 소승(小乘)만 되풀이 강조되었지 대승(大乘)에 대해서는 별로 말이 없는 것이다.

어찌 보면 노장(老莊)의 무위자연(無爲自然)만을 강조하는 은둔(隱遁)적인 도교(道敎) 사상에 편중된 듯한 인상을 준다. 평범한 구도자로서 필자가 『채근담』에 대해서 다소 아쉬움을 느끼는 점이다. 물론 그렇다고 해서 생생한 체험에서 우러나온 진실을 토로한 『채근담』의 가치가 줄어드는 것은 결코 아니다. 그럼에도 불구하고 어쨌든 『채근담』은 유불선(儒佛仙)을 아우르는 우리의 전통적 현묘지도(玄妙之道)인 선도(仙道)와 비슷한 경향이 있는 것은 사실이다.

총 366조로 되어 있는 『참전계경』의 보충 참고서로서, 전후집(前後集) 총 360조로 되어 있는 『채근담』을 하루에 한 조목씩만 정독(精讀)해 나간다 해도 구도자는 말할 것도 없고 일반 독자에게도 참다운 인생 공부가 될 뿐만 아니라, 이 험한 세파 즉 고해(苦海)를 헤쳐나가는 데 가장 믿음직한 구명대(救命帶)가 될 것임을 의심치 않는 바이다.

저자 약력

경기도 개풍 출생
1963년 포병 중위로 예편
1966년 경희대학교 영어영문학과 졸업
코리아 헤럴드 및 코리아 타임즈 기자생활 23년
1974년 단편 『산놀이』로 《한국문학》 제1회 신인상 당선
1982년 장편 『훈풍』으로 삼성문학상 당선
1985년 장편 『중립지대』로 MBC 6.25문학상 수상

저서로는 단편집 『살려놓고 봐야죠』(1978년), 대일출판사, 민족미래소설 『다물』(1985년), 정신세계사, 장편 『소설 한단고기』(1987년), 도서출판 유림, 『인민군』 3부작(1989년), 도서출판 유림, 『소설 단군』 5권(1996년), 도서출판 유림, 소설선집 『산놀이』 ①(2004년), 『가면 벗기기』 ②(2006년), 『하계수련』 ③(2006년), 지상사, 『선도체험기』(1990년~2020년), 도서출판 유림 및 글터, 한국사 진실 찾기(2012), 도서출판 명보 등이 있다.

약편 선도체험기 28권

2023년 9월 10일 초판 인쇄
2023년 9월 15일 초판 발행

지 은 이   김 태 영
펴 낸 이   한 신 규
본문디자인   안 혜 숙
표지디자인   이 은 영
펴 낸 곳   글터
주   소   05827 서울특별시 송파구 동남로 11길 19(가락동)
전   화   070 - 7613 - 9110 Fax02 - 443 - 0212
등   록   2013년 4월 12일(제25100 - 2013 - 000041호)
E-mail   geul2013@naver.com

ISBN   979 - 11 - 88353 - 55 -2   04810   정가 20,000원
ISBN   979 - 11 - 88353 - 23 - 1(세트)